굿바이,
제이제이 *JJ*

굿바이,
제이제이 *JJ*

초판 1쇄 발행 2013년 6월 17일
초판 2쇄 발행 2014년 5월 19일
개정 1쇄 발행 2016년 5월 1일
개정 2쇄 발행 2019년 3월 15일

글 앤 캐시디 **옮김** 공경희 **그림** 이보름
펴낸곳 도서출판 봄볕 **펴낸이** 권은수 **디자인** 이하나 **마케팅** 성진숙
등록번호 제25100-2015-000031호 **등록일** 2015년 4월 23일
주소 서울특별시 서대문구 서소문로 37 1125호 (합동, 충정로대우디오빌)
전화 02-6375-1849 **팩스** 02-6499-1849
전자우편 springsunshine@naver.com **블로그** http://blog.naver.com/springsunshine
ISBN 979-11-86979-09-9 43840

이 도서의 국립중앙도서관 출판예정도서목록(CIP)은 서지정보유통지원시스템
홈페이지(http://seoji.nl.go.kr)와 국가자료공동목록시스템(http://www.nl.go.kr/kolisnet)에서
이용하실 수 있습니다.(CIP제어번호: CIP2016009165)

♪ 책값은 뒤표지에 있습니다.
♪ 봄볕은 올마이키즈와 함께 어린이를 후원합니다.

Looking for JJ

굿바이, 제이제이

글 앤 캐시디 옮김 공경희

봄볕

차례

part 1
앨리스 털리

어떻게 열 살짜리 소녀가 살인을 할 수 있었을까?

"제니퍼 존스는 여느 범죄자와 마찬가지로 엄중한 조사를 받았다.
전문가들은 그녀가 어린이들에게 위협적이지 않다는 결과를 발표했다."

제니퍼 존스는 어디에 있을까?
사람들은 같은 질문을 끊임없이 되풀이했다.

1

제니퍼 존스는 어디 있을까? 모두가 제니퍼를 찾는 데 혈안이었다. 감옥에 그대로 두어야 한다는 기사가 연일 쏟아졌다. 누군가 또 다시 위험에 빠질지 모른다고 주장했다. 아이를 가진 부모라면 누구라도 제니퍼가 어디에 있는지 알 권리가 있다고 목소리를 높였다. 몇몇 신문들은 오래전 기사 제목을 다시 꺼내 전면에 실었다.

죽음엔 죽음으로!

로지가 출근하자 앨리스는 제니퍼에 대한 기사를 닥치는 대로 찾아 읽었다. 사회복지사인 로지는 돌봐야 할 사람이 많았다. 덕분에 앨리스는 혼자서 조용히 기사를 읽을 시간이 충분했다.

매일 크게 기사가 실린 것은 아니었다. 자극적인 제목이 1면을 장

앨리스 틸리

식할 때도 있었지만, 소문을 다루는 정도의 짧은 칼럼에 그칠 때도
있었다. 사건이 처음 터졌을 때 '제니퍼 존스'의 이름은 몇 달간 거의
모든 신문을 도배하다시피 했다. 재판이 진행되는 동안에도 온갖 종
류의 취재 글과 기사가 넘쳤다.

그 끔찍한 날 '버윅 워터스'에서 벌어진 사건의 배경, 아이들의 가
정생활, 학생기록부, 지역 사회에 미치는 영향, 어린 살인자에 관한
법률 등등. 특히 일부 타블로이드(보통 신문의 절반 크기로, 주로 흥미 위주의
기사를 다루는 신문 - 옮긴이)는 이 사건을 몹시 자극적으로 다루었다.

살인을 은폐하려고 했다!
어린 시신의 상태는 너무나 참혹했다!
진실을 숨기고 있는 어린 소녀의 거짓말!

사건 당시 앨리스는 열 살이었다. 때문에 기사를 직접 읽지는 못했
다. 그 당시 신문까지 뒤져가며 기사를 확인한 것은 최근 6개월간의
일이다.

열 살짜리 소녀가 어떻게 친구를 죽일 수 있었을까?

기사들은 하나같이 제니퍼를 괴물로 몰아붙이고 있었다.
앨리스의 열일곱 번째 생일을 몇 주 앞둔 6월 9일, 기자들은 다시

신문사를 들쑤시기 시작했다. 감옥에 있어야 할 제니퍼 존스가 석방되었기 때문이다.

판사는 '과실치사'라는 말로 살인의 의미를 축소했다!

언제든지 감옥으로 돌아갈 수 있는 가석방이었지만, 어쨌든 그녀는 풀려났다. 그리고 사건이 발생한 데서 멀리 떨어진 곳에 자리를 잡았다. 새로운 신분도 얻었다. 그녀가 누구인지, 무슨 짓을 저질렀는지 이웃들은 전혀 몰랐다.

앨리스는 비슷한 내용의 기사들을 반복해서 읽었다. 그런 다음 제니퍼 존스의 사건을 다루는 위성 채널을 모조리 찾아서 보았다. 어린 소녀의 사진이 계속해서 화면을 채웠다. 앞머리로 이마를 가린 소녀는 얼굴을 잔뜩 찡그리고 있었다. 앨리스는 화면을 볼 때마다 저도 모르게 맥이 풀렸다.

생일날 아침, 로지는 카드와 선물을 가지고 앨리스를 깨웠다.

"어이, 잠꾸러기! 이거 받아."

앨리스는 실눈을 뜨고 올려다보았다. 로지는 하얀 줄무늬 블라우스에 검은색 정장을 입고 있었다. 머리를 뒤로 넘겨 묶은 단정한 모습이었다. 평소와 달리 귀에 딱 붙는 금귀고리도 했다.

"법정에 가나 봐요."

앨리스는 기지개를 켠 뒤 손가락으로 머리를 빗어 넘겼다.

"맞아! 자, 받아. 생일 축하해!"

선물과 카드를 건넨 로지는 창문을 열었다. 가벼운 바람에 망사 커튼이 휘날렸다. 앨리스는 부스럭거리며 포장을 풀었다. 액세서리 상자였다. 화려한 걸 좋아하는 로지와 취향이 달라 앨리스는 은근히 걱정스러웠지만, 다행히 상자 안에는 앨리스가 좋아하는 깜찍하고 단순한 모양의 금귀고리가 들어 있었다.

"어머, 정말 예뻐요!"

앨리스는 저도 모르게 울컥했다.

"네 취향으로 골랐어."

로지가 거울 앞에 서서 구겨진 치마를 훑어내리며 말했다. 앨리스는 침대에서 내려와 로지 옆에 섰다. 한쪽 귀에 귀고리를 대보고는 로지의 팔짱을 꼈다. 로지가 싫지 않은 듯 부드러운 목소리로 물었다.

"이번 주는 낮 근무니?"

앨리스는 고개를 끄덕였다.

"일찍 와서 특별식을 만들어줄게. 생일 말고 축하할 일이 또 있잖아. 다음 토요일이면 네가 여기 온 지 벌써 6개월이야!"

로지는 그전에도 독립이 필요한 아가씨들과 함께 생활했다. 그들의 공통점은 모두 집에서 버림받았다는 사실이었다. 로지의 집은 그런 아가씨들의 안전가옥이었다. 앨리스도 마찬가지였다. 지난 6개월간 매일 아침 이 방에서 잠을 잤고, 로지와 함께 식사를 했다.

"앨리스, 우리 엄마도 오실 거야. 프랭키는?"

"프랭키는 못 올 것 같아요."

프랭키는 로지와 함께 있으면 어색하다고 했다. 무엇보다 앨리스와 단둘이 있고 싶어 했다. 늘 둘만이 즐길 수 있는 시간을 원했다.

"그래? 그럼, 우리 셋만 모이겠네."

로지가 나간 후, 앨리스는 귀고리를 든 채 침대에 앉아 카드를 읽었다. 특별할 것 없는 축하카드였다. 하지만 앨리스는 오래도록 카드를 손에서 놓지 못했다.

엄마는 여전히 연락이 없었다. 대신 프랭키와 커피팟 친구들, 로지가 있었다. 로지는 수시로 앨리스를 힘껏 안아주곤 했다. 그녀에게선 레몬과 마늘 그리고 바질 냄새가 났다.

우편함을 건드리는 소리가 났다. 앨리스는 벽난로 선반 위에 카드를 놓고 아래층으로 내려갔다. 현관문에 달린 우편함에 아침 신문이 꽂혀 있었다. 앨리스는 신문을 들고 주방으로 가, 신문을 식탁 위에 올려놓고 아침식사 준비를 했다. 그릇에 시리얼을 담고 우유를 부은 다음 디저트용 스푼으로 설탕을 넣었다. 그리고는 오렌지주스를 꺼내서 반 컵만 따랐다. 식사는 늘 비슷했다. 체중이나 몸매 때문에 법석을 떠는 건 아니었다. 먹고 싶은 것만 먹었다. 누가 뭐래도 달라지지 않는 습관이었다. 앨리스는 식탁에 앉아 신문을 펼쳤다.

6년 만에 풀려난 제니퍼 존스,
이것이 과연 정의인가?

'죽은 아이의 부모는 과연 제니퍼를 찾아낼 수 있을까?'라는 제목을 읽는 순간, 시리얼을 뜬 숟가락이 심하게 흔들렸다. 기사는 피해자의 복수를 염두에 두고 있었다. 물론 '버윅 워터스' 사건 정리도 잊지 않았다.

앨리스는 시리얼을 우적우적 씹어 삼켰다. 무슨 맛인지 알 수가 없었다. 사설 맨 끝에 내무부 관계자의 말이 실려 있었다.

"제니퍼 존스는 여느 범죄자와 마찬가지로 엄중한 조사를 받았다. 전문가들은 그녀가 어린이들에게 위협적이지 않다는 결과를 발표했고, 사건 관계자들의 의견도 일치했다. 그녀는 현재 가석방되어 안전한 환경에서 지내고 있다. 그녀는 어떤 보복을 받아서도 안 되며, 만약 그런 일이 발생한다면 누구라도 엄중하게 처벌할 것이다."

제니퍼 존스는 어디에 있을까? 사람들은 같은 질문을 끊임없이 되풀이했다.

2

　새벽 근무로 정신없던 날이었다. 검은 가죽 재킷을 입은 남자가 앨리스의 시선을 붙잡았다.

　앨리스는 커피팟에 7시쯤 도착해 핍, 줄스와 함께 수백 명의 아침 손님을 맞았다. 정장 차림의 사람들이 쉴 새 없이 밀려왔다. 그들은 커피나 카푸치노와 함께 파이나 크루아상을 주문했다. 대부분 전철에서 먹을 수 있도록 포장해 갔다. 8시 15분, 출근 손님들이 대충 빠지자 핍과 줄스는 담배를 피우기 위해 위층으로 올라갔다. 앨리스는 잠시 숨을 돌리며 가게 안을 둘러보았다.

　커피팟에는 테이블이 열 개 있는데 점심시간을 제외하면 보통 절반 정도는 비어 있었다. 역에서 2백 미터 거리에 있어 오가는 사람들이 시간을 보내기 위해 들르는 경우가 많았다. 손님들은 주로 신문을 보거나, 잡지를 넘기면서 시간을 보내곤 했다.

앨리스는 전날 프랭키와 싸운 일을 생각하며 흡연구역의 테이블을 치우고 있었다. 흩어진 신문을 정리하다가 앨리스는 자신을 쳐다보는 남자의 시선을 느꼈다. 고개를 돌리자 남자는 담배를 입에 문 채 유쾌한 표정으로 알은체했다. 그 뒤로 사흘 내내 남자는 커피팟에 나타났다.

앨리스는 남자를 관찰하기 시작했다. 중년의 나이에 체구가 커서 의자가 작아 보일 정도였다. 정수리는 벗겨지고, 긴 뒷머리는 질끈 묶었다. 낡은 배낭에서 꺼낸 카메라, 메모지, 지도, 서류철 같은 물건으로 어질러진 테이블에는 커피 잔 하나 놓을 데가 없었다. 주로 흡연구역의 창가 테이블에 앉아 카푸치노 큰 사이즈와 머핀을 주문했다. 커피 한 잔을 꽤 오랫동안 마셨고, 잔이 비면 다시 채우러 왔다. 커피팟에서 한 시간 반 정도 머물렀다. 특별히 거슬릴 것은 없었다. 그는 대부분의 시간을 창밖을 보고 메모하면서 보냈다. 앨리스는 그가 작가일지도 모른다고 생각했다.

남자가 나가고 테이블을 치운 줄스가 메모지를 들고 카운터로 왔다.

"그 머리 묶은 뚱보 남자 있지? 이걸 두고 갔네. 카운터 뒤에 둬. 혹시 찾으러 올지 모르니까."

건네받은 종이에는 낙서가 가득했다.

"맞은편 의자에 있었어. 테이블에서 떨어졌나봐. 전화번호도 있네. 그 손님, 전화번호가 아쉽겠는걸."

앨리스는 전화번호 따위는 눈에 들어오지 않았다. 맨 위에 적힌 이름을 보는 순간 심장이 바닥으로 떨어졌다. 이름에 그은 밑줄 때문에 글자가 더욱 도드라져 보였다.

제니퍼 존스

미셸 리빙스턴

루시 버셀

앨리스는 종이를 반으로 접고 또 접었다. 핍과 줄스의 목소리가 귓가에 울렸지만, 제대로 알아들을 수 없었다. 비스킷 크기의 두툼한 딱지처럼 접은 종이를 주머니에 넣은 다음 앞치마를 벗으며 말했다.

"지금 휴식시간 좀 쓸게."

줄스와 핍은 점심시간에 팔 바게트와 포장된 샌드위치를 꺼내느라 눈길도 주지 않았다. 앨리스는 커피팟에서 나와 번화가를 지나 로지의 아파트가 있는 길로 접어들었다. 폭발할 것 같은 감정을 누르며 걸음을 재촉했다. 우선 아무도 없는 집에 들어가 깊숙이 숨고 싶었다.

아파트 앞에 흰 승합차가 뒷문을 열어둔 채 서 있었다. 아랫집 현관문도 활짝 열려 있었다. 앨리스는 잠시 걸음을 멈추었다. 큰 가방 두 개와 여행용 가방 한 개가 복도에 있었다. 집 안에서 문을 여닫는 소리가 들렸다. 아랫집에 누군가 이사를 들어오는 모양이었다. 앨리스는 얼른 집 안으로 들어가 문을 잠갔다. 새 이웃과 마주치고 싶지 않았다. 현관에 등을 기대고 젖 먹던 힘까지 짜내 문을 밀었다.

계단을 뛰어올라가 주방으로 들어갔다. 떨리는 손으로 메모지를 꺼내서 식탁 위에 놓고 주름을 폈다. 이름 세 개가 그녀를 노려보는 것 같았다.

'제니퍼 존스, 미셸 리빙스턴, 루시 버셀.'

6년 전 어느 봄날 버위 위터스에 갔던 세 아이. 몇 달 동안 신문을 도배했던 이름들. 특히 유명한 이름은 제이제이, 제니퍼 존스였다!

'가죽 재킷을 입은 남자는 왜 그 이름들을 적었을까?'

앨리스는 로지에게 전화를 걸었다. 번호를 누르는 손가락이 뻣뻣했다. 상대편에서 전화를 받자 수화기에 대고 재빨리 말했다.

"로지 서더랜드를 바꿔주세요. 급한 일이에요."

로지가 느긋한 목소리로 전화를 받았다. 그녀는 앨리스가 다급한 목소리로 설명하는 내내 별다른 대꾸를 하지 않았다. 앨리스를 달래기 위해 특별히 애쓰지도 않았다.

"진정해, 앨리스."

통화를 끝내자 앨리스는 신기하게도 흥분이 가라앉았다.

앨리스는 커피팟으로 다시 돌아온 뒤 금전등록기와 벽 사이의 틈에 메모지를 넣었다.

가죽 재킷을 입은 남자는 그 다음 날에도 커피팟에 나타났다. 앨리스는 애써 마음을 다독이며 메모지를 들고 남자에게 다가갔다.

"어제 이걸 놓고 가셨어요. 중요한 메모 같아서요."

앨리스는 메모지를 내밀었다. 꼬깃꼬깃 접힌 흔적이 그대로 남아 있었다. 남자는 놀란 표정을 감추지 못했다.

"고마워요, 아가씨. 어디서 흘렸나 했는데……."

"기자예요? 거기 적힌 이름들을 봤어요. 얼마 전에 석방되었다는 그 아이."

"사립탐정이에요. 제니퍼 존스를 찾고 있지."

그는 손가락으로 코끝을 만지더니, 이내 신문으로 눈을 돌렸다. 앨리스는 고개를 끄덕이며 미소를 지었다. 남자의 머리칼은 기름기가 돌았고 얼굴은 군데군데 얽은 자국이 있었다. 밑창이 다 닳은 구두를 신고 있었으며, 재킷 역시 낡을 대로 낡아 안감이 밖으로 미어져 있었다. 카운터로 돌아온 뒤에도 앨리스는 남자에게서 눈을 떼지 못했다. 그는 한 손으로 마지막 파이 조각을 입에 넣으며 다른 손으로 휴대전화의 번호를 눌렀다.

그 일이 있은 뒤에도 앨리스는 평소와 다름없이 제시간에 출근했다. 그날도 평소처럼 멜빵바지를 입고 카운터에 서서 거리를 내다보고 있었다. 사람들은 고개를 숙인 채 역 앞을 오갔다. 손목시계를 보며 서두르는 사람도 있었고, 개찰구로 들어가기 위해 교통카드를 꺼내는 사람도 보였다. 평범한 일상에 묻힌 사람들의 표정이 편안해 보였다. 그들 중 몇 사람은 커피팟에 들러 커피 한 잔과 크루아상을 주문하기도 했고, 큰 사이즈의 허브 차를 사 가기도 했다.

무심히 사람들을 보던 앨리스는 갑자기 심한 현기증을 느꼈다. 창가에 몸을 기댄 채 앨리스는 자신의 몸을 찬찬히 내려다보았다. 작고 깡마른 게 몹시 초라해 보였다. 커피팟 구석에 앉아 차를 마시던 사람들이 모두 자신을 쳐다보는 듯했다. 힐끔거리는 눈빛들이 허공에서 몇 번 교차하더니, 얼굴을 맞대고 수군거리기 시작했다. 앨리스는 시선 둘 곳을 찾느라 사방을 두리번거렸다. 출발지를 알 수 없는 불안이 심장을 조이며 몰려왔다. 카운터 건너편에서 누군가 말을 걸었지만 입이 떨어지지 않았다.

매니저가 걱정스럽게 바라보았다. 앨리스는 멜빵바지의 단추를 풀었다. 바닥에 흘러내린 바지에서 발을 빼자마자 앨리스는 그대로 뛰쳐나갔다. 매니저가 다급한 목소리로 로지에게 전화를 거는 소리가 들렸다. 로지와 매니저는 오랜 친구 사이였다.

"앨리스가 급하게 나갔어."

앨리스는 가능한 빨리 어딘가로 숨고 싶었다. 사람들의 눈을 피할 수 있는 곳이라면 어디든. 그러나 로지의 집만큼 안전한 곳은 없었다. 앨리스는 마주 오던 사람들과 계속 부딪쳤다. 보행자들과 반대 방향으로 걸었다. 사람들을 피하느라 인도와 차도를 번갈아 옮겨 걸었다. 모퉁이를 돌자, 로지의 집이 있는 거리가 나왔다. 사방이 조용했다. 인적 없는 거리에 자동차 몇 대가 시소 타듯 과속방지턱을 넘었다.

퇴근해서 돌아온 로지는 이불을 뒤집어쓴 채 침실 구석에 웅크리고 있는 앨리스를 발견했다. 두꺼운 커튼을 쳐놓은 방에 온풍기까지 돌아가고 있었다. 방은 어두컴컴하고 공기마저 후텁지근했다. 로지는 한숨을 쉬면서 온풍기의 플러그를 뽑았다. 그리고 커튼을 걷었다. 방 안으로 햇볕이 쏟아졌다. 로지가 창문을 열자 앨리스는 덮고 있던 이불을 코까지 끌어올렸다.

"우리 이야기 좀 해야겠지?"

로지의 말에 앨리스는 기다렸다는 듯이 고개를 끄덕였다. 지난 일주일 사이 로지는 벌써 여러 번 어두운 방구석에 웅크리고 있는 앨리스를 찾아냈다. 어제까지만 해도 로지는 앨리스의 소심한 성격 탓으로 돌리며 그냥 웃어넘겼다. 그러나 오늘은 달랐다. 앨리스가 일을 하다 말고 커피팟에서 뛰쳐나온 것은 처음 있는 일이었다.

"커피를 준비할 테니, 주방에 나와서 수다나 떨자."

로지는 바람이 통하도록 문을 활짝 열어놓은 채 방을 나갔다. 곧이어 물소리와 그릇 소리가 들렸다. 냉장고 문이 열렸다 닫히더니 커피 냄새가 진동했다. 앨리스는 이불을 내리고 일어났다. 다리가 나무토막처럼 뻣뻣했다. 로지는 커피 두 잔을 식탁에 놓고, 앨리스의 맞은편에 앉았다. 커피를 마시기 전 그녀는 앨리스의 손을 잡고 눈을 맞추었다.

"상황이 어려워질 수 있어. 기억하지? 그날 패트리샤 코피의 아파트에서 나눈 이야기. 이런 일로 주저앉으면 안 돼."

앨리스는 고개를 끄덕였다.

"아침에 상황이 어떤지 패트리샤에게 확인해봤어. 패트리샤 말로는 따로 접근한 사람은 없었대. 질도 마찬가지고."

질 뉴턴은 앨리스의 가석방 담당관이었다.

"언론에서는 방금 감옥에서 나온 아가씨를 찾고 있어. 넌 여기서 지낸 지 이미 6개월이 넘었어."

로지는 옆에 놓인 플라스틱 통을 열고 버터 쿠키 한 개를 꺼내 앨리스의 손에 쥐어주었다.

"먹어."

앨리스는 평소 간식을 먹지 않았다. 그러나 로지는 그녀에게 늘 쿠키를 먹이고 싶어 했다. 앨리스는 쿠키를 한 입 물었다. 버터맛이 강했지만 꼭꼭 씹었다. 로지의 얼굴에 미소가 번졌다. 로지는 의자를 뒤로 밀면서 일어났다. 헐렁한 바지는 구겨져 주름이 잔뜩 잡혀 있었다.

"그러니까 탐정이, 아무리 셜록 홈즈가 카페에 온다 한들 뭐 어쩌겠어? 그들이 알아낼 수 있는 건 아무것도 없을 거야."

그때 현관의 인터폰이 울렸다. 로지는 혀를 차면서 복도로 나갔다. 인터폰 수화기를 들고 다정하게 인사하는 소리가 들렸다. 앨리스는 숨을 죽인 채 소리에 집중했다. 곧 수화기 내려놓는 소리가 들리더니 로지가 주방으로 돌아왔다.

"아래층에 새로 이사 온 여자 있지, 새러라고. 수도가 샌대. 어디를 잠가야 할지 모르겠다고 하네. 잠깐 내려갔다 와도 될까? 잠깐이면 될 거야."

"그러세요."

앨리스는 먹다 만 쿠키를 내려다보며 건성으로 대답했다. 로지가 만든 쿠키는 늘 가장자리가 우둘투둘했다. 몽스그로브에서 처음 만나던 날에도 그녀는 집에서 구운 쿠키 상자를 들고 왔다. 앨리스는 지난 1월 몽스그로브를 떠나 로지의 집으로 왔다.

"이 친구가 앨리스 털리예요."

그날 패트리샤가 로지를 소개해주었다. 그녀가 자리에서 일어났다. 긴 치마, 헐렁한 블라우스, 조끼, 어정쩡한 길이의 옷들을 겹쳐 입은 탓에 큰 체구가 더 커 보였다. 발그레한 얼굴에 단정한 머리는 턱밑에서 찰랑거렸다. 눈에 띈 것은 이상한 귀고리였다. 각각 다른 모양의 귀고리였는데, 하나는 구슬이 길게 늘어져 있고, 다른 하나는 작은 고리들이 주렁주렁 달려 있었다. 로지는 악수 대신 앨리스를 따듯하게 안았다. 앨리스가 어색한 표정으로 가만히 서 있자 그녀는 환하게 웃으며 앨리스를 소파로 데려가 옆에 앉혔다.

로지는 크로이던의 아파트 생활에 대해 자세히 들려주었다. 아일랜드 출신으로 남의 머리를 만져줄 때 가장 행복해한다는 엄마 캐시 이야기를 할 때는 입가에 미소가 번졌다.

"주방에는 큰 오븐이 있는데, 앞으로 내가 쓸 '로지의 주방'이란 책의 배경이 될 거야."

그러면서 작은 상자를 꺼냈다. 쿠키가 가득 들어 있었다. 앨리스는 로지가 내민 쿠키를 쪼개 입에 한 조각 넣었다. 로지가 표정을 살피며 물었다.

"어떠니? 어때?"

앨리스가 고개를 끄덕이자, 로지는 손바닥으로 자기 입을 막으며 호들갑을 떨었다.

"어머, 나 혼자 계속 떠들었네! 앨리스에게 말할 기회도 주지 않고!"

앨리스는 로지에게 1년 전에 치른 학력평가에 대해 말했다. 세 과목에서 B를 받았고, 내년에는 대학에 입학할 거라 덧붙였다. 좋아하는 텔레비전 프로그램과 읽고 있는 책 이야기도 했다. 앨리스는 로지의 옷에 떨어진 쿠키 부스러기를 털어주고 싶었지만 선뜻 손이 나가지 않았다.

계단 올라오는 소리가 들렸다. 앨리스는 남은 쿠키 조각을 입속으로 밀어넣었다. 로지가 주방으로 들어섰다.

"새러도 참, 선생님이라는데 중앙 관에서 물을 잠그는 것도 모르다니! 그래도 이웃이랑 잘 지내면 나쁠 건 없겠지 안 그래? 앨리스, 우리 어디까지 이야기했지?"

앨리스는 담담하게 대답했다.

"제가 여기 사는 건 아무도 모를 거라고요. 제 생활에 대해서도."

"그래 맞아. 그 사설탐정이 크로이던에 온 건 그냥 우연……."

로지가 말끝을 얼버무리자 앨리스는 신경이 곤두섰다.

"뭔데요?"

"아니야. 아무것도 아니야."

로지는 오른쪽 귀고리를 만지작거렸다. 그러고는 커피 잔은 건드리지도 않은 채 일어나서 그릇을 치웠다. 앨리스는 로지의 뒷모습에 시선을 고정했다.

'사설탐정은 왜 하필 크로이던을 선택했을까?'

앨리스는 여전히 의심을 떨쳐내지 못했다.

3

앨리스는 로지와 함께 쇼핑센터에 갔다. 넓은 쇼핑센터는 쇼핑백을 들고 오가는 사람들로 북적였다. 팔짱을 낀 채 유모차를 밀고 가는 부부, 아이의 코를 닦아주는 엄마, 아이가 떨어뜨린 장난감을 줍는 아빠…….

앨리스는 사람들 사이를 마구 쏘다녔다. 세일 상품이 잔뜩 쌓인 곳에서 물건을 고르기도 하고, '마지막 세일' 포스터를 붙인 채 무력하게 서 있는 마네킹을 물끄러미 보기도 했다. 한참을 돌아다니다 앨리스는 벤치에 앉아 천장을 올려다보았다. 푸드코트의 야자수 네온이 형형색색으로 빛났다. 천장 유리 탑이 구름을 뚫을 듯 하늘로 솟아 있었다. 머리가 다시 지끈거렸다.

로지는 쇼핑센터를 좋아하지 않았다. 앨리스의 손에 끌려오면 억지로 시간을 보내느라 괴로워할 정도였다. 그녀는 차라리 시장을 좋아했다. 주인이 직접 디자인해서 만들어 파는 작은 가게들을 몇 시간씩 누볐다. 무거운 벨벳 치마를 몸에 대보면서 '이런 옷이 진짜 개성 있는 디자이너 옷'이라고 즐거워했다. 손으로 만지는 순간 구김이 생기는 마 블라우스를 입어보기도 했고, 자선 가게(기증받은 물품을 싸게 팔아 기금으로 쓰는 상점 - 옮긴이)에 들러 고급 구두와 재킷을 싼값에 사기도 했다.

앨리스는 몸을 흔들며 손사래를 쳤다.

"남이 입었던 거잖아요."

로지는 상관하지 않았다. 빨아서 다리거나 윤을 내며 즐거워했다. 앨리스는 쇼핑센터에서 파는 대량으로 생산된 물건들을 더 좋아했다. '개성'은 바라지 않았다. 그저 남들과 똑같아 보이고 싶었다. 눈에 띄지 않고 평범해 보이고 싶었다.

앨리스는 쇼핑백 두 개를 들었다. 하나는 가벼운 스웨이드 재킷이 들어 있었고, 다른 쇼핑백에는 속옷이 들어 있었다. 스웨이드 재킷은 진열대에 걸려 있는 것을 보자마자 골랐다. 가게에 있는 가장 작은 사이즈를 입어보았다. 어깨를 감싸는 느낌이 포옹하는 것처럼 가볍고 편안했다. 속옷은 흰색과 검은색 브래지어와 팬티 세트를 집어 들었다.

"예쁘지 않니?"

로지가 레이스 장식이 화려한 것을 골라주었다. 앨리스는 단번에 손을 내저었다. 화려한 속옷은 왠지 천박하고 야해 보였다.

로지도 옷을 샀다. 그다지 실용적으로 보이지 않았지만 독특한 디자인의 티셔츠였다. 로지는 가게 한가운데서 옷을 입은 다음 거울 앞에서 만족스러운 듯 빙빙 돌았다. 그녀가 계산을 하는 동안 앨리스는 다른 옷을 구경했다. 로지는 계산대의 여직원과 오래도록 수다를 떨었다.

앨리스는 카페에 와서 먼저 자리를 잡고 앉아 로지를 기다렸다. 로지는 음식을 주문하면서도 점원과 농담을 주고받았다. 정말 따뜻하고 편안한 사람이었다. 특유의 친화력으로 같이 지내러 온 여자아이들과 쉽게 정을 쌓았다. 편안한 성격 덕에 낯선 사람과도 금방 가까워졌다. 아래층에 새로 이사 온 새로도 마찬가지였다. 앨리스는 그런 로지가 좋았다.

"자, 음식이 왔어요!"

로지가 테이블에 쟁반을 놓았다. 앨리스는 샌드위치 접시를 들었다. 로지는 빈 쟁반을 다른 의자 위에 내려놓았다.

"오늘 밤에 프랭키를 만날 거니?"

앨리스는 고개를 끄덕였다.

"늦지는 않을 거지?"

"네. 그냥 대학 바(영국에는 대학 캠퍼스 안에 술집이 있는 경우도 있음 - 옮긴이)에서 만날 거예요."

"음료수 마실 거지?"

바에 간다고 할 때마다 로지는 같은 질문을 했다. 앨리스는 고개를 끄덕였다. 앨리스가 종종 맥주나 와인을 마신다는 것을 로지도 알고 있었다. 로지가 눈치채고 있다는 것 또한 앨리스는 알고 있었다.

"선생님은요?"

"난 새러와 인도 식당에 갈 거야."

"새러와 함께요? 그런 말씀 안 하셨잖아요."

"늦게 약속했어. 어제 저녁에 쇼핑백을 잔뜩 들고 오더라고. 집까지 짐을 들어주면서 수다 좀 떨었지. 진짜 좋은 사람이야."

"말이 너무 많고 시끄러운 여자예요."

로지는 직장 일과 어머니와의 약속이 아니면 거의 외출을 하지 않았다. 새 옷을 산 것도 결국 새러와의 약속 때문이었다. 앨리스는 왠지 서운했다. 쉬지 않고 재잘대는 새러의 얼굴을 떠올리며 고개를 저었다.

"새러는 선생님이야. 선생님들이 어떤지 알잖아!"

새러는 툭하면 문제집을 들고 나타났다.

"몇 학년을 가르치는데요?"

"초등학생들. 7~8년쯤 됐나 봐."

"혼자 살아요? 같이 사는 사람은 없어요?"

앨리스는 그러길 바랐다.

"응, 나와 비슷해. 마음 가는 대로, 발길 닿는 대로 자유롭게 살지!"

앨리스는 로지의 어깨를 감싸며 말했다.

"너무 늦게까지 있지 마세요!"

"알았어, 잔소리꾼."

로지는 싫지 않은 듯 웃었다. 앨리스는 천천히 샌드위치를 먹었다.

집으로 돌아가는 길은 여전히 복잡했다. 행인이 많이 줄긴 했지만 정류장에는 사람들이 길게 줄을 서 있었다. 미처 빠져나가지 못한 버스가 이리저리 뒤엉켜 있었다. 앨리스는 쇼핑백을 맨 어깨를 축 늘어뜨린 채 걸음을 옮겼다. DIY가게(가구 등을 직접 만들 수 있는 재료를 파는 곳 - 옮긴이)에는 '폐점 세일' 포스터가 몇 달째 붙어 있었다.

앨리스는 커피팟 앞을 지나면서 안을 들여다보았다. 카운터 뒤에 서 있는 핍과 매니저가 보였다.

"월요일부터 출근해도 괜찮겠어?"

로지도 가게 안을 기웃거렸다.

"네, 다시 일하러 갈 수 있어서 좋아요."

일을 하다 말고 뛰쳐나온 뒤 앨리스는 일주일 넘게 집에서 지냈다. 로지는 앨리스가 편안하게 쉴 수 있도록 배려를 아끼지 않았다.

집 앞 모퉁이를 돌자 신문 판매점이 보였다. 로지가 걸음을 멈추며 말했다.

"들어가서 신문 값 계산 좀 하고 올게."

"저는 여기서 기다릴게요."

앨리스는 가게 앞 가로등에 기대섰다. 신문 판매점 창문에 포스터와 작은 광고지가 다닥다닥 붙어 있었다. 광고지 사이로 로지의 등이 보였다. 웃으면서 말하는 주인의 옆얼굴도 보였다. 그는 영수증을 내주며 로지에게 끊임없이 말을 했다. 로지만큼이나 활달한 사람이라 생각하며 고개를 돌릴 때였다. 창문에 붙은 포스터 옆의 광고지가 눈에 들어왔다. '이 소녀를 보셨나요?' 광고문의 글자가 살아서 튀어나올 것만 같았다. 글자 밑의 사진은 작아서 제대로 보이지 않았다. 앨리스는 비틀거리며 두 손으로 가로등을 잡았다.

오래전의 일. 버윅에서 사건이 터진 다음 날 거리 곳곳에 사진이 나붙었다. 작은 사진을 확대해 복사한 것이었다. 누군가 사진을 바인더 비닐에 넣어 나무, 가로등, 건물 유리창 등에 가리지 않고 붙였다. 기자들이 사진 앞에 서서 '이 아이를 보셨나요?'라고 물었다. 모두 사진 속의 아이를 찾고 있었다.

앨리스는 양손을 비비며 인도 위를 걸었다. 다리가 자꾸만 꼬였다. 밖으로 나오던 로지가 다시 신문 판매점 안으로 들어갔다. 로지는 왜 다시 들어간 걸까? 앨리스는 신경을 곤두세운 채 다른 광고지로 눈을 돌렸다. 축제 광고였다. 착 달라붙는 반짝이옷을 입고, 긴 장대를 들고 줄 위에서 균형을 잡은 여자의 사진이었다. 그러나 이내 시선은 아까 보았던 광고지로 향했다.

'이 소녀를 보셨나요?' 문구 아래 붙은 사진! 앨리스는 그대로 얼어붙었다. 큰 사진을 잘라서 얼굴만 복사한, 열여섯 살쯤 돼 보이는 십대 소녀의 얼굴이었다. 사진의 가장자리가 약간 흐릿했다.

"오래 기다렸지? 주인이 말을 끝내지 않아서 말이야!"

로지의 목소리가 들렸다. 다가오는 기척을 느꼈지만 앨리스는 돌아보지 않았다. 광고지에 고정한 시선이 좀처럼 떨어지지 않았다.

'가족이 소식을 듣고 싶어 합니다. 마지막으로 크로이던 인근에 머물렀습니다. 소재를 알려주시면 사례로 1백 파운드를 드립니다.'

맨 아래에는 전화번호가 덧붙어 있었다.

"뭔데 그래?"

다가오던 로지가 놀라서 소리쳤다.

"세상에, 맙소사!"

그리고 급히 목소리를 낮추었다. 사진 속의 소녀가 누군지 로지도 단번에 알아챘다는 걸 알 수 있었다.

앨리스는 한 발짝도 움직일 수 없었다. 무릎을 굽히면 빳빳하게 굳은 다리가 부러질 것 같았다. 앨리스는 한동안 그렇게 서 있었다. 로지가 작은 소리로 속삭이며 앨리스의 팔을 잡아당겼다.

"집에 가자. 빨리 질한테 연락해야겠어. 질이 도와줄 거야."

앨리스는 머릿속이 하얘졌다가 아주 천천히 돌아왔다.

4

8시쯤 프랭키가 앨리스를 데리러 왔다. 둘은 곧바로 대학 바에 갔다. 바에는 프랭키가 좋아하는 디제이가 있었다. 술값도 싼 편이었고 아는 사람도 많았다. 저녁시간을 즐겁게 보낼 수 있는 곳이었다.

프랭키는 키가 크고 덩치도 꽤 컸다. 반면 앨리스는 아동복이 맞을 만큼 작았다. 깡마른 몸매 때문에 실제 나이보다도 훨씬 어려 보였다. 프랭키는 앨리스를 보자마자 꼭 끌어안았다. 그는 앨리스를 안고 걷는 걸 좋아했다. 말다툼을 하고 난 뒤에는 더 했다. 일종의 화해 방식이었다. 앨리스도 굳이 피하지 않았다. 목덜미와 어깨에 닿는 까끌까끌한 느낌이 좋았다. 당겨 안을 때마다 자신의 몸에 부딪히는 단단한 갈비뼈와 골반의 느낌 또한 싫지 않았다. 가끔은 몸 속 깊은 곳에서 살짝 흥분이 일기도 했다. 프랭키 곁에 있으면 왠지 마음이 놓였다.

사실 전날 프랭키와 사소한 말다툼을 했다. 그의 아파트에서 만나기로 했는데, 미장원에 들러 머리를 자르느라 늦었다. 프랭키는 늦은 것보다 짧게 자른 머리 때문에 화를 냈다.

"난 긴 머리가 좋은데!"

프랭키는 이마를 찌푸린 채 앨리스 앞을 가로질러 지나갔다.

"난 괜찮은데."

앨리스가 짧은 머리를 만지며 말했다.

"남자애 같아!"

프랭키는 앨리스를 세워둔 채 소파에 앉았다. 일부러 다리를 벌리고 앉아 그녀가 옆에 앉는 것을 막았다. 앨리스는 아랑곳하지 않고 더 큰 소리로 떠들었다. 프랭키가 시험 때문에 스트레스를 받아서 그런 거라고 생각했다.

"뭐 좀 사다 먹을까?"

프랭키는 대꾸도 않은 채 꺼진 텔레비전 화면만 노려보았다. 앨리스는 갑자기 모든 게 귀찮았다. 피곤했다. 화해할 마음도, 싸울 의욕도 싹 사라졌다.

"갈게. 나중에 전화할게."

앨리스는 서둘러 말을 끝내고 몸을 돌렸다. 곧 프랭키가 따라오는 소리가 들렸다. 앨리스는 모른 척 문 쪽으로 갔다. 문 바로 앞에서 프랭키가 막아섰다.

"우리, 싸우지 말자."

프랭키는 앨리스를 끌어안았다. 앨리스의 작은 머리가 가슴에 묻혔다.

"미안해."

프랭키가 속삭이며 셔츠 안으로 손을 넣었다. 가슴 위에서 잠시 머물던 손이 밖으로 나와 허리를 감쌌다. 두 사람은 소파에 나란히 앉아 텔레비전을 보았다.

"할 일이 많은 것 같은데?"

앨리스가 테이블 위에 쌓인 책과 자료 더미를 가리켰다.

"내일 하지, 뭐."

프랭키는 눈살을 살짝 찌푸렸다. 그러고는 몸을 젖혀 소파를 더 넓게 차지했다. 소파 끝으로 밀려난 앨리스가 소리 내어 웃었다. 프랭키는 앨리스의 몸 위로 올라가 팔굽혀펴기 자세를 취했다. 꼼짝없이 붙잡힌 앨리스가 두 팔을 늘어뜨렸다. 프랭키는 이마부터 천천히 키스를 했다. 프랭키의 몸이 점점 아래로 내려왔다. 앨리스의 셔츠를 벗기고 가슴을 쓰다듬었다. 프랭키는 쉰 목소리로 속삭였다.

"내게 콘돔이 있어."

앨리스는 고개를 저었다. 언제부턴가 프랭키는 몹시 조급해했다. 앨리스는 프랭키의 몸을 살짝 밀어냈다. 프랭키의 마음을 모르는 건 아니었지만 두려웠다. 프랭키가 싫증을 내고 훌쩍 떠나버릴까 봐 불안했다.

대학 바에는 학생들이 삼삼오오 모여 있었다. 프랭키는 앨리스의 손을 잡고 들어가 구석 자리에 앉은 친구들을 찾아냈다. 테이블 위에 빈 맥주잔이 잔뜩 놓여 있었다. 모두들 눈이 반쯤 풀린 상태였다.

"안녕, 앨리스!"

프랭키의 룸메이트가 인사를 건넸다. 앨리스는 고개를 끄덕이며 웃었다. 프랭키가 술을 사러 간 사이 그녀는 천천히 바를 둘러보았다. 끈적거리는 바닥, 시척지근한 술 냄새와 매운 담배 연기가 묘하게 마음을 끌었다.

"이 학교 학생이에요?"

처음 보는 사람이 물었다.

"아뇨, 9월에 대학에 입학해요."

그는 관심을 두지 않고 이내 자리로 돌아갔다. 앨리스는 의자를 뒤로 빼고 눈을 감았다. 대학생활에 대해 생각했다. 9월이면, 서섹스(영국의 남부에 있는 주 – 옮긴이)의 대학 기숙사로 옮길 계획이다. 로지의 차에 짐을 싣고 기숙사로 갈 것이다. 방에는 작은 침대와 책상, 게시판, 의자 하나, 텔레비전, 옷장, 서랍장, 세면대가 있고 운이 좋으면 샤워기가 달린 화장실이 있을 것이다. 로지가 계단을 오르내리며 짐 옮기는 것을 도와줄 테고. 그후엔 대학생활을 시작하는 수천 명 중 한 명이 될 것이다. 새로운 사람을 만나고 차곡차곡 능력을 쌓을 것이다.

그러다 문득 몽스그로브에서 혼자 쓰던 작은 방이 떠올랐다. 앨리스는 그때의 기억을 털어내듯 머리를 흔들었다.

'기숙사는 완전히 다른 환경일 텐데 뭘. 원하는 대로 자유롭게 드나들 수도 있고. 보통 사람들 속에 있을 테고. 지은 죄라곤 레코드 가게에서 음반을 슬쩍한 게 다인 보통의 젊은이일 뿐이야…….'

앨리스는 프랭키가 맥주 잔 내려놓는 소리에 눈을 떴다. 그녀는 잔을 당겨서 차가운 맥주를 들이켰다.

"엄마는 네가 우리 집에 와서 일주일쯤 같이 지냈으면 하셔."

"뭐라구?"

앨리스가 몸을 앞으로 내밀며 물었다.

"브라이튼에 오라고, 8월에. 내가 구경 시켜줄게. 네가 다닐 서섹스 캠퍼스에 가볼 수도 있어. 멀지 않거든."

프랭키는 들뜬 목소리로 차근차근 설명했다.

"어머니가 정말 친절하시네……."

"앨리스, 난 네가 왔으면 좋겠어. 여동생 소피와 엄마, 아빠도 만나고. 내 방은 맨 위층에 따로 있어. 다락방인데, 작은 아파트랑 비슷해. 넉넉한 더블 침대도 있어. 부모님이 나를 내보내려고 따로 그 방을 만들었나봐."

프랭키가 보채는 아이처럼 굴었다.

'더블 침대?'

앨리스는 당혹스러웠다. 더블 침대가 의미하는 건 무얼까. 잠시 딴 생각에 빠져 있을 때 한 친구가 앨리스 앞으로 팔을 뻗어 프랭키를 쿡쿡 찔렀다.

"저기, 저 자식 또 돈 자랑하러 납시셨는데?"

앨리스는 바에 서 있는 꽁지머리를 한 남자를 보았다. 후텁지근한 날씨에도 불구하고 가죽 재킷을 입고 있었다. 프랭키가 귀에 대고 속삭였다.

"저 사람, 탐정이야."

앨리스는 두 손을 맞잡은 채 남자를 바라보았다. 남자는 바에 팔꿈치를 올리고 서서 둘둘 만 지폐를 담배처럼 손가락 사이에 끼고 있었다. 바텐더가 활짝 웃으면서 주문을 받았다. 둘 사이의 대화는 들리지 않았지만, 바텐더의 입모양으로 미루어 고맙다고 인사를 건네는 것 같았다.

"탐정이란 작자가 왜 자꾸 여길 오는 거지?"

또 다른 친구가 남자를 가리키며 빈정거렸다.

"실종된 소녀를 찾는대나봐. 여기 학생과 사귄 적이 있대. 그래서 소녀의 부모가 딸이 이 근방에 살 거라고……."

"그거야 그 여자애 일이잖아. 혹시 그 앨 안다고 해도 난 저 사람에게 아무 말 안 할 거야."

"돈을 준다 해도?"

"그래, 난 말 안 해."

프랭키의 친구들은 제법 진지하게 대화를 이어갔다.

"얼마를 걸었는데? 저 사람, 10파운드짜리만 내던데?"

프랭키가 자세를 바로 잡으며 끼어들었다.

"그거 재미있네. 얼마를 받으면 밀고할 건데?"

"돈도 돈이지만, 부모는 딸이 어디 있는지 알 권리가 있지 않겠어?"

프랭키가 마치 소녀를 알고 있기라도 한 듯 물었다.

"보상금을 1백 파운드쯤 준다면 어때? 알려줄 거야?"

친구들 간의 토론은 점점 더 격렬해졌다. 앨리스는 듣지 않았다. 차가운 맥주 잔을 얼굴에 댄 채 남자 쪽으로 시선을 돌렸다. 남자는 여전히 바텐더에게 말을 건네고 있었다. 거스름돈을 받고서는 종이 한 장을 내밀었다. 바텐더가 고개를 젓자 남자는 종이를 챙겨 주머니에 넣었다.

남자가 앨리스 쪽으로 돌아섰다. 앨리스는 얼른 고개를 돌려 프랭키를 바라보았다. 프랭키는 손짓을 섞어가며 논쟁에 열을 올리고 있었다. 앨리스는 술잔을 내려놓으며 다시 남자를 보았다. 테이블 위에 술잔을 내려놓던 남자와 눈이 마주쳤다. 남자는 손을 멈추고 앨리스를 쳐다보았다. 생각에 사로잡힌 듯 눈썹에 잔뜩 힘을 준 표정이 어두워 보였다.

앨리스는 얼굴을 가리듯 맥주 잔을 높이 들었다. 프랭키와 친구들은 밀고자가 되는 데 얼마를 받아야 하는지를 두고 입씨름을 계속했다.

'탐정은 소녀를 찾아낼 수 있을까? 오래전 사진 속의 인물을 알아볼 수 있을까? 머리가 짧아지고 체중이 줄었다 해도 똑같은 눈, 똑같

은 입술, 똑같이 창백한 피부라면…….'

앨리스는 더 이상 자리에 앉아 있을 수가 없었다. 그녀는 자리에서 벌떡 일어났다. 그 바람에 테이블이 심하게 흔들렸다. 술잔끼리 부딪치고, 잔에서 맥주가 흘렀다. 프랭키와 친구들이 일제히 앨리스를 쳐다보았다.

"이런! 조심해."

프랭키가 앨리스를 붙잡았다.

"미안, 화장실에 가려고."

바는 점점 더 소란스러워졌다. 취한 사람들이 뿜어대는 담배 연기와 술 냄새에 구역질이 났다. 바닥은 끈끈이 풀을 발라놓은 듯 끈적였다. 신발 밑창이 바닥에 달라붙어 걸음을 옮길 때마다 소리가 났다. 술기운이 퍼지자 속이 울렁거려 금방이라도 토할 것 같았다. 신선한 공기가 필요했다.

출입문으로 나가려는데 남자가 다가와 앨리스 앞을 막았다. 걸음을 멈추고 남자를 올려다보았다.

"실례합니다. 제가 아는 아가씨 맞죠?"

앨리스는 대답할 말을 찾지 못해 그대로 서 있었다. 끈적끈적한 바닥에 발목이 잡힌 것 같았다. 얽은 얼굴과 뒤로 넘겨 묶은 머리가 한눈에 들어왔다. 남자가 앨리스의 얼굴을 빤히 쳐다보며 다시 물었다.

"분명히 아는 얼굴인데. 우리, 어디서 만난 적 있죠?"

앨리스가 대답을 망설이는 사이, 남자가 손뼉을 치며 크게 웃었다.

"맞아요! 역 근처에 있는 커피팟에서 일하는 아가씨네. 지난번에 내 메모지를 찾아준 바로 그 아가씨!"

앨리스는 우물거리며 짧게 대답했다.

"네."

꽉 막혔던 숨이 터지며 긴장이 풀렸다. 어지러웠다.

"다음에 그쪽에 가면 다시 한번 들르죠."

남자는 가볍게 목례를 하더니 자기 테이블로 갔다. 앨리스는 비척비척 화장실로 걸어갔다. 세면대에 얼굴을 박고 정신없이 찬물을 끼얹었다. 물이 뚝뚝 떨어지는 얼굴로 세면대를 짚은 채 멍하니 서 있었다. 등 뒤에서 사람들이 무시로 드나들었다. 앨리스가 자리로 돌아갔을 때는 토론이 어느 정도 마무리되어 있었다. 일행은 담배를 문 채 맥주 잔을 기울이고 있었다.

"그만 가봐야겠어."

앨리스는 가방을 챙겨 일어섰다. 프랭키가 버스 정류장까지 바래다주었다.

5.

일주일 뒤 런던의 한 서점에서 질 뉴턴을 만났다. 앨리스는 첩보영화를 찍듯 주위를 살피며 복잡한 거리를 걸었다. 누군가 따라오면서 자신을 감시하고 있을지 모른다는 생각을 떨칠 수 없었다.

신문 판매점에 붙은 사진을 보았을 때, 앨리스는 소녀를 찾는 사람이 더 있다는 사실을 깨달았다. 로지도 최소한 세 명은 넘을 거라고 말했다. 그들은 크로이던 시내 곳곳에 지뢰처럼 박혀 있을지 몰랐다. 가죽 재킷을 입은 남자처럼 그녀의 주변을 맴돌다가 어느 날 뒤로 다가와 어깨를 잡을 수도 있었다. 서점 안으로 들어가기 전, 앨리스는 한 번 더 주위를 둘러보았다.

서점은 4층 건물이었다. 앨리스는 에스컬레이터를 타고 카페가 있는 층으로 올라갔다. 질 뉴턴은 이미 도착해, 창문을 등지고 앉아 잡지를 읽고 있었다. 차분한 금발에 검은 뿔테 안경을 쓴 모습이 꼭 대기업의 비서 같았다. 앨리스는 손을 흔들어 알은체를 하려고 했지만, 잡지에 몰두한 질과 시선을 맞추기 어려웠다. 가까이 다가가 손목을 살짝 건드리자 질은 비로소 고개를 들었다.

"아, 앨리스, 어서 와. 커피 마실래?"

앨리스는 고개를 저었다. 지옥 같은 시간을 견디기 위해 커피, 라테, 핫초코를 이미 지겹게 마신 터였다.

"직장은 어때?"

질이 잡지를 덮어 가방에 넣으며 물었다.

"좋아요. 한 2주간은 어려웠지만, 지금은 괜찮아요."

질은 앞에 놓인 잔을 양손으로 감싸 쥐고 한 모금 마셨다. 조용히 잔을 들었다 놓는 그녀의 움직임은 엄숙하기까지 했다. 앨리스는 침착해지려고 애를 썼다. 그러나 불안한 마음을 숨기지 못했다. 쉴 새 없이 이쪽저쪽으로 번갈아가며 다리를 포갰다. 손으로는 새 스웨이드 재킷의 소맷부리를 잡아당겼다. 한참 만에 질이 입을 열었다.

"앨리스, 패트리샤 코피에게 연락을 받았어. 네 어머니가 팻에게 연락을 했어. 네가 보낸 생일카드를 받았다고 했대. 그게 사실이야?"

생일카드! 그것 때문이었다.

엄마한테 생일카드를 보낸 건 몇 주 전의 일이었다. 로지에게도 생일카드에 대해서 말하지 않았다. 그 정도는 알아서 해도 된다고 생각했다. 생일 축하한다는 말 외에 다른 말은 아무것도 쓰지 않았다. 봉투에 엄마의 이름과 주소만 반듯하게 적었다. 카드를 써놓고서도 쉽게 부치지 못하고 이틀간 사물함에 두었다. 그러나 우체통에 넣는 데는 1초도 걸리지 않았다. 카드가 우체통으로 사라진 순간 앨리스는 심한 현기증을 느꼈다.

우표에 소인이 찍혔을 것이다. '크로이던'라는 글자가 선명하게 찍혔을 것이다. 앨리스는 엄마가 그녀를 세상에 드러내놓을 줄은 몰랐다. 앨리스는 한숨을 크게 내쉬었다.

"어머니는 네가 다시 만나고 싶어 한다는 신호로 받아들였어. 그런 거니? 어머니를 만나고 싶어?"

앨리스는 고개를 저었다. 카드를 왜 보냈는지 모르겠지만, 당장은 엄마를 만나고 싶지 않았다. 질 뉴턴은 고개를 끄덕이며 안도의 숨을 쉬었다.

"그럴 거라 생각했어. 팻한테도 그렇게 말했단다. 하지만 어머니에게 카드를 보낸 건 잘한 일이 아니야. 네가 보낸 카드가 옛날 주소지로 갔고, 친구들이 그걸 어머니한테 전했대."

질은 남은 커피를 모두 마신 뒤 잔과 받침을 옆으로 밀었다. 그리고 두 손을 앨리스의 손에 포갰다.

"앨리스, 내 말 잘 들어. 몇 년간 이름을 지우고 완전히 숨어서 살아보는 거야. 몇 년이 아니라 그 이상이 될지도 몰라. 시간이 흐르면 다시 일상을 되찾을 수 있을 거야. 새로운 기회가 되는 거지. 지역사회 안에서 살 수도 있고. 대학에 진학하고, 직장도 갖고. 사랑하는 사람을 만나 결혼도 하고……. 그러기 위해선 지금까지의 너를 완전히 잊고 살아야 해."

앨리스는 목구멍이 조여오는 것 같았다. 새 인생, 새 출발! 듣기 좋은 말이었다. 다시 태어날 수만 있다면 기꺼이 그렇게 하고 싶었다. 그러나 앨리스는 무거운 짐을 내려놓을 수 없었다. 덮으려 애쓴다고 해서 덮을 수 있는 시간이 아니었다. 씻을 수 없는 과거는 여전히 앨리스의 어깨를 짓누르고 있었다.

"너를 걱정하는 사람들이 도와줄 거야. 믿을 수 있는 사람들이야."

앨리스는 고개를 끄덕였다. 하지만 믿을 수 없는 사람도 있었다. 엄마도 그중의 한 사람이었다.

"그것은 그들…… 과거의 사람들을 완전히 잊어야 한다는 뜻이야. 물론 평생 그래야 한다는 뜻은 아니야. 10년쯤 지나 네가 자리를 잡으면, 스스로 인생을 살아갈 수 있게 될 때……. 어머니와의 연락은 그때 다시 고민해도 되지 않겠니?"

10년 뒤면 앨리스는 스물일곱 살이 될 것이다.

"우리에겐 두 가지 선택권이 있어. 먼저 판사에게 연락해서 접근 금지명령을 받을 수 있어. 하지만 우리가 판사와 접촉하면 언론이 먼저 상황을 파악할 거야. 네 소재지를 확인해주는 셈이지. 그것은 네가 크로이던을 떠나야 한다는 뜻이기도 해."

앨리스는 울컥해서 고개를 저었다. 로지와 헤어질 수 없었다. 절대 그러고 싶지 않았다.

"두 번째는 그냥 무시해버리는 거야. 반응을 보이지 않으면 네가 여기 있다는 것을 눈치채긴 어려울 거야. 다른 곳에서 보냈거나, 아니면 이미 멀리 떠났다고 생각할 수도 있을 거야."

"정말 죄송해요."

앨리스는 갑자기 자신이 성가신 존재가 되어 모두를 곤란하게 만들어버린 것 같았다. 그녀를 만나기 위해 질은 런던까지 와야 했고, 패트리샤 코피는 어머니와 통화를 해야 했다. 로지도 마찬가지였다.

로지는 요즘 통 잠을 이루지 못했다. 앨리스는 새벽 4시에 식탁에 앉아 있는 로지를 보았다. 동이 틀 때까지 로지는 그대로 앉아 있곤 했다. 로지가 언제까지 자신을 돌봐줄지 두려웠다. 시간이 지나면 언젠가 자신을 놓아버리지 않을까, 알아서 살아보라고 하지 않을까 겁이 났다.

낯선 세상과 홀로 싸워야 하는 날이 가까워진 것이다. 금방이라도 사람들이 달려들어 자신을 갈기갈기 찢어놓을 것 같았다. 앨리스는 세차게 고개를 저었다. 그러느니 차라리 죽는 게 나을지도 몰랐다.

'도대체 무슨 생각으로 생일카드를 보냈지?'

왜 엄마한테 생일카드를 보냈는지 자신도 이해할 수 없었다. 서점에서 나와 역으로 가는 동안 질이 말했다.

"지금 내가 휴대전화 기금을 만드는 중이야. 그러면 무슨 일이 생겼을 때 나한테 직접 연락할 수 있을 거야. 물론 그런 일이 없어야겠지만. 앨리스, 넌 반드시 평범하게 살 수 있을 거야."

질은 앨리스와 가볍게 포옹을 하고 반대편 플랫폼으로 갔다. 앨리스는 기차가 오기를 기다렸다. 기차의 문이 열리자 얼른 안으로 들어가 창가 자리에 앉았다. 앨리스는 유리창에 얼굴을 대고 밖을 내다보았다. 건너편 플랫폼에 기차를 기다리며 서성이는 사람들이 보였다.

기차가 천천히 움직이기 시작했다. 앨리스는 질의 이야기를 하나하나씩 되짚어보았다. 두 가지 선택 사항, 생일카드, 휴대전화……. 몸으로 전해지는 기차의 규칙적인 진동과 북적이는 사람들 속에서 앨리스는 생각에 젖어들었다. 창밖으로 낯선 세상이 휙휙 지나갔다. 앨리스는 서서히 단잠에 빠졌다.

6

탐정의 이름은 데릭 코커였다. 앨리스는 종강을 축하하러 프랭키와 함께 대학 바에 갔다가 학생회관 앞 게시판에 붙은 명함을 보고 그의 이름을 알게 되었다. 데릭 코커, 사설 탐정. 옆에는 신문 판매점에서 본 사진이 붙어 있었다. 사진 아래에는 '실종된 소녀'라는 굵은 글씨와 함께 '부모님이 애타게 찾습니다. 어떤 정보라도 알려주시면 후사하겠습니다'라는 안내문이 적혀 있었다. 앨리스는 광고를 보고도 별다른 느낌이 들지 않았다. 오히려 무덤덤했다. 사진 속 여자아이는 마치 오래전에 잠깐 만난 적 있었던 사람 같았다.

"뭘 보는 거야?"

프랭키가 그녀의 허리를 안고 바싹 당기며 물었다. 앨리스는 대답 대신 어깨를 으쓱했다.

"아, 이 사람! 아직도 학생들에게 술을 사주면서 돈을 보여준대. 실종된 여자애를 찾는다면서."

프랭키는 사진을 가리키며 무심하게 말했다. 그리고 앨리스를 안은 채 바 쪽으로 방향을 돌렸다. 앨리스는 까치발을 하고 그의 뺨에 입을 맞추었다. 프랭키는 그녀의 입술에 진한 키스를 했다. 사람들이 힐끗거리며 오갔다. 앨리스는 행복했다. 몸에서 뜨거운 불꽃이 일었다. 이런 것이 정말 사랑일까?

전날 오후에 두 사람은 로지의 아파트에서 시간을 보냈다. 프랭키가 브라이튼의 집으로 보낼 짐을 싸기로 했던 날이었다. 그런데 그가 먼지투성이 얼굴로 예고도 없이 로지의 아파트에 왔다. 룸메이트가 온수를 다 써버려서 샤워도 하지 못한 채 선물을 들고 왔다. 가는 줄에 납작한 하트 모양의 펜던트가 달린 금목걸이였다. 펜던트 뒤에는 이탤릭체로 '앨리스'라고 새겨져 있었다. 앨리스는 난생처음 받는 프랭키의 선물에 가슴이 울렁거렸다.

"고마워."

"넌 목선이 예뻐. 너한테 잘 어울릴 거라 생각했어."

갖가지 감정들이 소용돌이쳤다. 앨리스는 애써 눈물을 참으며 프랭키를 따뜻하게 껴안았다.

샤워를 했으면 좋겠다는 프랭키의 말에 앨리스는 수건을 챙겨주었다. 프랭키는 앨리스 앞에서 옷을 홀홀 벗었다. 앨리스는 당황해서 고개를 돌렸다. 그는 웃으면서 수건을 질질 끌고 욕실로 들어갔다.

앨리스는 거울을 보았다. 짧은 머리 때문에 더 길고 가늘어 보이는 목에서 작은 목걸이가 빛났다.

'나의 어떤 점에 매력을 느꼈을까?'

거울 속의 모습에 빠져 있는데 프랭키가 허리에 수건을 느슨하게 두르고 욕실에서 나왔다. 물기가 채 마르지 않은 그의 몸이 다부져 보였다. 프랭키는 벗은 몸 그대로 그녀와 나란히 침대에 앉았다.

"정말 예뻐."

앨리스가 목걸이를 들어 보였다. 프랭키는 그녀의 티셔츠 속으로 손을 넣어 등을 쓰다듬었다. 그러더니 브래지어 끈을 풀고 그녀를 천천히 침대에 눕혔다.

"난 목걸이 이야기를 하는 중인데."

프랭키의 몸에서 상쾌한 냄새가 났다. 그가 앨리스의 어깨에 입술을 댔다. 앨리스는 그가 이끄는 대로 몸을 맡겼다. 부드럽고 따뜻한 입김이 온몸을 감쌌다. 잠시 뒤 프랭키가 몸 위로 올라왔다. 앨리스는 얼른 머리를 들고 밀어냈다.

"안 돼! 곧 로지가 돌아올 거야."

프랭키는 허탈한 듯 한숨을 길게 내뱉으며 일어나 앉았다. 단단한 어깨가 아래로 축 늘어져 있었다.

"여기서는 로지 때문에 안 되지. 기숙사에서는 룸메이트들 때문에 안 되고! 그럼 어떻게 하자는 거지? 날 사랑하기는 하는 거야?"

프랭키가 투정부리듯 목소리를 높였다. 앨리스도 일어나 앉았다. 프랭키는 그녀를 '내 사랑'이라고 불렀고, 그녀도 메모와 이메일을 쓸 때 항상 '사랑을 담아서'라고 끝을 맺곤 했다.

"프랭키, 넌 나한테 언제나 첫 번째야. 사랑하지 않는 게 아니라, 나 때문이야. 사실은……."

앨리스는 심각하지 않게 말하려고 애썼다. 프랭키에게는 정직하고 싶었다.

"사실은……, 한 번도 해본 적이 없어."

프랭키가 미간을 좁혀 주름을 만들며 장난스런 표정을 지었다.

"예전에도 남자친구가 있었다면서?"

앨리스는 고개를 끄덕였다. 허탈한 표정으로 앉아 있던 프랭키가 벌떡 일어나더니 수건을 단단히 둘렀다.

"그래, 네 말이 맞아. 적당한 때를 기다리자. 진짜 특별한 일이 되어야 하니까. 지금은 다시 샤워나 해야겠는걸. 찬물로."

앨리스는 욕실로 들어가는 프랭키의 뒷모습을 지켜보다 침대를 정리했다. 프랭키의 먼지투성이 옷을 털 때였다. 인터폰이 요란하게 울렸다. 로지의 얼굴이 번개처럼 스쳤다. 곧이어 샤워 중인 프랭키가 떠올랐다. 그러나 곧 로지는 벨을 누르지 않고 열쇠로 문을 열고 들어온다는 사실에 생각이 미쳤다. 일단 안도의 숨을 쉬며 인터폰을 받았다.

"앨리스? 나 새러예요. 아래층에 사는. 아까 소포가 왔어요. 로지가 출근한 뒤라 내가 받아두었어요. 나도 곧 나가야 하는데 지금 가져갈 수 있어요?"

"예, 나갈게요."

앨리스는 침실 문을 닫고 샤워하는 소리가 새어 나오는지 확인했다. 그리고 얼른 내려가서 문을 열었다. 새러는 로지의 이름과 주소가 적힌 상자를 들고 있었다.

"고맙습니다. 오늘은 학교에 안 가셨어요?"

"스트레스가 심해서요. 못된 녀석들이 지긋지긋하게 말썽을 부렸거든요."

새러는 소포를 건넨 뒤에도 곧장 돌아가지 않고 문간에 서 있었다. 머리 위에 올려놓은 짙은색 선글라스와 어깨에 맨 커다란 천가방이 눈에 띄었다. 가방을 맨 어깨가 한쪽으로 심하게 기울어 있었다. 앨리스는 그녀의 짧은 바지와 헐렁한 셔츠를 바라보았다. 해변에라도 갈 것 같은 분위기였다.

앨리스는 빨리 문을 닫고 싶었다. 욕실에 있는 프랭키가 신경 쓰였다. 그냥 문을 닫아버리는 것도 곤란했다. 앨리스가 문을 조금씩 밀어 닫으려는 순간이었다. 새러가 잽싸게 현관으로 들어오면서 물었다.

"몸은 어때요? 지난주에 몸이 좋지 않다고 로지가 걱정을 해서요."

"지금은 좋아졌어요."

"그런데 너무 말랐다! 이렇게 날씬하다니. 나도 6~7킬로그램만 덜 나가면 좋을 텐데. 그렇게 뛰어다니니 살이 찔 틈이 없을 것 같지만……. 아, 교실에서 말이죠. 진짜 불공평하지 않아요?"

새러는 집 안을 두리번거리며 자꾸 말을 걸었다. 수다가 한없이 길어질 것 같았다.

"저기, 이제 그만 가셔야지요."

앨리스가 단호하게 말을 잘랐다. 앨리스의 몸은 이미 계단 쪽으로 돌아가 있었다.

"그래요. 로지한테는 내가 전화한다고 전해줘요."

새러는 밝게 웃으며 주차장 쪽으로 걸어갔다. 앨리스는 문을 닫았다. 한 번에 두 개씩 계단을 올라갔다. 새러에게 받은 상자를 주방 식탁 위에 놓았다.

프랭키가 옷을 입고 침실 문 앞에 나타났다. 젖은 머리에서 물이 떨어져 셔츠의 목덜미가 축축하게 젖어 있었다.

"가야겠네!"

프랭키가 몸을 숙여 앨리스의 어깨를 양손으로 잡고 가볍게 입을 맞추었다. 그의 혀가 앨리스의 입술을 스쳤다.

"브라이튼에 올 거야?"

"응! 로지가 허락하면."

"아……."

"아마 허락해줄 거야. 로지가 너를 좋아하는 건 아니지만, 내가 너를 어떻게 생각하는지는 알거든."

"그 여자, 마귀할멈 같아!"

갑자기 생각난 듯 프랭키가 덧붙였다.

"네 친엄마는 어때? 어떤 사람이었어?"

급작스런 질문에 앨리스는 눈만 깜빡였다. 프랭키는 앨리스가 말하기 싫어하는 것을 진작부터 알고 있었다. 때문에 가족이나 개인사를 물어본 적이 없었다.

"모델이었어. 진짜 매력이 넘쳤지. 지금도 그럴 거야. 하지만 난 이제 엄마는 안 만나."

앨리스는 애써 덤덤하게 말했다. 정직한 대답이었다. 숨길 필요가 없었다.

프랭키가 돌아간 뒤 앨리스는 방에 들어가 책상 맨 아래 서랍에서 엄마 사진을 꺼냈다. 전문 사진작가가 찍은 사진이었다. 엄마는 정원의 철제 의자에 앉아 있었다. 한쪽 무릎을 끌어안고 카메라를 향해 시선을 고정한 채 이를 드러내며 웃고 있었다.

앨리스는 예쁜 엄마가 좋았다. 엄마의 체취와 부드러운 살결도 좋았다. 사진 속 엄마의 미소는 눈이 부셨다. 빠져나온 몇 올의 머리카락이 얼굴을 간질이는지 살짝 찌푸린 눈동자는 귀엽기까지 했다. 짙은 립스틱은 도톰한 입술을 더욱 도드라져 보이게 했다. 누가 봐도 매혹적인 모습이었다. 앨리스는 엄마의 예쁜 모습이 자랑스러웠다.

엄마는 굳이 예뻐 보이려고 노력할 필요가 없었다. 침대에서 금방 나왔을 때에도 금발은 차분했고 커다란 눈과 크림색 피부는 반짝거렸다. 청바지와 티셔츠를 입고, 큰 귀고리에 빨간 립스틱만 바르면 외출 준비가 끝났다. 현관에는 엄마의 선택을 기다리는 하이힐이 쭉 늘어서 있었다. 여름에는 굽이 가늘고 끈이 달린 샌들을, 겨울에는 굽이 뾰족한 앵글부츠를 주로 신었다.

질은 엄마와의 관계에 대해 충고했다. 나쁜 소식도 전해주었다. 앨리스는 마른 침을 연거푸 삼켰다. 무언가 목구멍에서 좀처럼 넘어가지 않고 자꾸 걸렸다. 헛기침을 몇 번 해보았지만 소용없었다.

앨리스는 사진을 가지고 침대에 누웠다. 현관문 닫히는 소리가 들렸다. 발소리가 점점 가까워지자 앨리스는 얼른 사진을 베개 밑에 넣었다. 가벼운 노크 소리와 함께 로지가 들어왔다. 로지는 앨리스의 방에 자유롭게 드나들었다. 앨리스도 그것이 별로 싫지 않았다. 잠긴 방에서 혼자 지내는 것보다 훨씬 좋았다.

"괜찮니, 앨리스?"

로지가 침대 끝에 앉자 매트가 기우뚱했다.

"괜찮아요. 그냥 좀 쉬고 싶어요."

"새러가 극장으로 현장학습을 가는데 같이 가자고 해서 좀 있다 따라가려고. 공짜거든! 뭘 좀 마실래? 홍차? 커피?"

늘 그렇듯 로지는 한꺼번에 질문을 쏟아냈다. 앨리스는 고개를 저었다.

"그냥 누워 있을래요."

로지는 발뒤꿈치를 들고 조용조용 방에서 나갔다. 멀리 떠나기라도 하는 것처럼 문간에서 손을 흔들었다.

문이 닫히자 앨리스는 베개 밑에서 다시 사진을 꺼냈다. 로지에게도 엄마 사진을 보여준 적은 없었다. 문득 로지가 엄마를 어떻게 생각할지 궁금했다. 둘 다 말랐다는 것 말고는 닮은 데가 거의 없어 보였다. 앨리스는 체구가 작고 예쁜 편이 아니었다. 엄마는 키가 크고 예뻤다.

사진을 잡고 있던 손에서 힘이 빠졌다. 갑자기 쓸쓸해졌다.

'엄마는 지금 어디 있을까? 엄마도 나를 생각할까? 어쩌다 이렇게 멀어졌을까?'

프라이팬 달궈지는 소리가 들리더니 고기 굽는 냄새가 났다. 로지가 음식을 만드는 모양이었다. 포크와 나이프가 부딪치고, 찬장 문이 열렸다 닫혔다. 음악소리가 낮게 들렸다. 로지는 콧노래를 흥얼거렸다.

목이 잠기고 눈꺼풀은 무거웠지만 앨리스는 일어나 앉았다. 로지와 함께 있고 싶었다. 사진을 이불 위에 두고 방에서 나왔다. 부엌에 양파 냄새가 진동했다. 눈은 매웠지만 따뜻하고 편안했다. 앨리스가 온 것을 알아차리고 로지가 뒤를 돌아보았다. 그녀는 걱정스러운 눈으로 앨리스를 바라보았다. 앨리스는 비척거리며 걸어가 로지의 품에 쓰러지듯 안겼다. 포근한 가슴에 얼굴을 묻은 채 로지를 꼭 껴안았다.

7

　기말고사가 끝나자 학생들은 모두 기숙사를 떠나 집으로 돌아갈 준비를 했다. 프랭키도 짐을 챙기느라 바빴다. 앨리스는 프랭키를 도와 마지막 남은 책과 옷가지를 상자에 담았다. 기숙사 현관에 상자들을 줄줄이 놓고 프랭키의 아버지를 기다렸다. 이미 고향으로 떠난 학생들이 많아 기숙사는 썰렁했다. 앨리스는 자신의 발소리를 들으면서 여기저기 흩어져 있는 프랭키의 물건을 챙겼다.

　침대, 옷장, 소파, 커피 탁자, 식탁과 의자 등 원래 있던 가구만 남았다. 주방 살림 몇 가지는 개수를 확인해야 했다. 입주할 때의 수량과 맞아야 보증금을 돌려받을 수 있었다. 앨리스는 찬장 앞에 서서 식기들을 세었다. 그릇, 포크와 나이프 모두 여덟 벌씩 짝이 맞았다. 앨리스는 냄비와 오븐용기를 센 다음 목록에 체크했다. 프랭키는 침실에서 종이류를 쓰레기봉투에 담았다.

"다 됐어?"

"음, 대충."

프랭키가 건성으로 대답했다. 약속했던 시간보다 늦게 온 앨리스 때문에 기분이 약간 상해 있었다.

"커피팟에서 재고 확인을 도왔어."

늦은 이유를 설명했지만 프랭키는 믿을 수 없다는 표정을 지었다. 그는 모든 아르바이트를 싫어했다. 앨리스가 일을 하는 것은 더더욱 못마땅해했다. 하지만 앨리스는 커피팟에서 일하는 게 좋았다. 평범한 사람들과 섞여 평범한 일을 하는 것이 좋았다. 주문을 받고, 음료를 만들고, 케이크를 자르거나 집게로 시럽을 잔뜩 뿌린 파이를 집는 게 좋았다. 매니저가 남아서 다른 일을 도와달라고 부탁해도 싫지 않았다.

"아버지는 언제 오셔?"

앨리스는 뒤로 돌아가서 프랭키의 넓은 등을 끌어안았다. 근육이 긴장한 듯 단단했다. 앨리스는 끌어안은 팔에 더욱 힘을 주었다. 그러고는 장난치듯 등에 얼굴을 문질렀다. 앨리스는 따뜻하고 탄탄한 프랭키의 몸에 닿는 느낌이 좋았다. 언제든 자신을 번쩍 들어 올릴 수 있을 만큼 건장한 체격이 왠지 모를 편안함을 주었다.

"한 시간 후쯤."

프랭키가 다소 누그러진 목소리로 대답했다. 그는 몸을 돌려 앨리스를 안았다. 발이 땅에서 떨어졌다. 앨리스는 고개를 젖혀서 프랭키를 처다보았다. 그의 얼굴이 천천히 다가왔다. 앨리스는 눈을 감고 입술이 닿기를 기다렸다.

그때 앨리스의 휴대전화가 울렸다. 앨리스는 얼른 몸을 뗐다. 프랭키가 아쉬운 표정으로 포옹을 풀었다.

"누구?"

궁금해하는 프랭키를 뒤로 하고 앨리스는 복도로 나와 전화기를 꺼냈다. 화면에 '질'이라고 떠 있었다. 갑자기 심장박동이 빨라졌다. 안에서 큰 비닐봉투를 질질 끌어다 문간에 놓는 소리가 났다.

"여보세요?"

앨리스는 바짝 긴장한 목소리로 입을 열었다.

"앨리스, 어떻게 지내?"

"잘 지내요. 무슨 일이 있나요?"

앨리스는 최악의 상황을 상상하며 복도 끝으로 걸음을 옮겼다. 열린 창문 사이로 차갑고 축축한 바람이 지나갔다. 더운 날이었고 기숙사 안은 답답했다.

프랭키가 불만에 찬 얼굴로 나왔다. 그는 손으로 휴대전화 모양을 만들어서 귀에 대고는 작은 소리로 물었다.

"누구야?"

앨리스는 무시한 채 질의 말에 집중했다.

"좋은 소식이야, 앨리스."

좋은 소식! 그동안 들어보지 못한 말이었다.

"우리가 좋은 방법을 찾아냈어. 마이클 포레스터라고 몽스그로브의 보조직원이 있는데 잘 모르지? 포레스터가 기자와 접촉하고 있다는 정보를 입수했어. 패트리샤는 그를 해고할까 생각했지만, 다른 방법을 찾았어. 뭐냐면, 제니퍼 존스가 영국인 가족과 함께 네덜란드로 떠났다는 서류를 만들었어."

'네덜란드?'

프랭키가 다가왔다. 통화 내용이 들릴 만큼 가까이 와 있었다. 앨리스는 몸을 돌려 그를 막았다. 전화기를 귀에 바짝 붙이며 프랭키에게 소리 없이 '금방 끝나'라고 말했다.

"미안해요, 질. 무슨 말인지 못 들었어요."

프랭키가 한숨을 내쉬며 안으로 들어갔다.

"그러니까, 제니퍼는 네덜란드의 어떤 영국 가정에서 3년간 지낸 거야. 그곳에서 대학에 진학하고, 일상적인 삶을 산다는 거지. 나중에 네덜란드나 영국 중에서 살 곳을 선택하면 돼. 패트리샤 코피가 이런 내용을 국제협약 문건으로 만들었어. 유럽 범죄자 이주전략! 안전하고, 설득력도 있어."

앨리스는 휴대전화를 귀에 댄 채 문으로 갔다. 방 안에서 서랍이 열렸다 닫히는 소리가 났다.

'네덜란드…… 3년…….'

질의 시나리오는 확실해 보였다.

"포레스터가 사무실에 들어왔을 때, 패트리샤가 급한 일이 있는 것처럼 일부러 서류를 두고 나왔대."

질 뉴턴이 들뜬 목소리로 말을 이었다.

"이틀 뒤에 누가 전화했는지 알아? 신문사! 그쪽에서는 제니퍼 존스가 네덜란드의 영국인 가정에서 살고 있는지 확인해달라고 했어. 물론 패트리샤는 부인했고. 아마 곧 신문에 기사가 날 거야."

앨리스는 가슴이 철렁 내려앉았다.

"기사가 난다고요? 또 신문에서 떠드는 건가요?"

목소리가 심하게 떨렸다.

"이건 좋은 소식이야, 앨리스. 이제 이걸로 끝이라고! 제니퍼가 외국에 있다는 것을 받아들이면 언론도 더 이상 추적하지 않을 거야. 9월에 대학이 시작되면 일상적인 생활을 할 수 있어. 내 말을 믿어."

질은 희망 섞인 말을 몇 마디 더 한 뒤 전화를 끊었다. 앨리스는 머릿속이 하얗게 변했다.

'제니퍼 존스의 기사가 또다시 신문을 도배한다!'

가라앉은 연못을 뒤집듯 사건을 낱낱이 끄집어낼 것이다. 신문기사의 제목들이 또렷하게 떠올랐다.

버윅 워터스 살인사건! 제니퍼 존스, 법망을 벗어나다!

질 뉴턴은 이제 곧 끝날 거라고 장담했다. 언론이 제니퍼가 외국에 있는 것을 확인하면 찾는 것을 그만둘 거라고, 그러면 대중들도 이 일을 잊어버릴 거라고 했다.

앨리스는 복도 끝 의자에 털썩 주저앉았다.

'잊어버린다.'

말은 간단했다.

'완벽하게 잊는다는 것이 정말 가능할까? 뇌를 깨끗하게 닦아 모든 정보를 삭제한다면 모를까.'

일상의 사소한 일들은 잘 잊혀졌다. 생일카드, 도서관에 반납할 책, 슈퍼마켓에서 사온 치약……. 그러나 인생에 일어난 큰 사건은 달랐다. 그것은 온몸에 각인되었다. 일이 크면 클수록 뇌 전체에, 조직과 피 속에 완벽하게 흡수되어 무의식 속을 떠돌았다. 잠시 사라졌다가도 뭔가 자극이 들어오면 선명하게 되살아났다. 세 아이의 나들이, 흙구덩이, 들고양이의 해골 같은 얼굴, 물벼락, 머리에서 흐르던 장미꽃 같은 피!

'내가 잊지 못하는데 언론이 잊을 수 있을 거라 어떻게 장담하지?'

앨리스는 전화기를 손에 든 채 멍하니 앉아 있었다. 발아래 카펫이 너덜너덜했다. 군데군데 해진 카펫 사이로 마룻바닥이 보였다.

방으로 들어가자 프랭키는 침대 매트리스에 누워 있었다. 표정이 몹시 굳어 있었다. 앨리스가 옆에 앉으며 물었다.

"무슨 일이야?"

프랭키는 몸을 굴려 매트에 얼굴을 묻었다.

"다른 사람을 만나는 건 아니지?"

"뭐? 어휴, 당연히 아니지!"

앨리스는 헛웃음을 웃었다. 프랭키는 그녀에 대해 전부를 알고 싶어 했다. 데이트가 없는 날이면 누구와 같이 있었는지, 어디를 다녀왔는지 꼬치꼬치 캐묻곤 했다. 혼자 있는 시간을 좋아하고, 로지와 같이 사는 게 행복하다고 말하는 앨리스를 이해하지 못했다. 그래서 앨리스는 가끔 프랭키에게 거짓말을 해야 했다. 질 뉴턴과 만날 때도 그랬다. 프랭키는 쉽게 믿지 않았다. 앨리스는 프랭키 옆에 누워 가볍게 입을 맞추었다.

"다른 사람 만나는 거 아니야. 나한텐 너밖에 없어."

프랭키가 몸을 돌려 얼굴을 마주할 때까지 기다렸다.

"너 같은 친구, 처음이야."

앨리스는 프랭키의 귀에 대고 속삭였다. 프랭키가 뚫어질 듯 얼굴을 쳐다보았다. 눈동자가 흔들렸다.

"미안해. 난 너의 전부를 갖고 싶어. 나도 어쩔 수가 없어."

목덜미에 프랭키의 입술이 닿았다. 앨리스는 프랭키의 얼굴을 감싸 안았다.

'아, 프랭키! 그 누구도 사람을 소유할 수는 없어.'

앨리스는 아주 오래전에 그걸 배웠다.

얼마 뒤 프랭키의 아버지가 도착했다. 상상하던 모습은 아니었다. 아버지는 프랭키와 달리 체구가 작고 대머리였다. 그는 앨리스를 보자 정중하게 악수를 청했다. 그리고는 서둘러 차의 뒷문을 열고 짐을

실을 수 있도록 뒷자리를 치웠다. 세 사람은 현관을 오가며 부지런히 짐을 옮겼다. 앨리스와 마주칠 때마다 프랭키의 아버지는 우스갯소리를 했다.

"아가씨, 이러다 근육이 생기겠네! 가슴에 털 나겠어! 뭐가 들었기에 이렇게 무겁지? 금괴라도 들었나?"

"그러게요."

앨리스는 오랜만에 유쾌하게 웃었다. 짐을 다 싣자 프랭키의 아버지는 가볍게 손을 흔들고 운전석에 올라탔다.

"8월 14일이야. 우리 집에 와서 나와 같이 지내는 거야."

앨리스는 고개를 끄덕이며 손을 흔들었다. 그리고 프랭키를 보며 말했다.

"로지가 거기까지 태워다준다고 했어."

"데려다준다고? 네가 어린애야?"

프랭키가 발끈했다.

"나를 감시하겠다는 거지."

앨리스도 목소리를 높였다.

"로지는 날 보살펴주고 있어. 내가 안전한지 확인하는 것뿐이야."

"그럼 로지에게 보여주면 되겠네."

"뭘?"

프랭키가 키스를 퍼부으며 속삭였다.

"아주 안전하게, 내가 널 이렇게 지켜준다고!"

프랭키는 아버지가 지켜보는 가운데 앨리스에게 거침없이 키스를 한 뒤 차에 올랐다. 앨리스는 그들의 차가 도로를 빠져나갈 때까지 손을 흔들고 서 있었다. 차가 시야에서 완전히 사라지자 가방에서 휴대전화를 꺼냈다. 그리고 '로지'로 저장된 버튼을 눌렀다.

8

프랭키가 떠나고 열흘이 지난 뒤 기사가 났다. 기사가 나기 전날 밤 11시에 질 뉴턴이 전화해서 미리 알려주었다. 예상은 하고 있었지만 당혹스러웠다.

한동안 신문에서 '제니퍼 존스'라는 이름은 보이지 않았다. 앨리스는 숨통이 조금 트이는 것 같았다. 희망의 싹이 보였다. 언론도 서서히 그녀를 잊어간다고 생각했다.

질 뉴턴이 짠 시나리오조차 관심이 없는 듯 언론은 잠잠했다. 일주일이 지나도록 별 소식이 없자 앨리스는 점점 생기를 되찾았다. 신발에 스프링이라도 붙인 것처럼 활기차게 출근했고, 집 앞에서 만난 집 배원에게 모처럼 활짝 웃어주었다. 심지어 아래층 새러를 만나 몇 분간 수다를 떨 정도의 여유도 찾았다. 모퉁이 신문 판매점에서 신문들을 훑었고, 기사가 실리지 않은 것을 확인하면 기분이 좋았다.

신문 판매점 주인 아들의 이름은 스튜어트였다. 그는 앨리스에게 말을 붙이며 커피팟에서 하는 일을 물었다. 앨리스는 그것도 피하지 않았다. 신문 판매점을 나올 때면 발걸음이 가뿐했다.

그러나 단 며칠뿐이었다. 질 뉴턴의 전화를 받은 다음 날, 앨리스는 평소대로 움직였다. 일찍 일어나서 샤워를 하고, 머리를 감고 출근준비를 했다. 몸이 점점 무거워지는 걸 느꼈지만 애써 모른 척했다.

로지와 앨리스는 식탁에 마주 앉아 말없이 시리얼을 떠 먹었다. 무엇인가 현관 매트 위에 떨어지는 소리가 들렸다. 순간 로지와 앨리스의 숟가락이 동시에 시리얼 그릇으로 내려갔다. 로지는 한숨을 내쉬면서 아래층으로 내려갔다. 앨리스는 식탁에 앉아서 시리얼을 씹어 삼켰다. 발바닥이 바닥에 달라붙은 듯했다.

결국 앨리스는 시리얼 그릇을 옆으로 밀었다. 계단 아래서 급하게 신문 펼치는 소리가 들리더니 빠르게 올라오는 발소리가 들렸다. 로지가 신문을 펼쳐 들고 숨을 몰아쉬면서 나타났다.

"그럭저럭 괜찮네."

제니퍼 존스, 유럽 범죄자 관리규정에 따라 가석방!

1면 하단에 작은 제목의 기사가 눈에 띄었다. 로지는 식탁에 신문을 펼쳐놓고 천천히 넘겼다. 6면에 자세한 기사가 실려 있었다.

몽스그로브 안전시설 소장인 패트리샤 코피의 인터뷰를 인용한 짧은 기사는 상황을 명확하게 정리해주었다.

"분명한 것은 재니퍼 존스의 소재를 확인도 해줄 수 없고, 부인도 할 수 없다는 점입니다. 과거 또는 현재의 몽스그로브 재소자 누구에 관해서도 언급할 권한이 없습니다."

더 아래에는 네덜란드 보호관찰소 관계자의 인터뷰도 있었다.

"우리는 개별 사건에 대해서는 말씀 드릴 수 없습니다. 다만 네덜란드에서는 전과자들에게 새로운 삶을 시작하고, 사회의 책임 있는 일원으로 복귀할 수 있는 모든 기회를 제공한다는 점만 확인해드릴 수 있습니다."

"기사가 눈에 잘 들어오지도 않지?"

로지의 말에 앨리스는 대답하지 않았다. 로지가 들고 온 것은 일간 신문이었다. 문제는 타블로이드 신문들이었다. 타블로이드는 훨씬 자극적인 방법으로 기사를 실을 것이다.

앨리스는 로지의 어깨를 가볍게 두드린 뒤 집을 나섰다. 고개를 푹 숙이고 걸었다. 다행히 아래층 새러와 마주치지 않았다. 신문 판매점 앞을 지나 커피팟으로 향했다.

이른 시간이었지만 핍과 줄스는 이미 커피를 팔고 있었다. 카운터

앞에는 잠이 덜 깬 회사원 몇 명이 서 있었고, 한두 명은 테이블에 앉아서 김이 오르는 커피를 마셨다. 모두들 각자의 세계에 빠져 있었다. 커피팟에 비치된 신문은 얌전하게 꽂혀 있었다. 아직 아무도 손 댄 사람이 없는 듯했다. 앨리스는 마음을 가라앉혔다. 기분이 차츰 나아졌다. 전날 밤보다 훨씬 기운이 났다.

어느덧 손님들이 모두 빠져나갔다. 줄스는 행주로 카운터의 유리 상판을 닦았다. 핍은 컵과 머그 들을 꺼내기 쉽게 쌓았다. 그러고는 카푸치노를 만들기 위해 스팀기에서 김을 뺐다. 모든 것이 어제와 똑같았다.

적어도 11시 30분까지는 그랬다. 휴식시간을 틈타 앨리스는 창가에 앉아 신문을 펼쳤다. 제니퍼에 관한 기사를 읽을 작정이었다. 기사 제목은 생각한 대로였다.

어린 살인범, 네덜란드에서 새 삶을 얻다!

앨리스는 천천히 기사를 읽었다. 이상하리만치 차분했다. 첫 기사를 훑어보는 데 시간은 오래 걸리지 않았다.

버윅 워터스, 죽은 여자아이, 매춘, 누드모델, 숨겨진 시신…….

이전의 기사들과 별반 다르지 않은 제목을 달고 있었다.

"재미있는 기사라도 났어?"

핍의 목소리가 들렸다. 그녀는 창밖을 내다보며 누군가에게 전화를 걸고 있었다. 앨리스는 대답 대신 신문 한 장을 넘겼다. 순간, 자신도 모르게 숨을 들이마셨다.

엄마였다! 엄마가 그녀를 빤히 쳐다보고 있었다. 전에 '북부 잉글랜드'의 집에서 찍은 사진이었다. 앨리스는 숨이 멎을 것 같았다. 통화를 하는 핍의 목소리와 컵과 접시가 부딪쳐 달그락대는 소리가 뒤섞인 채 윙윙거렸다. 누군가 가게 문을 열었는지, 자동차 소음까지 들렸다. 소리들은 한공간에서 서로 부딪쳐 알 수 없는 굉음을 만들어 냈다.

'엄마!'

눈앞에 엄마가 있었다. 돌로 변한 심장이 갈비뼈 속에 갇힌 것 같았다. 엄마는 전보다 늙고, 약간 살이 올라 있었다. 머리는 여전히 금발이었지만, 푸석해 보였다. 짙은 립스틱을 바른 입술로 환하게 웃고 있었다. 깊게 팬 옷 위로 가슴골이 그대로 드러났다. 뒤쪽에 교묘한 각도로 잡힌 책꽂이에 아기 사진이 놓여 있었다. 앨리스는 기사를 읽어 내려갔다. 제목부터 자극적이었다.

딸의 면회를 거절당한 어머니!

앨리스는 카페 안을 둘러보며 조심스럽게 사진을 찢어냈다. 그런 다음 아주 작게 접어서 작업복 주머니에 넣었다. 신문을 구겨서 쓰레기통에 던졌다. 앨리스는 사진이 들어 있어 주름이 잡힌 주머니를 잘 문질러 폈다. 그리고 서둘러 물품창고로 갔다.

창고는 두 사람이 함께 지나다니지 못할 만큼 비좁았다. 늘 한가한 시간을 이용해 물품 정리를 하곤 했다. 평소대로 재고 물품을 사용기간에 맞춰 정리하고, 종이컵과 뚜껑, 플라스틱 스푼, 칼, 포크가 든 상자를 점검했다. 수를 세서 물품 목록에 적힌 수량과 맞추고, 바닥난 물품이 있는지 확인하는 단순한 일들이었다. 정리를 끝낸 앨리스는 뒤로 물러서서 선반을 훑어보았다. 창고의 모든 물품이 깔끔해 보였다.

창고에서 나와 작업복 바지의 먼지를 털었다. 주머니에서 바스락거리며 존재를 알리는 것이 있었다. 앨리스는 구석으로 가 바닥에 주저앉았다. 주머니에서 사진을 꺼냈다. 환하게 웃는 엄마가 다시 나타났다.

어린 시절을 떠올려 보았다. 어두운 회색 그림자만 어른거렸다. 그렇다고 매질을 당하거나 방에 갇힌 적은 한 번도 없었다. 윽박지르고 강압적으로 명령을 하거나, 욕설을 퍼붓는 사람도 없었다. 다만 늘 옆으로 밀쳐지고 잊혔을 뿐이었다.

엄마는 새 친구, 새 애인, 새 일이 생길 때마다 앨리스를 잊었다. 친구네 집, 이웃, 복지시설……. 앨리스는 알 수 없는 곳에 맡겨졌다. 더 이상 맡길 데가 없어지자 결국엔 혼자 남겨졌다.

앨리스는 다시 사진을 주머니에 넣으려다 말고 구겨서 쓰레기통에 던졌다. 구겨진 사진은 유통기한이 지난 음식물 쓰레기와 뒤섞였다.

퇴근 무렵 앨리스는 가죽 재킷을 입은 남자와 다시 만났다. 그는 지친 표정으로 가게 문을 열고 들어왔다. 배낭과 노트북 가방을 들고, 겨드랑이에 신문 두어 부를 끼고 있었다. 핍이 주문을 받으러 가려는 순간, 앨리스가 나섰다.

"내가 받을게. 넌 쉬어."

남자는 앨리스를 보고 알은체했다.

"이렇게 만나는 것도 오늘이 끝이네요. 라테 큰 사이즈와 파이 한 개만 줘요."

앨리스는 담담하게 물었다.

"포장인가요?"

"그래요."

신문이 구겨진 걸로 봐서 이미 다른 데서 기사를 읽은 모양이었다.

"내가 찾는 소녀에 대해 아무것도 나오지 않았어요. 오늘 여길 떠날 겁니다. 수고비는 받을 수 있을 거예요. 결과는 내 알 바 아니지만."

"네, 안녕히 가세요."

앨리스는 거스름돈을 내주며 상냥하게 말했다. 남자가 혼잣말처럼 중얼거렸다.

"세상에는 사람들 앞에 나타나는 걸 끔찍하게 싫어하는 이도 있지."

앨리스는 살짝 고개를 끄덕였다. 그리고 주문한 음식을 챙겨들고 나가는 남자의 모습을 한동안 지켜보았다.

9

독특한 향신료 냄새가 아파트에 진동했다. 좁은 계단을 올라가는 동안 냄새는 더욱 진해졌다. 앨리스는 로지에게 탐정이 떠났다는 말을 빨리 전하고 싶었다. 두세 칸씩 건너뛰며 서둘러 계단을 올라갔다. 가슴이 뛰었다.

주방에 들어서자 식탁에 앉은 로지가 보였다. 맞은편에 그녀의 어머니 캐시가 있었다. 두 사람은 커피를 마시고 있었다.

"안녕하세요?"

앨리스는 활짝 웃으면서 인사했다.

"안녕, 앨리스."

"잘 지내셨어요?"

앨리스는 의자를 빼내어 앉으며 물었다.

"지금보다 더 좋을 수가 없단다, 얘야."

캐시의 대답은 늘 똑같았다. 그녀는 무척 유쾌했다. 누구에 대해서도 험담을 하지 않았다. 매일 전화를 걸어 수다를 떨 만큼 로지는 어머니를 무척 좋아했다. 로지는 어머니와 나눈 대화를 다시 앨리스에게 전해주었고, 때로는 어머니의 새 옷이나 머리 모양에 대해서도 말해주곤 했다.

캐시는 로지와 달리 작고 날씬했다. 유명 상점에서 산 정장을 즐겨 입었고, 새빨간 머리는 언제나 잘 손질되어 있었다. 스페인 마요르카 섬에 사둔 아파트에서 자주 휴가를 보낸 탓인지 피부가 늘 까맸다.

"친구가 몰디브로 휴가를 간다지 뭐니? 해변에 누워 있으려고 그렇게 멀리 가다니."

캐시가 어이없다는 표정으로 말하자 로지가 대꾸했다.

"하지만 아름다운 곳이잖아요. 나도 거긴 한 번 가고 싶던데."

캐시는 앨리스를 향해 돌아앉았다.

"사실은 지난 5년간, 그 친구를 마요르카에 데려가려고 무척 애썼거든. 마요르카에서 함께 휴가를 보내려고 말이야."

"저도 가고 싶어요."

앨리스는 진심으로 그러고 싶었다. 캐시가 반색했다.

"언제든 오렴. 로지랑 같이 오면 되잖아. 이런, 커피를 너무 많이 마셨네. 집에 가는 내내 화장실 생각이 나겠는걸."

"제가 태워드릴게요."

로지가 컵을 설거지통에 넣으며 말했다.

"혼자 있어도 괜찮겠지, 앨리스?"

하고 싶은 말을 꾹꾹 참고 있던 터라 앨리스는 선뜻 대답이 나오지 않았다. 탐정이 떠났다고 빨리 알려주고 싶었다. 로지에게 위로의 말을 듣고, 잘 정리된 상황을 함께 즐기고 싶었다. 로지는 벌써 자동차 열쇠를 챙기고 있었다. 캐시가 앨리스의 귀에 대고 속삭이듯 말했다.

"앨리스, 난 버스를 타고 가도 된다고 로지에게 말해줄래?"

앨리스는 로지가 들을 수 있을 만큼 큰 소리로 대답했다.

"로지는 어머니를 집에 모셔다드리는 걸 좋아해요."

"휴우, 그런가봐."

캐시는 딸의 과잉보호가 답답하다는 듯 한숨을 폭 내쉬었다. 앨리스는 캐시의 화장한 뺨에 입을 맞추었다. 그리고 두 사람이 계단을 내려가는 소리에 귀를 기울였다.

'조금만 기다리면 돼. 돌아오면 저녁 내내 로지와 시간을 함께 보낼 수 있으니까.'

앨리스는 방에 들어가 샤워를 하려고 셔츠를 벗었다. 침대 옆에 세워둔 여행가방이 보였다. 프랭키가 있는 브라이튼에 가려고 짐을 챙기던 참이었다. 가방 안에는 간단한 것 몇 가지만 들어 있었다. 중요한 건 그녀가 브라이튼에 가기로 했다는 사실이다.

앨리스는 침대에 걸터앉아 청바지를 벗었다. 누워서 팔다리를 쭉 뻗은 채 프랭키를 생각했다. 프랭키는 매일 전화를 해서 보고 싶다고, 사랑한다고 말했다. 앨리스는 그런 표현이 낯설었지만 싫지 않았다.

문득 주변의 모든 것이 행운으로 느껴졌다. 로지와 프랭키가 곁에 있고, 대학에 가게 되었다. 브라이튼 여행도 기대되었다. 심지어 마요르카 섬에 가서 캐시의 아파트에서 지낼 수도 있다. 모든 것이 오랫동안 간절히 바라던 일이었다. 새로운 삶이 편안하게 다독이는 듯했다. 몸을 동그랗게 말고 깊숙이 기대앉을 수 있는 안락의자 같았다. 물론 지울 수 없는 과거는 여전히 제자리에 있었다. 그것은 변함없는 사실이었다. 패트리샤 코피도 여러 번 말했다.

"이미 생긴 일은 바꿀 수가 없단다. 그 일에 대해 아무리 안타까워하고 울어도, 없었던 일로 만들 수는 없어. 네가 바꿀 수 있는 것은 미래뿐이야."

그때마다 앨리스는 되물었다.

"저한테 미래가 있을까요? 전 자격이 없어요. 제가 어떻게……."

"그러니까 넌 열심히 살아야 해. 그렇지 않으면 두 사람의 인생을 낭비하는 거야. 이제 너는 너 자신을 위해, 네가 저지른 일에 대해 속죄하기 위해서라도 잘 살아야 해."

앨리스는 머릿속이 복잡했다.

'코피가 말한 '잘 사는 것'은 어떤 뜻일까? 지금처럼 살면 되는 걸까? 매일 아침 출근하고, 친구를 사귀고, 교육을 받으면 되는 걸까? 무엇을 위해서? 아내가, 어머니가 되기 위해서? 외국에 나가 가난하고 고통 받는 사람들 속에서 살면 어떨까? 고생하며 죽어가는 사람을 도울 수 있다면, 그러면 진정한 삶이 되는 걸까?'

찬물로 샤워를 마친 후, 다리미판을 펴 옷을 다리면서 로지를 기다렸다. 로지는 환한 얼굴로 돌아와 어머니 이야기를 하면서 앨리스를 안아줄 것이다. 쾌활하게 떠들며 음식을 만들 것이다.

아래층에서 문소리가 났다. 그러나 로지는 금방 올라오지 않았다. 한참 뒤 발소리가 들렸다. 로지 혼자가 아닌 것 같았다.

'캐시가 다시 온 걸까?'

말소리가 들렸다. 새러였다. 앨리스는 짜증이 일었다. 꼭 일부러 주변을 얼쩡대는 것 같았다. 그녀는 앨리스든 로지든 만나기만 하면 기다렸다는 듯이 함께 올라와서 식탁에 앉곤 했다.

"앨리스, 내가 누구를 데려왔는지 봐!"

로지가 주방으로 들어오면서 말했다. 새러가 로지의 뒤에서 환하게 웃고 있었다. 앨리스는 애써 미소를 지었다. 새러가 온 것이 로지의 탓은 아니었고, 30분 정도면 돌아갈 터였다.

"앨리스, 이렇게 셋이 한자리에 있을 수 있어 다행이에요. 두 사람이랑 같이 이야기를 좀 하고 싶었거든요."

"홍차 할래요?"

로지가 물었다.

"아뇨."

새러는 평소와 달라 보였다. 짙은색 정장차림에 가방 대신 열쇠뭉치를 들고 있었다. 열어야 하는 문이 많은 듯 들고 있는 열쇠뭉치가 제법 컸다.

"두 사람 다 앉아보세요."

새러의 말에 묘한 권위가 느껴졌다.

"왜? 무슨 일이죠?"

로지는 앨리스와 새러를 번갈아 쳐다보았다. 새러는 몸매가 드러나는 정장에 하이힐까지 신고 있었다.

"멋진데요. 어디 좋은 데 가나봐요?"

로지가 의자에 앉으면서 물었다.

"앨리스도 옆에 앉아요."

평소 입버릇처럼 말했던 무능한 선생의 말투가 아니었다. 앨리스는 다리미의 플러그를 빼고 로지 곁에 앉았다. 주방 벽시계를 힐끗 보았다. 6시가 막 지나고 있었다.

"무슨 일인데 이러는 거예요?"

로지는 눈썹을 당겨올리며 기분 좋게 웃었다. 새러는 앉지 않았다. 양손을 허리에 댄 채 중대발표를 앞둔 사람처럼 긴장한 모습이었다. 이런 무거운 상황이 앨리스는 마음에 들지 않았다.

"이제 솔직하게 말할게요. 내 이름은 새러 라이트고, 일요판 신문사에서 일해요. 두어 달 전 우리는 제니퍼 존스가 일찍 가석방되어 런던 남쪽에 산다는 정보를 입수했어요. 다른 소식통을 통해서 우리는 이 지역에 있는 십대 소녀들의 거처들을 파악했어요. 그 집들 중에서 제니퍼가 머무는 곳을 확인하는 데 오래 걸리지 않았고……."

로지가 목소리를 높였다.

"당신이 선생이 아니라, 신문기자라고요?"

앨리스는 로지와 새러를 번갈아 쳐다보았다. 로지가 앨리스의 팔을 잡았다. 새러는 서둘러 말을 이었다.

"우리는 제니퍼 존스가 이곳에 정착했다는 확신을 가지고 취재 계획을 세웠어요. 나는 아래층 아파트를 임대했고, 지난 6주 동안 정보를 수집했어요."

앨리스는 아무 말도 할 수 없었다. 뚫어져라 새러를 쳐다보았다. 눈알에 모래가 박힌 것처럼 까끌까끌했다. 눈알이 빠질 것 같았다.

"내가 일하는 신문사는 품격 있는 언론사예요. 우리는 제니퍼가 이곳에 사는 것을 진작에 알았지만 서둘러 기사를 내지 않았어요. 충분히 자료를 모아 보다 분석적인 기사를 내기로 결정했어요. 우리는 제니퍼가……, 아니, 앨리스가 실제로 어떤 사람인지 알고 싶었어요. 지역사회에 어떻게 적응하는지 지켜보고 싶었어요."

"당신은 우리에게 학교 선생이라고…… 거짓말을 했어요."

로지는 맥이 풀린 듯 힘이 없었다.

"우리는 제니퍼…… 아니, 앨리스와 관련된 기사를 쓸 계획이었어요. 이 기사는 사건 전체를 다룰 내 책의 서론이 될 예정이었고요. 버윅 워터스 사건 전말, 재판, 사회에 미친 영향, 앨리스의 새 인생 같은 내용을 다룰 예정이었죠. 내가 아래층으로 이사 온 것도 그 때문이었어요. 아, 그렇다고 앨리스를 폭로하는 것이 목적은 아니에요. 만일 그랬다면 6주 전에 터뜨렸겠죠. 난 앨리스를 알고 싶었어요. 앨리스의 새 삶을 진지하게 다룬 책을 쓰고 싶었어요. 환경에 따라 사람이 변할 수 있다는 것을 대중들에게 보여주고 싶었어요."

"왜 나한테 물어보지 않았죠?"

앨리스가 나지막하게 물었다. 새러의 얼굴이 한결 부드러워졌다. 그녀는 허리에서 손을 떼 의자 등받이를 붙잡았다.

"거절할 거라 생각했어요. 내가 다가가면 앨리스가 또다시 숨어버릴 거라 생각했어요."

그것은 사실이었다. 앨리스도 부인하지 않았다. 새러의 세련된 정장과 구두를 다시 쳐다보았다. 그녀는 확실히 예전과 달랐다. 헐렁한 재킷, 청바지, 액세서리, 문제집이 잔뜩 든 커다란 가방을 들고 다니던 모습이 아니었다. 새로 사귄 친구를 위해 직접 쿠키를 굽고, 함께 극장에 갈 계획을 세우며 들떠 있던 로지는 아무 말이 없었다. 새러는 로지의 그런 믿음을 비웃듯 철저히 위장했다.

"난 앨리스…… 아니, 제니퍼에 대해 깊이 있는 글을 쓰고 싶어요."

새러의 목적은 그것이었다.

"난 앨리스 털리예요. 제니퍼 존스가 아니에요. 그 이상도 그 이하도 아니에요. 난 새로운 삶을 사는 나일뿐이라구요. 당신들은 날 이해하지 못해요."

앨리스는 새러를 보며 또박또박 말했다.

"바로 그거예요. 내가 쓰고 싶은 이야기가 바로 그거라고요!"

로지가 앨리스의 손을 놓고 벌떡 일어났다. 일어나면서 식탁을 건드렸다. 식탁 위에 있던 찻잔들이 요동쳤다.

"왜 이제야 말하는 거죠? 왜 하필 지금이냐고요? 이제 겨우 잠잠해지기 시작했는데."

새러의 침착한 표정이 흔들렸다. 그녀는 재킷 단추를 만지작거렸다.

"난 당장 뭔가를 할 생각은 없었어요. 아파트 임대 기간도 한 달 더 남았고. 문제는 편집장이 지금 기사를 내려고 해요. 제니퍼가 네덜란드에 있다는 기사가 터졌으니, 우리가 기사를 내면 대단한 특종이 될 거라는 거죠."

"결국 앨리스를 폭로하겠다는 거군요!"

로지의 얼굴이 심하게 일그러졌다.

"아뇨, 당장은 아니에요. 내가 지금 이렇게 이야기하는 것도 그 때문이에요. 우리 셋이 합의를 본다면, 편집장이 기사를 못 내게 막을 수 있을 거예요. 적어도 앨리스가 대학에 입학할 때까지. 그때쯤이면 앨리스도…… 어느 정도 상황에 대처할 힘이 생기겠죠. 앨리스가 협조할 준비가 되면 기사를 통해 입장을 밝힐 수 있는 기회도 얻게 될 테고. 생각해볼 가치가 있는 일 아니겠어요?"

앨리스는 의자에 등을 기댔다. 어쩐지 상황이 너무 쉽게 풀린다 싶었다. 탐정은 떠났고 신문들은 속아 넘어갔다. 이런 일들은 그저 그녀의 기분을 풀어주려는 잔인한 농담에 불과했다. 그녀의 행적을 뻔히 알면서 잠깐 쉬어간 것에 불과했다.

"앨리스가 동의한다 하더라도 보호관찰 담당자가 허락하지 않을 거예요. 오히려 앨리스를 위험에 빠트릴 수도 있으니까요!"

"피해자의 부모 때문인가요?"

새러가 물었다.

"다른 사람들도 있어요. 재판 당시 상황이 어땠는지 잘 알잖아요. 아뇨, 안 돼요. 절대 안 돼! 난 그렇게 만들지 않을 거예요. 앨리스를 그 상황에 다시 밀어넣을 수 없어요."

로지는 머리를 세차게 흔들었다. 목소리가 날카롭게 갈라졌다.

"앨리스는 지금 선택의 여지가 없어요. 편집장은 앨리스가 동의를 하든 하지 않든 기사를 낼 거예요. 그래서 난 앨리스가 입장을 밝히는 것이 좋다고 생각해요."

잠시 침묵이 흘렀다. 앨리스는 다리미판을 돌아보았다. 다리미 코가 그녀를 향해 놓여 있었고 셔츠 소매는 아래로 늘어져 있었다. 눈가가 촉촉해졌다. 이제 끝이다. 브라이튼 여행은 없다. 비행기를 타고 마요르카에 가는 일도, 대학 기숙사에 들어가는 일도 없을 것이다. 신기루처럼 눈앞에서 모든 것이 사라졌다. 로지의 미간에 깊은 주름이 잡혔다.

"지금 당장 결정할 필요는 없겠죠?"

새러는 다급한 기색이 역력했지만 서둘러 고개를 끄덕였다.

"시간이 별로 없어요. 편집장은 이번 주말에 기사를 내보내고 싶어 해요. 앨리스가 내 계획에 동의하면 그를 설득할 수 있을 거예요."

로지가 새러의 눈을 보며 물었다.

"앨리스가 어디 있는지 아무한테도 말하지 않을 거죠?"

"약속할게요."

거짓말쟁이와 약속을 하다니, 앨리스는 비웃어주고 싶었다.

"우리가 연락할게요. 이틀 뒤쯤. 이제 그만 가주면 좋겠네요."

새러는 대단한 계약이라도 따낸 것처럼 엄숙한 얼굴이었다. 그녀는 하이힐 소리를 최대한 내지 않으려고 애쓰며 조심스럽게 계단을 내려갔다. 아래층 문이 닫히는 소리가 났다.

앨리스는 심하게 구역질을 했다. 개수대로 가기 위해 일어나는데, 로지가 끌어당겨 꼭 껴안았다. 앨리스는 로지의 부드러운 블라우스 자락에 얼굴을 묻었다.

"다 끝났어요."

목이 메어 말이 나오지 않았다.

"아냐, 그렇지 않아. 아직 아니야. 두고 봐. 우리는 이번 일도 잘 헤쳐나갈 수 있을 거야."

로지가 속삭였다. 앨리스는 고개를 저었다. 로지는 낮고 조용한 소리로 여러 가지 이야기를 했다. 그러나 그것은 모두, 가는 바람에도 날아가버릴 말들이었다.

앨리스는 침대 속으로 파고들었다. 몸속의 모든 장기가 딱딱하게 굳는 것 같았다. 눈을 감고 머릿속으로 그날 일을 떠올렸다. 이불 모서리를 몸 쪽으로 잡아당겼다. 더웠지만 상관없었다. 거리를 헤매고 다니던 들고양이 한 마리가 머릿속으로 들어온 것 같았다. 기억이 하나씩 풀려나갔다.

모험을 나선 세 아이. 그중 두 명만 돌아왔다. 사건은 늘 그녀의 일상을 뒷걸음질하게 했다. 몇 년이 흘렀어도 그 일은 항상 거기, 보이지 않는 밧줄로 그녀를 묶어두고 있었다.

6년 전, 화창한 5월이었다. 물기를 머금은 바람이 잡목과 꽃을 이리저리 흔들었다. 햇살은 따사로웠지만 아직은 스산한 기온에 옷깃을 여며야 했다.

버윅 마을은 중심가인 노위치 도로에서 몇 킬로미터 떨어진 동네였다. 가게와 술집이 늘어선 번화가는 말쑥한 주택가로 이어졌다. 작은 학교와 공원 뒤쪽의 도로는 마을을 벗어나 오래된 철로를 지났고, 그 길은 버윅 워터스까지 이어졌다. 버윅 워터스에도 도로를 따라 작은 집 여덟 채가 나란히 있었다. 별채가 딸린 큰 집들에는 잘 가꾼 정원이 있었고, 정원에는 색색의 꽃들이 바람결에 흔들리고 있었다.

세 아이는 정원 뒷문에서 나와 버윅 워터스로 가는 길로 접어들었다. 버윅 워터스까지는 약 1.5킬로미터 거리였다. 세 아이는 스웨터 소매를 끌어내려 바람을 막았다.

버윅 워터스에는 인공호수가 있었다. 물 관련 회사에서 10년간 호수에 물을 채웠다. 호수의 길이는 3킬로미터였고, 주변에 숲 지대와 경치 좋은 피크닉 구역이 있었다. 물이 깊어서 아이들끼리는 가지 못하게 했다. 근처에 살던 도둑고양이 가족이 호수에 물을 채울 때 빠져나오지 못해 모두 죽었다는 이야기가 떠돌았다. 그래서 고요한 밤이면 고양이 울음소리가 들린다고 했다. 어른들은 웃어넘겼지만, 아이들은 믿었다. 호수로 가는 길에 미셸은 루시에게 고양이를 조심해야 한다고 말했다.

"고양이들은 사람을 증오해. 사람들이 땅에 물을 넣어서 자기들을 빠져 죽게 했다고 생각하거든. 고양이들을 똑바로 쳐다보지 마. 네 눈알을 빼버릴지도 모르니까."

말이 끝나길 기다렸다는 듯 고양이 한 마리가 제니퍼 앞에 불쑥 나타났다. 앙상한 얼굴에 머리통의 가죽은 팽팽했고, 제니퍼를 쏘아보는 눈은 움푹 패여 있었다. 제니퍼는 겁을 먹고 뒤로 물러섰다. 고양이는 꼼짝하지 않았다. 무심히 자신의 앞발을 들어 털을 골랐다. 그날 집으로 돌아온 아이는 두 명뿐이었다.

앨리스는 동그랗게 몸을 말아 두꺼운 이불 속으로 더 깊숙이 들어갔다. 이 세상에서 영원히 사라지고 싶었다. 로지가 아무리 많이 안아주고, 프랭키가 매일 사랑한다고 속삭여도 가슴속에는 채워지지 않는 빈 곳이 있었다. 그날, 함께 죽었어야 했다. 아니, 어쩌면 이미 죽었는지도 모를 일이다.

10

"그냥 팻이라고 불러."

몽스그로브에서 만난 패트리샤 코피 소장은 첫 면담에서 그렇게 말했다. 어깨 아래로 내려오는 머리에, 줄에 매단 안경을 목에 걸고 있었다. 제니퍼는 그녀를 '선생님'이라고 불렀다.

패트리샤 코피는 제니퍼의 생활에 대해 수다를 떨고 싶어 했다. 큰 유리잔에 주스를 따라주고, 안락의자에 앉아서 이야기를 시작했다.

"제니퍼, 너한테 확인하고 싶은 것이 몇 가지 있어."

제니퍼가 앉은 자리 옆에 여러 동물 인형이 있었다. 기린, 하마, 코끼리, 사자, 원숭이. 제니퍼는 이야기를 하면서 인형을 안고 팔다리를 움직였다. 때로는 사자 인형의 등을 쓰다듬기도 했다.

"여섯 살까지 엄마와 살다가 그후엔 할머니와 살았다면서?"

"네, 선생님. 1년쯤이요."

"그동안 학교에 다니지는 않았니?"

"네."

사자의 등은 생각보다 폭신했다. 제니퍼는 다른 인형들 틈에서 사자를 빼내어 쿠션처럼 품에 안았다.

"보호시설에도 잠시 있었더구나. 나중엔 집으로 돌아가 엄마와 함께 살았고. 그게 여덟 살 때였니?"

"네, 선생님."

"엄마와 너는 다른 집에서 살았던 것 같은데. 여기저기서 몇 달씩. 엄마한테 애인들이 있었고."

제니퍼는 마음이 변해서 사자를 제자리에 두었다. 원숭이가 훨씬 귀여웠다. 패트리샤 코피가 다시 안경을 썼다. 안경줄이 목덜미까지 늘어졌다. 얼굴 양쪽으로 머리가 치렁치렁했다.

"상당히 불안하게 어린 시절을 보냈겠구나?"

제니퍼는 고개를 끄덕였다.

"학대를 받은 적은 없니? 다친 적은?"

제니퍼는 입술을 깨문 채 고개를 저었다. 패트리샤 코피가 말하는 동안 제니퍼는 원숭이를 꼭 끌어안고 있었다. 원숭이는 털이 보드랍고 눈알이 반짝이는 데다 작은 손발이 꼭 아기 같았다.

"그 원숭이 인형을 네 방으로 가져가도 좋아."

제니퍼는 환한 복도를 뛰다시피 걸었다. 발에 닿은 카펫이 폭폭 꺼지는 것 같았다. 원숭이를 대충 겨드랑이에 끼고, 아직 이야기가 끝나지 않은 두 명의 아이 앞을 지나갔다. 아이들은 제니퍼를 쳐다보지 않았다. 제니퍼는 몽스그로브에서도 유명했다.

친구를 죽인 아이! 모르는 사람이 없었다.

제니퍼는 방에 들어와 원숭이를 베개에 올려놓은 다음 한 발 물러나서 바라보았다. 방은 여전히 낯설었다. 침실이 아니라 대기실에 있는 기분이었다. 벽은 분홍색과 회색이 차례로 섞여 있었고, 이불도 같은 색이었다. 한쪽에 서랍장, 책상, 안락의자가 놓여 있었다. 잘 정리된 방이었다. 문은 언제나 활짝 열어놓아야 했다. 밤에는 닫을 수 있었지만 잠글 수는 없었다. 새가 나뭇가지에 앉은 것처럼 구석에 감시 카메라가 있었다.

베개에 올려놓은 원숭이가 앞으로 넘어지자, 제니퍼는 녀석을 서랍장 위로 옮겼다. 벽에 기대어 앉히자 이번에는 옆으로 쓰러졌다. 제니퍼는 침대에 걸터앉아 원숭이를 무릎에 올려놓고 털을 쓰다듬었다. 말 인형을 닮은 코피 소장의 얼굴이 떠올랐다.

갑자기 사람들의 관심을 받았다. 엄청난 일이 일어났고, 아무것도 바꿀 수 없는 지금! 원숭이 인형마저 비웃는 것 같았다.

'장난감 주제에!'

제니퍼는 원숭이 팔을 잡아서 벽에 힘껏 던졌다. 이불을 당겨 몸에 휘감고 침대 구석으로 가 앉았다.

상담사들은 아무것도 몰랐다. 아무도 상황을 제대로 이해하지 못했다. 만나는 상담사들마다 비슷한 질문을 했다.

"엄마가 널 학대했니?"

"엄마가 때렸니? 엄마랑 친구인 남자들은 어땠니? 그들 중 누군가가 널 건드리지는 않았니?"

엄마는 제니퍼를 학대하지 않았다. 그저 버려두고 보살피지 않았을 뿐이다.

제니퍼가 유치원에 다닐 무렵, 엄마는 모델 수업을 받았다. 사진을 찍어 포트폴리오를 만들었고, 사진작가 몇 명의 모델이 되었다. 거실 벽에는 엄마의 사진들이 걸려 있었다. 수영복을 입고 해변에 서 있는 사진, 이브닝드레스를 입고 정원에서 찍은 사진, 세련된 정장과 알 없는 안경을 쓰고 도심 한가운데서 찍은 사진이 장식처럼 걸려 있었다. 엄마는 손님들이 오면 사진들을 가리키며 자랑스럽게 말했다.

"제가 모델이거든요!"

한동안 엄마는 돈을 잘 벌었다. 가로수가 있는 거리의 월세 아파트에서 살았다. 새 가구도 사고, 두 사람의 옷과 장난감을 잔뜩 사들이기도 했다. 스페인으로 휴가를 가기도 했다. 휴양지에서 엄마는 일주일 내내 다른 비키니를 입었다.

엄마와 함께한 날들은 무지갯빛처럼 빛났다. 하지만 오래가지 못했다. 엄마의 어두운 표정과 전화 통화로 알 수 있었다. 엄마가 욕실에 있는 시간이 길어졌다. 사정은 급속도로 변했다. 찬란하던 날들은 암흑으로 변했고, 결국 다시 혼자가 되었다. 제니퍼는 시몬 부인에게 맡겨졌다.

"캐럴, 걱정 마. 제니퍼는 내가 잘 돌볼 테니까."

시몬은 체구가 크고 행동이 굼떴다. 느릿느릿 걷는데도 길모퉁이에 멈춰 서서 숨을 돌려야 했다. 그녀는 말수가 없는 사람이라 제니퍼는 늘 혼잣말을 했다. 하고 싶은 말이 있으면 인형 메이시를 배낭에서 꺼냈다.

"오늘은 어떻게 지냈니? 메이시."

"궁전에서 톱모델이 되어 쇼를 했어."

"여왕도 봤어?"

"봤지."

가끔 할머니한테도 맡겨졌다. 그건 시몬의 집에 가는 것보다 더 나빴다. 할머니는 버스 두 정거장 정도의 거리에 있는 아파트에 살았다. 넬슨이라는 작은 개가 할머니의 무릎에 앉아서 제니퍼에게 으르렁댔다. 할머니 댁에서는 더욱 조용히 있어야 했다.

이따금 교실에 혼자 남을 때도 있었다. 선생님이 연습장을 잔뜩 쌓아놓고 채점하는 동안 제니퍼는 자리에 앉아 있었다. 그림을 그리다 운동장을 내다보았다. 그렇게 오랫동안 기다리고 있으면 엄마가 교문으로 들어왔다.

일이 없는 날 엄마는 시간에 맞춰 데리러 왔다. 교문 앞에 서서 기다리는 엄마를 보면 제니퍼는 기분이 좋았다. 엄마의 외모는 다른 엄마들 사이에서도 유달리 눈에 띄었다. 여름이면 끈 달린 윗옷에 반바지를 입었는데 쭉 뻗은 긴 팔과 다리가 아름답게 드러났다. 발목에 찬 가느다란 발찌도 잘 어울렸다. 엄마는 마치 사진작가 앞에서 포즈를 취하듯 교문에 기대 서 있었다. 지나가던 남자들이 휘파람을 불며 엄마를 쳐다보았다. 엄마는 제니퍼의 손을 잡은 채 고개를 들고 몸을 흔들면서 걸었다. 마치 패션쇼 무대 위를 걷는 것 같았다. 뾰족한 구두굽이 길바닥에 탁탁 소리를 내며 튀겼다.

물론 나쁜 날도 있었다. 두통이 있는 날이면 엄마는 어두운 방에 하루 종일 누워 있었다. 메스껍거나 통증이 있어도 마찬가지였다. 택시가 제시간에 오지 않거나 사진이 제대로 나오지 않으면 엄마는 화를 냈다. 제니퍼는 그럴 때마다 메이시를 안고 방으로 들어갔다.

"오늘은 뭘 할까? 메이시."

"패션쇼가 있어. 무대에 설 거야."

"멋지다!"

메이시의 옷은 한 상자 가득이었다. 계절에 어울리는 옷, 캐주얼과 파티복이 따로 있었다. 일할 때와 놀 때 입는 옷도 구분해 놓았다. 제니퍼가 가장 좋아하는 옷은 아래위가 한 벌로 붙은 진분홍색 스키복이었다. 스키와 작은 선글라스까지 있었다.

몇 시간쯤 지나면 제니퍼는 발꿈치를 들고 엄마 방으로 갔다. 침대로 가서 엄마 옆에 살그머니 누웠다. 엄마는 기분이 나아지면 몸을 돌려 제니퍼를 안아주었다. 그렇지 않으면 거의 숨도 쉬지 않고 가만히 누워 있었다. 제니퍼는 미동도 없이 엄마 옆에 앉아 있곤 했다.

시간이 지나면서 엄마는 일이 끊겼다. 더 독특하게 생기거나 머리카락이 예쁘거나 신비스러운 모델들이 나타났다. 더 이상 사진작가들은 전화를 하지 않았고, 모델 에이전시에서는 메시지를 남기라는 말만 했다. 엄마는 에이전시에 사진을 보여주며 일거리를 찾아다녔다.

어느 날 새벽, 엄마는 제니퍼를 시몬의 집으로 데려갔다. 분홍색 가운을 입은 시몬은 머리가 심하게 헝클어져 있었다. 시몬 옆에 선 엄마는 아름다웠다. 달라붙는 청바지와 꼭 끼는 가죽 재킷, 곱게 묶은 머리와 분홍빛 입술은 빛이 났다. 목에 감은 화사한 스카프가 바람에 하늘거렸다. 하품을 하던 시몬이 스카프를 유심히 쳐다보았다.

"본드 가(런던의 대표적인 고급 상점 거리 - 옮긴이)에서 샀어요. 지금 가봐야 해서……."

시몬이 돌아서는 그녀의 가죽 재킷을 붙잡았다.

"들어가렴, 제니퍼."

엄마가 손짓했다. 제니퍼는 안으로 들어갔다. 두 사람의 말소리가 들렸다.

"이번 주에 밀린 월급을 받으면 수고비도 드릴 수 있을 거예요!"

며칠 뒤 제니퍼는 다른 엄마들과 함께 교문 앞에 있는 시몬을 보고 놀랐다. 본드 가에서 산 엄마의 스카프가 그녀의 목에 감겨 있었다. 굵은 목에 어색하게 매달린 스카프는 시몬의 추레한 재킷에 어울리지 않았다. 스카프에서는 여전히 엄마의 향수 냄새가 났다.

여섯 살 생일이 지나면서 시몬은 제니퍼를 돌봐줄 수 없다고 했다. 얼굴이 둥근 시몬 대신, 엄마가 금발을 바람에 날리며 교문에서 기다리곤 했다.

엄마는 한동안 일이 없다가 오랜만에 사진작가의 전화를 받았다. 그는 엄마에게 맡길 일이 있다고 했다. 엄마는 수화기를 내려놓고, 좁은 복도에서 춤을 추며 돌아다녔다. 제니퍼는 메이시와 함께 엄마를 지켜보았다.

"첫 발만 잘 떼면 돼."

엄마가 혼잣말을 하면서 옷을 벗고 욕실 문 앞에 섰다. 제니퍼는 메이시를 안고 엄마 방으로 들어갔다. 침대에 걸터앉아 향수를 뿌리고 온몸에 크림을 바르는 엄마를 지켜보았다. 엄마는 콧노래를 흥얼대며 거울 앞에서 포즈를 취했다. 이 옷 저 옷을 몸에 대보았다.

"스튜디오는 걸어서 10분 거리야. 두어 시간이면 될 거야."

"난 시몬 집에 가야 해?"

제니퍼가 물었다. 엄마는 동작을 멈추고 제니퍼를 보았다.

"아니야."

제니퍼는 입술을 깨물었다.

"그럼 할머니 집에 가야 해?"

엄마가 무릎을 꿇어 제니퍼와 눈높이를 맞추었다.

"아니, 오늘은 네가 집에 혼자 있었으면 좋겠어. 그래도 되겠지?"

제니퍼는 놀라서 엄마를 쳐다보았다.

"나 혼자? 정말 혼자 있어야 하는 거야?"

"응. 아주 큰 언니처럼. 엄마가 비디오를 켜줄게. 마실 것과 비스킷도 있어. 영화가 끝나기 전에 돌아올 거야."

엄마는 커다란 안락의자를 텔레비전 앞으로 끌고 왔다. 그리고 주스 잔과 시리얼이 담긴 그릇을 탁자에 올려놓았다. 작은 초콜릿 바 몇 개도 놓았다.

"누가 와도 현관문을 열어주면 안 돼. 알겠지?"

제니퍼는 굳은 표정으로 고개를 끄덕였다.

"전화도 받지 마. 응답기가 전화를 받을 거야. 그리고……."

엄마는 머뭇거리면서 주위를 둘러보았다.

"아무것도 만지면 안 돼. 네가 만지면 안 되는 것들은……."

엄마가 시계를 보았다.

"늦었다. 뛰어가야겠네. 별일 없을 거야. 그렇지? 지금 2시야. 아무리 늦어도 5시에는 올게. 비디오를 봐. 그 다음에는 텔레비전을 보고. 아무 일 없을 거야."

엄마는 몇 번이나 주의를 주고 나갔다. 그러나 엄마는 8시가 넘어도 돌아오지 않았다. 제니퍼는 다섯 시간 동안 혼자 있었다. 어두운 방에 메이시와 둘이서 의자에 꼭 붙어 앉아 있었다. 텔레비전 불빛 때문에 거실이 새파랬다.

처음이 어렵지 그 다음은 쉬웠다. 엄마는 제니퍼를 혼자 두고 몇 시간씩 외출을 했다. 아침이나 오후 나절, 또는 종일 집을 비웠다. 아주 가끔 있던 일이 매주 한 번이 되고, 두 번이 되었다. 그러더니 엄마는 매일 오후 집을 비웠다. 제니퍼는 늘 혼자 집에 있었다.

모델 일이 끝나면 엄마는 몇 주씩 침실에 틀어박혀 있었다. 제니퍼는 할머니 집에서 지내야 했다. 재봉실 구석에 캠핑용 침대를 펴고 잤다. 비좁은 방에는 커다란 재봉틀과 바느질 재료, 패턴, 실이 든 플라스틱 상자가 쌓여 있었다.

낮이면 할머니가 일을 할 수 있도록 재봉실에서 나와야 했다. 할머니는 아동복 만들어주는 일을 했다. 담배를 입에 문 채 바지, 블라우스, 치마 더미 속에 파묻혀 바느질을 했다. 가끔 제니퍼에게 입어보라며 옷을 내주기도 했다.

그러던 어느 화요일, 예고도 없이 엄마가 왔다. 제니퍼는 놀란 표정으로 엄마를 쳐다보았다. 좁은 아파트에 갇힌 채 담배 연기 속에서 지내다보니, 갑자기 나타난 엄마가 유령처럼 느껴졌다.

"엄마한테 뽀뽀 안 해줄 거야?"

제니퍼는 양팔로 엄마를 끌어안았다. 엄마를 안은 팔이 풀리지 않도록 손깍지를 꼈다. 엄마 목덜미에 얼굴을 묻고, 향수 냄새를 맡았다. 머리카락과 차가운 금속 귀고리의 감촉이 느껴졌다.

"엄마가 선물을 사왔지!"

엄마는 제니퍼를 떼어내며 속삭였다. 제니퍼는 떨어지지 않으려고 더 꼭 매달렸다. 엄마의 어깨 너머로 텔레비전 옆에 서 있는 할머니가 보였다.

"엄마한테 드릴 것도 있어요!"

할머니의 못마땅한 표정은 풀리지 않았다. 엄마가 천천히 제니퍼의 손을 풀었다. 두 사람은 소파에 나란히 앉았다. 엄마는 제니퍼의 무릎에 포장한 선물을 올려놓았다. 제니퍼가 선물을 만지작거리며 물었다.

"같이 집에 가는 거야?"

"지금 당장은 아니야, 제니퍼. 하지만 이제 조금만 더 일을 하면 아파트에 다시 들어갈 수 있어. 그러면 엄마가 와서 널 데려갈게. 다시 네 방이 생길 거고, 벽에다 네가 좋아하는 색을 칠할 수도 있어."

제니퍼는 묻고 싶은 게 정말 많았다. 그러나 엄마는 그럴 시간을 주지 않았다. 엄마는 넬슨의 의자 팔걸이에 걸터앉았다. 제니퍼는 엄마가 오래 머물지 않으리란 것을 알았다. 가슴속에서 작은 인형이 팔딱팔딱 뛰는 것 같았다. 메이시 옆에 포장을 뜯지 않은 선물이 놓여 있었다.

제니퍼는 선물을 풀지 않았다. 그보다 엄마를 붙잡을 말을 생각해야 했다. 제니퍼는 엄마를 보았다. 금발을 짧게 자르고, 흰 바지에 긴 가죽 재킷을 입고 있었다. 구두는 금가루를 뿌린 것처럼 반짝거렸다.

"애는 어쩌려고?"

할머니가 손에 든 담배로 제니퍼를 가리켰다. 엄마는 못 들은 척했다. 가방을 뒤져 봉투를 찾아내 할머니에게 내밀었다. 할머니는 코웃음을 치면서 봉투를 받아 벽난로 선반 위에 놓았다.

"곧 데리러 올게."

엄마가 제니퍼의 머리카락을 넘기면서 말했다. 제니퍼는 대답을 할 수 없었다. 혀가 둔하고 무거웠다. 현관까지 걸어가서 인사하고 싶었지만 몸이 움직이지 않았다.

엄마는 재킷의 자락을 휘날리며 일어섰다.

"잘 있어!"

현관 앞에서 손을 흔들며 말했다. 곧이어 현관문 닫히는 소리가 들렸다. 제니퍼는 꼼짝 않고 소파에 앉아 있었다. 눈앞이 뿌옇게 변했다. 머릿속에는 한 가지 생각뿐이었다.

'엄마는 정말 다시 올까?'

할머니는 거실로 와서 곧장 벽난로 선반으로 갔다. 봉투를 열어 돈을 꺼냈다. 입술을 달싹이며 지폐를 획획 넘겼다. 할머니와 눈이 마주쳤다.

"네 엄마, 좋아 보이지 않니?"

제니퍼는 목이 막혀 고개만 끄덕였다.

"선물을 풀어보지 그러니?"

할머니가 한결 부드러워진 표정으로 말했다. 제니퍼는 천천히 포장지를 뜯었다. 모델 인형 메이시가 들어 있었다. 당황스러웠다. 돌아보니 사랑하는 메이시가 의자에 기대 앉아 있었다. 이브닝드레스를 입고 머리에 왕관까지 쓴 채 우아하게 앉아 있었다. 제니퍼는 종이상자를 마구 찢어서 새 메이시를 꺼냈다. 넬슨이 제니퍼를 노려보며 이빨을 드러낸 채 으르렁거렸다.

새 메이시가 누워서 제니퍼를 올려다보았다. 청바지와 민소매 티셔츠 차림이었다. 진짜 메이시는 입지 않는 평범한 옷차림이었다. 넬슨은 여전히 으르렁댔다.

"쉿!"

제니퍼는 입술에 손가락을 붙였다. 그래도 멈추지 않았다. 오히려 으르렁대는 소리가 점점 커졌다. 입은 움직이지도 않는데, 소리는 점점 더 날카로워졌다. 제니퍼는 문 쪽을 돌아보았다. 할머니는 방 안에서 재봉틀을 돌리고 있었다. 넬슨의 소리가 점점 더 크게 들렸다. 머리통이 안락의자를 꽉 채운 것처럼 커다랗게 보였다.

마룻바닥에서 마법의 가루처럼 무언가 반짝였다. 엄마가 남기고 간 흔적이었다. 제니퍼는 엄마가 선물로 준 메이시를 내려다보았다. 제니퍼의 메이시와 다른 얼굴이었다. 한 손으로 인형을 집어들었다. 의자에 앉아 으르렁거리는 커다란 개를 쳐다보았다. 제니퍼는 새 메이시를 머리 위로 치켜들어 개의 등짝을 내리쳤다. 잠시 정적이 흘렀다. 곧 무서운 비명이 터졌다. 제니퍼는 인형으로 계속 개를 때렸다. 울부짖는 소리가 으르렁거리는 소리를 뒤덮을 때까지 힘껏 인형을 휘둘렀다.

누군가 제니퍼의 어깨를 잡고 흔들었다. 제니퍼는 뒤로 떠밀려 소파 옆면에 부딪쳤다. 마침내 으르렁대는 소리가 멈추었다.

개는 바닥에 길게 누워 신음했다. 할머니가 바닥에 널브러진 개를 끌어안으며 소리쳤다.

"이 못된 계집애. 여기가 어디라고! 나가! 당장 나가! 그 낯짝을 다시는 보고 싶지 않아."

제니퍼는 일어나서 자신의 메이시를 들었다. 그리고 재봉실로 들어갔다. 침대에 올라가 이불을 끌어당겨 뒤집어쓰곤 구겨지듯 앉았다.

part 2
제니퍼 존스

화창한 5월이었다.

세 아이는 정원 뒷문에서 나와 버윅 워터스로 가는 길로 접어들었다.

버윅 워터스에는 인공호수가 있었다. 근처에 살던 도둑고양이 가족이

호수에 물을 채울 때 빠져나오지 못해 죽었다는 이야기가 떠돌았다.

그래서 고요한 밤이면 고양이 울음소리가 들린다고 했다.

어른들은 웃어넘겼지만, 아이들은 믿었다.

……그날 집으로 돌아온 아이는 두 명뿐이었다.

11

머리카락이 붉은 아이는 미셸 리빙스턴이었다. 미셸은 제니퍼가 버윅으로 이사 온 다음 날 처음 만났다. 엄마가 잠이 깨기도 전에 미셸은 현관문을 두드렸다.

"난 옆집에 사는 미셸이야. 우리 엄마는 내가 다니는 학교에서 비서로 일하셔. 어제 이사 오는 걸 봤어. 그 뚱뚱한 아저씨가 네 아빠야?"

제니퍼는 미셸의 붉은 머리카락을 보며 대답했다.

"아니."

양옆으로 마구 뻗친 빨간 머리카락은 가운데서 똑바로 가르마를 타 실핀으로 눌려 있었다. 핀만 뽑으면 머리가 사방으로 흩어질 것 같았다.

"우리 집 골방에 옷 입히기 세트가 있어. 2주 뒤면 내 생일이야. 넌?"

"나도 많긴 한데, 아직 짐을 못 풀었어."

"내 단짝친구는 2번지에 사는 루시야. 물론 그 애가 가장 친한 친구는 아니야. 루시는 폼 잡는 걸 좋아하지만 그래도 괜찮은 애야. 보통은 내가 시키는 대로 해. 너는?"

제니퍼는 살짝 당황했다. 마땅히 소개할 만한 단짝친구가 없었다. 제니퍼는 딴소리를 했다.

"우리 엄마는 모델이야. 나중에 우리 집에 오면 사진 보여줄게."

미셸은 호기심어린 표정으로 제니퍼 뒤편의 작은 복도를 들여다보려고 안간힘을 썼다.

"이제 가봐야겠어. 엄마가 부르시네."

제니퍼는 대충 둘러댄 뒤 현관문을 닫고 거실로 들어왔다. 훔쳐온 '루크 스카이워커' 모형을 꺼내들고 페리를 생각했다. 페리는 어제까지 함께 살던 엄마의 남자친구였다.

'지금쯤 물건이 다 없어진 걸 알았겠지? 침대며 안락의자, 휴대용 텔레비전이 없어진 것도 알았을 거야. 불쌍한 페리……. 경찰에 신고했을지도 몰라. 루크 스카이워커가 없어진 것도 알았을 거야.'

제니퍼는 루크 스카이워커를 거실로 가져가 벽난로 선반에 올려놓았다. 루크는 새것처럼 반들거렸다. 메이시와 비교되었다. 메이시는 낡고 유행이 지난 옷을 입은 데다 더럽고 너덜너덜했다. 상관없었다. 제니퍼는 메이시를 여전히 사랑했다. 그리고 가끔 생각했다.

'세월이 흐르면 메이시도 돈이 될 거야, 루크 스카이워커처럼.'

눈 쌓인 아침, 제니퍼와 엄마는 노위치의 아파트에서 여행가방과 검은 비닐 봉투 여러 개를 아래층으로 옮겼다. 반은 걷고 반은 뛰다시피 해서 인도 옆에 서 있는 낡은 크림색 승합차로 갔다. 제니퍼는 작은 배낭을 들고 조수석에 올라탔다. 엄마는 혹시 잊은 물건이 있는지 살펴보기 위해 다시 아파트로 올라갔다.

운전석에는 엄마 친구 대니가 담배를 피우며 앉아 있었다. 엄마는 검은 가방 한 개와 작은 휴대용 텔레비전을 들고 나왔다. 페리와 엄마의 침실에 있던 것이다. 제니퍼는 배낭에 손을 넣어 메이시의 매끄러운 머리칼을 쓰다듬었다. 그리고 주문을 외우듯 웅얼거렸다.

'빨리, 빨리 출발해요……'

"서둘러요. 얼른 떠나자고요."

엄마가 승합차의 앞좌석에 올라타며 말했다. 그녀는 제니퍼를 가운데로 밀고 자리에 앉았다. 엄마가 문을 닫자, 대니가 똑바로 앉으며 꽁초를 창밖으로 던졌다. 열쇠를 돌리자, 출렁거리기만 할 뿐 차는 쉽게 시동이 걸리지 않았다. 몇 번의 실패 뒤 간신히 시동이 걸렸다. 제니퍼는 옆에 앉은 엄마의 팔다리가 뻣뻣해지는 것을 느꼈다. 페리는 출근을 하고 집에 없었다. 당연히 모녀가 이사하는 것도 몰랐다. 제니퍼는 페리에게 미안했다.

제니퍼는 페리를 좋아했다. 겨우 스물네 살이었지만 제니퍼에게 잘해주었다. 이야기도 많이 들려주었고, 추운 오후에 학교에서 돌아오면 토마토 수프를 끓여주기도 했다. 페리는 영화 〈스타워즈〉의 팬이었다. 그는 어릴 때부터 갖고 놀던 다스 베이더 같은 장난감들을 거실에 늘어놓았다. 엄마는 긴 손가락으로 그것들을 쓰다듬으면서 말하곤 했다.

"팔면 돈이 제법 될 거야."

엄마는 몇 번이고 페리에게 그것들을 팔라고 설득했다. 하지만 페리는 단 하나도 팔지 않았다. 엄마가 페리의 집에서 나오기로 작정한 것도 그 때문이었다.

"이렇게 먼 줄 몰랐는데?"

버윅에 도착하자 대니는 승합차를 풀밭에 반쯤 걸쳐 세우면서 투덜댔다. 작은 집들이 다닥다닥 붙어 있었다. 맨 끝집 표지판에 '워터가'라고 적혀 있었다. 엄마는 차에서 내려 가운데 있는 집으로 갔다. 대니는 여전히 운전석에 버티고 앉아 있었다.

"어서요! 옮길 짐이 많다고요!"

대니는 한숨을 내쉬며 시동을 껐다. 세 사람은 현관문 앞에 섰다. 추위 때문에 구름 같은 입김이 계속 뿜어져 나왔다. 서리 내린 풀밭 위에 급히 챙긴 가방과 상자 들, 검은 비닐봉투를 내려놓았다. 대니는 외투의 지퍼를 목까지 올리고 손목시계를 힐끔거렸다. 엄마가 문을 열자 어두운 현관이 나타났다. 제니퍼는 가방 두 개를 들고 엄마를 따라 안으로 들어갔다.

집은 밖에서 본 것보다 훨씬 좁았다. 엄마가 들어가니 현관이 꽉 찼다. 제니퍼의 손에 든 가방이 벽에 스쳤다. 대니는 전구를 피하느라 머리를 숙여야 했다.

"전기는 들어오나?"

"정오쯤. 그때가 정식 입주 시간이거든요."

세 사람은 거실로 들어섰다. 엄마가 창가로 가 먼지 낀 커튼을 젖혔다. 빛이 들어오자 방은 오히려 더 추워 보였다.

"작지는 않아요. 우리가 살기에 딱 좋네. 그렇지 제니퍼?"

제니퍼는 고개를 끄덕였다. 다시 둘만 살게 되었다. 대니가 엄마를 보며 인상을 썼다.

"얼어 죽겠네! 몸을 좀 따뜻하게 해야겠어, 캐럴."

대니가 안으려 하자 엄마는 몸을 비틀어 슬쩍 빠져나왔다. 입가에 미소를 머금은 채 엄마가 말했다.

"대니, 좀 참아요. 짐부터 들여놓고, 따뜻하게 할 수 있는 게 있는지 좀 보자고요."

침대를 조립하고 옷가방과 상자를 풀었다. 거실에 안락의자 두 개를 나란히 놓고 나니 전기가 들어왔다. 전등이 침침해서 그런지 거실은 그다지 밝지 않았다. 그러고도 한참이 지나서야 난방이 되었다.

제니퍼는 코트를 벗고 안락의자 끄트머리에 걸터앉았다. 무릎에 메이시를 올려놓았다. 제니퍼는 메이시를 갖고 놀지는 않았다. 그냥 옆에 두고 머리카락을 만지는 것이 좋았다. 위층에서 엄마와 대니의 목소리가 들렸다. 물건이 바닥에 끌리는 소리도 들렸다. 작은 텔레비전이 안락의자 앞에 놓여 있었다. 지금쯤 페리는 모든 것을 알았을 것이다. 전에 페리가 엄마에게 '도둑'이라고 소리친 적이 있었다. 하지만 둘은 금방 화해하고 오후 내내 침실에서 나오지 않았다.

제니퍼는 일어나서 주방으로 갔다. 개수대 위에 난 창으로 뒷마당을 내다보았다. 울퉁불퉁한 마당에는 여기저기 길게 자란 풀과 덤불이 있었다. 마당 중간쯤에 있는 헛간은 문이 내려앉았고, 그 옆에 양동이 두 개가 의자처럼 뒤집혀 있었다. 어쨌든 정원이 있는 집은 처음이었다.

울타리 너머 옆집 정원을 내다보았다. 옆집의 정원은 달랐다. 제니퍼네 집보다 훨씬 길고 넓은 데다, 불도저로 고른 것처럼 평편했다. 작은 놀이터에는 그네와 정글짐이 있었다. 열 살쯤 되는 제니퍼 또래의 여자아이 하나가 그네 쪽으로 뛰어갔다. 청바지와 지퍼 달린 점퍼 차림이었다. 모자가 달린 점퍼에는 털이 붙어 있었다. 아이는 정원 끄트머리까지 달렸다가 울타리를 건드리고 방향을 바꿔 다시 뛰었다. 마치 투명인간과 경주라도 하는 듯했다. 아이는 주변을 둘러보다가 제니퍼 쪽을 보았다. 점퍼에 달린 후드를 벗자 숱 많은 빨간 머리카락이 찰랑거렸다. 제니퍼가 알은척하려고 손을 들었다. 그러나 아이는 바람처럼 달려 자기 집으로 사라져버렸다.

그러고도 한참을 더 거실에 혼자 있다가 메이시를 배낭에 넣고 조용히 위층으로 올라갔다. 엄마 침실의 문이 조금 열려 있었다. 대니가 낮게 웃으며 몇 마디 하더니 크게 헛기침을 했다. 이어 침대가 심하게 삐걱거렸다. 제니퍼는 그 소리가 무얼 의미하는지 알았다. 제니퍼는 엄마와 함께 페리의 집에서 사는 동안 그 소리를 여러 번 들었다. 가끔 이불 속에서 엄마와 페리의 움직임을 보기도 했다. 또 어떤 때는 이불을 덮지 않아서 두 사람의 모습을 직접 본 날도 있었다. 발가벗은 두 사람을 보고 나면 며칠씩 아주 끔찍한 기분으로 지내야 했다.

제니퍼는 문틈으로 방 안을 들여다보았다. 벽지만 보일 뿐 아무것도 보이지 않았다. 소리만 또렷하게 들렸다. 대니의 거친 숨소리에 따라 침대가 심하게 요동쳤다. 제니퍼는 가만히 문을 밀었다. 문이 살짝 뒤로 밀렸다. 두 사람은 침대 위에 누워 있었다. 엄마의 청바지는 바닥에 떨어져 있었고, 대니의 바지는 그의 발목에 걸려 있었다. 대니의 커다란 등이 떨리는가 싶더니 아래로 떨어지면서 어깨가 침대에 묻혔다. 그의 몸 아래 어딘가에 엄마가 있었다.

"여기서 뭐 하는 거야?"

대니의 목소리에 제니퍼는 화들짝 놀랐다. 반쯤 일어난 대니가 바지 허리춤을 끌어당겼다. 주머니에서 잔돈 부딪치는 소리가 났다. 엄마가 침대에서 일어나며 발로 청바지를 집어 올렸다.

"아래층에 있으라고 했잖아!"

엄마는 제니퍼를 방에서 밀어내고 문을 닫았다. 제니퍼는 엄마의 바짝 마른 몸을 쳐다보았다. 낡은 브래지어 안의 작은 가슴, 어깨의 장미 문신, 납작한 배, 가느다란 다리. 꼭 잘 말린 생선 같았다.

"제니퍼, 아래층에 내려가 있으면 내가 저 사람을 보낼게. 그다음에 점심을 먹자. 어때?"

엄마가 방으로 들어가고 제니퍼는 계단을 내려와 거실로 갔다. 곧이어 계단에서 발소리가 나더니 대니의 목소리가 들렸다.

"잘 있어."

현관문이 닫히자 엄마는 검은 가방의 지퍼를 열었다. 거기에는 플라스틱으로 만든 루크 스카이워커가 들어 있었다. 엄마가 '저 망할 놈의 장난감!'이라고 무시했던 바로 그것. 한나절이 마치 평생이 지난 것처럼 길었다.

엄마가 뒤늦게 일어나 홍차를 만들어주었다.

"페리가 우리를 찾으러 올까?"

"아니야. 페리는 혼자서도 잘 지낼 거야."

"엄마, 일은 어떻게 해?"

엄마는 모델 일을 하면서 술집에서도 일했다. 페리는 늦게 들어오는 엄마를 못마땅해했다. 그건 제니퍼도 마찬가지였다.

"이제부터 모델 일에 집중할 거야. 술집의 담배 연기는 피부에 나쁘거든."

옆집 정원에서 인기척이 났다. 제니퍼는 거실 창으로 다가가 정원을 내다보았다. 사방으로 뻗친 붉은 머리카락이 바쁘게 정원을 돌아다니고 있었다. 다른 아이도 있었다. 미셸이 그 아이를 루시라고 불렀다. 루시의 모습은 잘 보이지 않았다. 아이들은 뭔가 하는 중이었지만 등을 돌리고 있어서 알 수 없었다.

"뭘 보고 있니, 제니퍼?"

엄마가 다가왔다.

"옆집에 미셸이라는 애가 있어서."

"옆집? 마당을 잘 가꾼 집?"

제니퍼가 어깨를 으쓱했다.

"그 애한테 같이 놀자고 하지 그래?"

"우린 같이 놀지 않아."

제니퍼는 화가 났다. 이제 곧 열한 살이 되고, 9월이면 중학교에 갈 터였다. 그건 애들처럼 '놀지' 말아야 한다는 뜻이기도 했다.

"그럼 차를 마시자고 해. 아니면 이야기만 하던가. 엄마가 먹을 걸 만들어줄게."

"다른 애는?"

그때 미셸의 친구 루시가 눈에 띄었다. 그 애는 돌더미를 정원 끝으로 옮기고 있었다. 미셸이 뒤따라가면서 계속 손짓을 했다. 루시가 잠깐 뒤돌아보더니 뭐라고 대답을 했다. 루시는 미셸보다 체구가 훨씬 작은 데다 더 어려 보였다. 게다가 머리숱도 거의 없었다. 사이즈가 커 보이는 지퍼 달린 점퍼를 입고 있었다.

찻잔을 내려놓으며 엄마가 물었다.

"장보러 갈래? 동네가 어떤지 구경도 할 겸?"

엄마가 외출 준비를 하는 동안 제니퍼는 컵을 씻었다. 엄마는 달라붙는 청바지에 부츠, 엉덩이 길이의 가죽 재킷 차림으로 내려왔다.

목에는 술이 달린 화사한 분홍색 스카프를 두르고 있었다. 옅은 화장에 머리는 위로 올려서 하나로 묶었다.

"어렵게 산다고 동네방네 소문낼 필요 있겠니? 남의 집에 세 들어 산다고 잘 차려입지 말란 법 있니?"

밖에는 여전히 눈이 쌓여 있었다. 엄마는 얼어붙은 길을 조심스럽게 걸었다. 도로 끝에 닿을 즈음 엄마는 벌써 덜덜 떨고 있었다. 엄마가 제니퍼의 팔짱을 끼면서 말했다.

"우리에게 필요한 건 스페인의 아파트야."

큰길은 걸어서 10분 거리였다. 술집과 자동차정비소가 있었고 작은 공판장, 신문 판매점 두 곳, 세탁소, 중국식 생선튀김 가게, 옷 가게 등이 있었다. 눈발이 조금씩 날리자 제니퍼와 엄마는 공판장으로 들어갔다. 그리고 얼마 뒤 비닐봉투 네 개를 들고 나왔다.

"저 집은 징그럽게 비싸네. 대니가 오면 대형마트까지 태워줄 거야."

집으로 가는 길은 오르막이었다. 제니퍼는 바람을 피하려고 머리를 숙인 채 걸었다. 눈발이 점점 더 굵어졌다.

사온 물건들을 거의 다 정리했을 때 미셸이 찾아왔다. 이번에는 루시 버셀과 함께였다. 루시는 핏기가 없고 왜소했다. 가까이서 보니 루시의 얼굴은 콧수염만 붙이면 영락없는 생쥐였다. 미셸이 딱딱한 목소리로 말했다.

"우리 집에 놀러 와. 루시와 내가 뒷마당에 무덤을 만들었어."

제니퍼는 싫다고 말하고 싶었다. 미셸의 건방진 말투가 싫었다. 하지만 '무덤'이라는 말에 가슴이 뛰었다. 현관으로 나오는 엄마의 발소리가 들렸다.

"추운데 친구들을 데리고 들어오지 그러니?"

엄마는 모델다운 멋진 미소를 지었다. 제니퍼가 계단 난간에 걸린 외투를 챙겼다.

"옆집에 갔다 올게요."

미셸이 루시에게 말했다.

"얘네 엄마야. 모델이래."

집에 도착하자 미셸은 열쇠를 꺼냈다. 열쇠고리에 작은 구두, 주사위, 유령, 플라스틱 스케이트보드가 달려 있었다. 미셸이 문을 열자, 세 사람은 안으로 들어갔다. 제니퍼네 집과 구조는 같았지만 분위기는 사뭇 달랐다. 조명등이 천장에 박혀 있어서 그런지 현관 앞 복도가 더 길고 높아 보였다. 거실도 마찬가지였다. 가장 놀라운 곳은 주방이었다. 확장을 한 넓은 공간에 붙박이장과 커다란 레인지가 설치되어 있었다. 제니퍼는 공중에 매달린 냄비들과 프라이팬들을 둘러보았다. 곳곳에 항아리와 접시, 주전자가 쌓여 있었다.

토끼가 잔뜩 그려진 앞치마를 두른 아주머니가 조리대 앞에서 분량대로 재료를 담고 있었다. 미셸과 똑같이 붉은 곱슬머리를 뒤로 넘기던 아주머니가 미소를 지으며 말했다.

"안녕, 네가 옆집에 이사 온 아이구나?"

"안녕하세요."

제니퍼가 상냥하게 인사했다.

"우리 바빠요, 엄마."

미셸이 제니퍼의 소매를 끌고 마당으로 나갔다. 제니퍼의 옷깃 속으로 찬바람이 파고들었다. 제니퍼는 저만큼 앞서 달려가는 미셸과 루시를 따라 천천히 걸었다. 제니퍼는 집 안에 더 있고 싶었다. 입김을 불며 차가운 손바닥을 비볐다. 미셸이 빨리 오라고 손짓을 했다. 제니퍼는 마지못해 빨리 걸었다. 마당 끝에 다다르자 미셸이 손가락으로 땅바닥을 가리켰다.

"쉿!"

제니퍼 바로 앞에 돌무더기가 있었다.

"이게 뭔데?"

"보면 몰라? 무덤이지."

"누구 무덤인데?"

"사람 무덤이 아니야, 이 바보야! 새 무덤이야."

미셸이 비웃듯 둘을 바라보았다.

"내 새야."

그때까지 한마디도 하지 않던 루시가 말을 가로챘다.

"쟤가 자기 집 마당에서 찾았어."

미셸이 손가락으로 루시를 가리켰다.

"우리 나무에 살던 새야. 지금은 죽었어."

루시의 목소리가 삐걱거렸다. 기름칠이라도 해야 할 것 같았다.

"보고 싶으면 봐도 돼."

미셸은 쭈그리고 앉아 돌무더기를 헤쳤다. 돌더미 중간에 작은 갈색 새가 누워 있었다. 깃털이 부드럽고 매끄러웠다. 꼭 잠이 든 것 같았다.

"정말 죽은 거야?"

미셸이 발끈하며 대꾸했다.

"당연히 죽었지. 분명히 들고양이가 물었을 거야."

"새를 위해 기도도 했어."

루시가 조용히 말했다.

"들고양이라고?"

제니퍼는 호랑이와 사자를 상상하면서 물었다. 미셸이 들뜬 목소리로 조잘댔다.

"호수에 있어. 거기에 들고양이가 많이 살거든. 먹이를 구하려고 여기까지 내려와. 아무 거나 잡아먹어. 아주 살벌해."

제니퍼는 갑자기 우울해졌다.

"난 가봐야겠어."

미셸이 쫓아와서 귀에 대고 속삭였다.

"나중에 다시 와. 루시가 간 다음에. 점심 먹고 내 방이랑 물건들을 보여줄게. 너는 엄마의 모델 사진을 보여줘."

루시는 죽은 새가 묻힌 돌무더기를 보고 있었다. 루시를 빼고 만난

다는 게 마음에 걸렸지만, 미셸에게 엄마의 모델 사진을 보여준다고
했으니 어쩔 수 없었다. 제니퍼는 정원을 가로질러 집으로 돌아왔다.

몇 년 사어 여섯 군데 학교를 전전했지만 학교생활은 비교적 수월
한 편이었다. 워터 가로 이사한 지 일주일 뒤, 교장 선생님의 안내로
아이들에게 인사를 했다. 예전에는 줄줄이 앉아 자신만 바라보는 낯
선 얼굴들이 두려웠다. 그러나 이번엔 좀 달랐다. 학급 문고 근처의
구석 자리에 미셸이 있었다. 그 아이의 옆자리가 비어 있었다.
교장 선생님이 나가자 곧바로 수업이 시작되었다. 미셸은 아이들을
향해 미소를 지으며 손대지 말라는 듯 제니퍼의 팔에 손을 얹었다.
'난 이 애를 이미 만났거든. 얘네 엄마는 모델이야.'
미셸의 눈은 이렇게 말하고 있었다.
점심시간이었다.
"제니퍼, 도시락 가지러 가자."
미셸은 제니퍼를 데리고 교장실 옆 엄마의 사무실에 갔다.
"첫날인데 어땠니?"
컴퓨터를 들여다보던 리빙스턴 부인이 고개를 들고 물었다.
"아주 좋았어요."
제니퍼는 생긋 웃으면서 대답했다. 식당으로 돌아와 제니퍼는 루
시를 찾았다. 한 학년 아래지만 점심은 식당에서 함께 먹었다.
"루시는 대부분 집에 가서 점심을 먹어. 어떤 때는 독서반에 가고.

난 학교에서는 루시랑 안 놀아. 내 친구가 되기에는 너무 어리거든."

미셸이 짜증섞인 투로 말했다. 제니퍼는 긴장도 풀리고 기분이 한결 좋아졌다.

"루시 아빠가 집을 나갔어. 그래서 엄마랑 오빠 둘이랑 살아."

제니퍼도 엄마한테 들어서 알고 있었다. 지난 며칠 내내 루시는 침울한 표정이었다. 엄마는 이웃 사람들의 사연을 재미삼아 캐고 다녔다. 제니퍼도 루시의 엄마를 본 적이 있었다. 작고 마른 몸매에 스포티한 차림새였다. 목청이 어찌나 좋던지 그녀가 상가나 워터 가에서 사람들과 이야기할 때면 근처 가게까지 쩌렁쩌렁 울렸다.

"오빠가 둘 있는데 루시에게 좀 심하게 굴어. 우리 엄마 말로는 그집 아들들은 하나같이 망나니래. 스티비는 일을 해본 적이 없고 조는 특수학교에 다녀야 할 정도래."

제니퍼는 무심결에 말을 받았다.

"루시가 안됐어. 마치 불쌍한 생쥐 같아."

미셸의 눈이 순간적으로 빛났다.

누가 봐도 루시의 오빠들은 이상했다. 열아홉 살인 큰오빠 스티비는 루시처럼 작은 체구에 머리숱이 적고 뺨이 움푹했다. 열네 살인 작은오빠 조는 형보다도 훨씬 체구가 커서 어른처럼 보였다. 둘은 사관생도라도 되는 것처럼 군복 바지와 재킷을 입고 늘 붙어 다녔다.

엄마는 루시네 집에서 버셀 부인과 수다를 떨다가 군용물품이 넘쳐나는 아들들의 방을 구경한 적이 있다고 했다. 가짜 총들이 벽에 걸려 있고, 헬멧과 부츠, 텐트 같은 것들이 잔뜩 있었다고 했다. 제니퍼도 그들이 싫었다. 제니퍼가 지나가면 그들은 손가락을 쌍안경 모양으로 눈에 붙이고는, 적을 추적하듯 뒤따라왔다. 그런 오빠들과 살아야 하는 루시가 안쓰러웠다.

수업이 끝나자, 제니퍼와 미셸은 팔짱을 낀 채 마을을 지나 시커먼 물이 고인 웅덩이를 돌아서 워터 가로 올라갔다. 제니퍼의 집에서 점퍼를 입고 후드를 쓴 남자가 나오고 있었다. 어깨에 큰 가방을 메고 있었다.

"어, 저기 봐. 사진작가가 아닐까?"

미셸이 먼저 남자를 보았다. 남자가 차문을 열고 가방을 싣더니, 허리를 펴고 후드를 벗었다. 페리였다. 제니퍼는 손을 흔들어 알은체하려다 말았다. 페리는 서둘러 차문을 닫고 출발해버렸다.

"네 엄마 사진을 찍었나봐."

미셸이 약간 흥분했다.

"들어가 봐야겠어."

제니퍼가 팔짱을 빼자 미셸이 보채듯 말했다.

"나도 같이 가고 싶은데."

"숙제부터 하고 나서. 내가 널 데리러 갈게."

집은 어둡고 조용했다. 제니퍼는 현관 복도의 전등을 켰다. 엄마는 주방에도, 거실에도 없었다. 제니퍼는 위층으로 올라갔다. 침실 문이 꼭 닫혀 있었다.

"엄마, 페리가 왔어요?"

제니퍼는 문밖에 서서 큰 소리로 물었다.

"엄만 지금 편두통이 심하단다, 제니퍼."

"들어가도 돼요?"

"아니, 나 혼자 있는 게 좋겠어."

엄마는 울음을 참고 있는 듯 목이 잠겨 있었다. 제니퍼는 아래층으로 내려와 거실의 작은 텔레비전 앞에 앉았다. 벽난로 선반이 비어 있었다. 페리가 루크 스카이워커를 데려간 것이 분명했다. 제니퍼는 다행스러운 일이라고 생각했다. 원래 있던 자리로 돌아간 것이니까.

12

포츠 선생님과 다른 두 선생님은 반 아이들을 데리고 인공호수로
야외학습을 갈 계획을 세웠다. 학생들은 호수 주변 6킬로미터를 걸
을 예정이었다. 적당한 신발을 신고 도시락을 준비해야 했다.

버윅 워터스. 제니퍼는 유리같이 잔잔한 호숫가에 수풀이 빽빽하
게 우거진 광경을 머릿속에 그렸다. 위험하지만 신비스러울 것 같았
다. 제니퍼는 설레는 마음으로 야외학습을 기다렸다.

"시시해. 별것 없을 거야."

미셸은 못마땅한 듯 툴툴거렸다.

야외학습을 가는 날, 제니퍼는 일찌감치 일어났다. 평소와 달리 엄
마도 일찍 일어났다. 닫힌 욕실 문 너머로 샤워하는 소리가 났다. 제
니퍼는 아래층으로 내려갔다. 아침식사를 하고 도시락을 준비할 참
이었다.

엄마가 주방으로 들어왔다. 외출복 차림이었다. 긴 갈색 코트와 검은색 바지를 입고, 머리도 산뜻하게 매만졌다. 연한 립스틱을 바르고 눈화장은 거의 하지 않았다.

"행운을 빌어줘. 어쩌면 오늘은 행운의 날이 될 거야."

지난 6주간 엄마에게는 모델 일이 한 번도 들어오지 않았다. 제니퍼는 엄마가 일을 하지 않으면 돈이 바닥난다는 것을 알고 있었다.

"어제 전화한 사진작가 있지? 그 작가 스튜디오에 갈 거야."

"잡지 사진이야?"

"그럴 거야."

사실이기를 바랐다. 엄마는 지난 한 주간 내내 우울했다. 늦게 일어나 거실 바닥에 누워서 텔레비전만 봤고, 방에 틀어박혀 나오지도 않았다. 음식을 하지도 않았고, 빨래방에 가거나 장을 보지도 않았다. 제니퍼에게 학교에 가지 말고, 노위치에 가서 물건 구경을 하자며 두어 번 조르기도 했다. 예전의 제니퍼라면 엄마를 따라 당장 나섰을 것이다. 엄마와 둘이서 하루를 보내는 것만큼 좋은 일은 없었으니까.

그러나 지금은 학교가 좋았다. 옆자리에 단짝친구 미셸이 있었다. 점심시간이면 강당의 푹신한 의자나 운동장의 벤치에서 함께 시간을 보냈다. 책과 잡지를 바꿔 읽고 점심을 나눠 먹었다. 미셸은 남는 열쇠고리를 선물하기도 했다. 고리에는 작은 스케이트보드와 푹신한 하트가 달려 있었다.

가끔 교장 선생님이 외출하면 리빙스턴 부인은 미셸과 제니퍼에게 물품창고에서 문제집 더미와 볼펜 상자를 정리하게 했다. 집에 갈 때는 루시와 함께였다. 루시는 둘의 이야기를 번갈아 들으며 즐거워했다. 제니퍼는 그날 있었던 일을 루시에게 다시 들려주는 것이 좋았다.

"좀 늦을지 몰라. 그래도 괜찮겠지?"

제니퍼는 대답하지 않았다. 엄마도 개의치 않았다.

구름이 잔뜩 낀 우중충한 날씨였다. 제니퍼 일행이 도착한 곳은 넓은 인공호수 부근의 공원이었다. 사방에 오솔길이 있었고 곳곳에 안내판이 있었다. 바람이 불자 구름이 흩어지면서 빗방울이 떨어졌다. 오솔길에 핀 수선화가 고개를 숙이고, 나뭇가지가 바람에 마구 흔들렸다. 호수 표면에 잔물결이 일었다. 상상했던 호수와 많이 달랐다.

포츠 선생님은 아이들과 다른 반 선생님, 어머니 들을 보며 소리쳤다.

"피크닉 광장으로 모이세요!"

모두 모이자 그녀는 테이블 위에 올라가 짧게 설명했다.

"이곳은 원래 농사를 짓던 들판이었어요. 15년 전 버윅 이사회는 인근 지역에 물을 공급하기 위해 인공호수를 만들었습니다. 덕분에 인근 주민들이 충분한 식수를 얻었지요."

그녀는 설명을 끝내고 아이들을 둘러보았다. 하지만 아무도 질문하지 않았다. 아이들 몇 명이 화장실에 다녀올 동안 나머지는 나무

벤치에 앉아서 기다렸다. 얼마 뒤 포츠 선생님이 팔띠를 나눠주었다. 팔띠 색깔에 따라 빨강, 파랑, 노랑, 초록 팀으로 나뉘었다.

"팀별로 호수를 돌면서 야생생물을 조사한 다음, 사무소에서 나눠 준 책자에 기록하세요."

출발하기 전 제니퍼는 루시네 반을 돌아보았다. 루시는 빨간 팔띠를 차고 있었다. 제니퍼는 미셸을 쿡쿡 찌르면서 말했다.

"루시도 같은 팀이네. 쟤도 부를까? 우리 셋이 함께 다닐까?"

"아니, 생쥐는 자기 친구들과 같이 다니라고 해!"

미셸은 말을 마치기 무섭게 팀장을 따라 걷기 시작했다. 제니퍼도 친구를 따라잡기 위해 서둘러 걸었다. 미셸은 루시를 아예 '생쥐'라고 불렀다. 처음에 그 말을 꺼내긴 했지만, 제니퍼는 루시를 그렇게 부르는 미셸이 못마땅했다. 미셸에게 여러 번 그만두라고 하고 싶었지만 선뜻 말을 꺼내지 못했다.

미셸은 저만치 앞서 가면서 선생님과 이야기를 나누고 있었다. 붉은 머리카락이 활기차게 흔들렸다. 제니퍼는 빨간 팔띠를 찬 하급생들을 돌아보았다. 한두 명은 책받침을 들고 있고, 나머지는 비닐커버를 씌운 책자를 갖고 있었다. 그들 뒤에서 혼자 걷고 있는 루시가 보였다.

제니퍼가 워터 가에 이사 오기 전까지만 해도 루시는 미셸의 단짝이었다. 그러나 요즘 루시는 혼자 지내거나, 망나니 같은 오빠들 중한 명과 같이 다녔다. 루시의 손에 든 책자가 펄럭거렸다. 펜이나 가방도 없는 듯했다. 몹시 지쳐 보였다. 제니퍼는 걸음을 멈추고 루시를 기다렸다.

"괜찮니?"

루시는 고개를 끄덕였다. 헐렁한 외투를 입고, 머리는 대충 가르마를 타서 양쪽으로 묶은 모습이 왠지 모르게 자꾸 눈에 걸렸다.

"도시락은 어디 있어?"

루시는 주머니에 손을 넣어서 은박지에 싼 것을 꺼냈다.

"엄마가 샌드위치를 만들어줬어."

"펜은 있어? 거기 적어야 되는데?"

제니퍼가 책자를 가리키며 물었다.

"여기 있어."

루시는 주머니에서 볼펜을 꺼냈다. 둘은 함께 걸었다. 다른 아이들은 저만치 앞서 갔다. 다른 팀이 바로 뒤까지 따라왔다. 제니퍼는 낯선 곳에 혼자 떨어진 듯 기분이 묘했다. 루시가 눈치 없이 거친 목소리로 재잘댔다.

"우리 엄마는 수술을 받아야 한대. 심장이 아프거든. 스티비 오빠 말로는 엄마가 공짜로 수술을 받으려면 몇 달을 기다려야 한대. 불공평하지 않아?"

제니퍼는 고개를 저었다. 버셀 부인이 심장 수술을 기다린다는 이야기는 이미 엄마에게 들었다. 남편에게 버림받은 것을 잘 받아들이지 못한다는 이야기도 들었다. 미셸의 엄마는 버셀 부인을 동정하지 않았다. 오히려 버셀 부인의 잘못이라고 말했다. 여자가 하루에 담배를 서른 개비나 피워댄다며 핀잔을 주곤 했다.

"저길 봐! 고양이야."

루시가 잡목 덤불을 가리키며 말했다. 제니퍼 눈에는 보이지 않았다. 바로 뒤에서 따라오던 팀의 선생님이 둘을 바짝 따라잡았다. 제니퍼는 루시의 팔을 잡아끌었다.

"어서 가자. 이러다 뒤처지겠어."

"고양이 봤어?"

"아니!"

"엄마가 그러는데, 내가 태어나기 전에 고양이들이 전부 물에 빠져 죽었대. 여기는 그냥 들판이었는데, 사람들이 아무한테도 알리지 않고 물을 채웠대."

루시의 말이 점점 빨라졌다.

"고양이들은 정말 아무것도 몰랐어. 오늘까지 들판이었는데 다음 날 호수가 된 거야. 엄마는 물 위에 둥둥 떠다니는 고양이 시체를 봤대. 몸이 뻣뻣하고 털이 다 빠졌더래."

제니퍼는 대꾸하지 않았다. 버셀 부인이 운동복 차림으로 갈대를 헤치며 호수에서 고양이 시체를 건지는 광경을 그려보았다.

"고양이는 사람을 싫어해. 스티비 오빠 말로는 고양이가 우리를 피한대. 내가 다가가면 고양이가 달려들 거야. 들고양이가 어떤지는 군인들만 안대."

처음 듣는 이야기였다. 제니퍼는 루시의 작은오빠 조를 떠올렸다. 미셸의 엄마는 조가 열네 살이지만 남자 어른만큼 체격이 좋다고 말하곤 했다. 제니퍼는 루시를 돌아보며 물었다.

"고양이가 사람에게 달려드는 걸 본 적 있어?"

"아니, 하지만 스티비 오빠가 봤대. 스티비 오빠와 조 오빠는 밤에 고양이 사냥을 하러 여기 온대. 오빠들은 총도 있어. 땅굴도 파놓았대!"

"총이라고?"

"스티비 오빠 말로는 고양이 무리를 모두 없애야 한대."

그때 포츠 선생님이 끼어들었다.

"고양이 무리를 어쩐다고?"

몇 걸음 뒤에 있었지만 목소리가 카랑카랑했다.

"물에 빠진 고양이 이야기예요, 선생님."

루시가 자랑스럽게 대답했다. 포츠 선생님은 혀를 차며 사방을 둘러보았다. 목에 걸린 호루라기를 입에 대자 호수에 바짝 붙어서 가던 남학생 몇 명이 얼른 물러섰다. 포츠 선생님이 호루라기를 내려놓았다.

"호수가 없었을 때는 여기에 고양이가 떼를 지어 살았대요. 사람들이 물을 채우는 바람에 모두 죽었대요."

"루시, 그건 떠도는 이야기일 뿐이야."

포츠 선생님이 어이없다는 표정으로 대답했다.

"그러면 들고양이도 없나요?"

"떠돌이 고양이들이 있긴 하지. 대부분 피크닉 구역 주변에 살아."

"그러면 물에 빠져 죽은 고양이는 없어요?"

"처음 호수에 물을 채웠을 때 야생동물이 피해를 보긴 했지…….
이런, 저 한심한 녀석 좀 봐!"

포츠 선생님은 나무에 반쯤 올라간 남학생 쪽으로 달려갔다. 남자
애들 몇 명이 가지를 흔들어 나무에 올라간 아이를 떨어뜨리려고 했
다. 호루라기 소리가 울려퍼졌다. 호수 주변 여기저기에 흩어져 있던
아이들이 나무 주변으로 모여들었다.

미셸은 호수 저쪽에 있었다. 미셸이 제니퍼에게 얼른 오라며 손짓
을 했다. 제니퍼는 루시의 팔을 잡고 걸음을 재촉했다.

"서두르는 게 좋겠어. 잘못하면 우리만 뒤처지겠다. 호수 끝에 가
서 점심을 먹어야 해."

제니퍼는 재빨리 걸음을 옮기며 은근슬쩍 고양이가 있는지 살폈
다. 그러나 고양이는 그림자도 보이지 않았다. 루시가 책자에 야생화
그리는 것을 도와주었다. 날씨를 자세히 쓰고, 야생생물에 대한 문제
에 표시를 했다. 루시의 손을 잡고 가파른 비탈길을 올라갔다. 미셸
을 따라잡기 위해 수시로 루시의 팔을 잡아끌어야 했다. 꼭대기에 도
착해서야 겨우 숨을 돌렸다. 제니퍼는 나무들과 호수의 가장자리를
살폈다. 역시 고양이는 한 마리도 나타나지 않았다.

빨강 팀은 호수 꼭대기의 피크닉 구역에 모여 있었다. 미셸은 별로

친하지 않은 소니아와 함께 있었다. 제니퍼는 미안한 표정을 지으며 미셸에게 다가갔다. 그 뒤로 루시가 따라왔다. 테이블 위에는 둘의 도시락이 펼쳐져 있었다. 빈자리에 가방들을 올려놓아 루시는 물론 제니퍼도 앉을 자리가 없었다.

"늦어서 미안."

제니퍼는 미셸을 보며 말했다. 미셸은 대답 대신 멀리 호수를 보는 척했다.

"앉아도 되니?"

제니퍼가 다시 말을 붙였다. 배낭이 무거워 어깨가 점점 늘어졌다.

"알아서 해."

소니아가 루시를 쳐다보면서 비아냥거렸다.

"생쥐는 앉을 수 있겠네."

제니퍼는 미셸을 쏘아보았다. 소니아에게 모든 걸 말해버린 것 같았다.

"생쥐?"

루시가 시무룩한 표정으로 물었다. 미셸과 소니아가 동시에 웃음을 터뜨렸다.

"찍, 찍, 찍!"

소니아가 생쥐 흉내를 냈다. 순간 제니퍼는 루시의 손을 잡고 다른 테이블로 갔다. 둘은 미셸과 소니아를 등지고 앉아 도시락을 풀었다. 루시는 샌드위치를 쌌던 은박지를 꼬깃꼬깃 접으며 놀았다. 제니퍼는 미셸과 소니아를 향해 문을 걸어 잠그듯 어깨를 반듯이 펴고 등을 꼿꼿이 세웠다.

식사를 마치자 선생님이 호루라기를 불었다. 제니퍼는 루시의 팔을 잡고 걸었다. 짜증이 심해지는 만큼 걸음도 빨라졌다. 남은 몇 킬로미터를 걷는 데 한 시간도 걸리지 않았다. 출발 지점에 도착하자 루시가 소리쳤다.

"우리가 이겼다!"

시합은 아니었지만 제니퍼와 루시가 맨 먼저 돌아왔다. 과제를 제출한 후, 제니퍼는 화장실에 갔다. 루시가 졸졸 따라왔다. 제니퍼는 한숨을 쉬었다. 아이들이 삼삼오오 짝을 지어 걸어왔다. 그중에 미셸도 보였다.

미셸의 눈을 피해 고개를 돌리는 순간, 갑자기 뒤에서 이상한 기척이 느껴졌다. 돌아보니 들고양이 한 마리가 몸을 곧추세우고 있었다. 고양이는 쓰레기통 뒤쪽 흙더미 위에 있었다. 앙상하게 말라 등뼈가 솟아오른 데다 털은 몹시 지저분하고 칙칙했다. 등은 긴장으로 활처럼 휘어 있었다. 고양이도 놀란 듯 귀를 빳빳하게 세우고 눈을 크게 뜨고 이쪽을 살폈다.

제니퍼는 천천히 다가갔다. 고양이가 이빨을 드러낸 채 검은 눈을 번뜩이며 제니퍼를 쏘아보았다. 제니퍼는 그 자리에 멈춰 섰다.

"저거 보여?"

루시가 쉰 목소리로 속삭였다. 제니퍼가 돌아보는 사이 앙상하게 마른 고양이는 사라져버렸다.

"그만 가봐야겠어."

제니퍼는 잔디밭을 지나 다른 아이들에게 갔다. 루시가 쫓아오지 않기를 바랐다. 잠시 뒤 도착한 아이들 틈에 미셸과 소니아가 있었다.

"이제 왔어?"

제니퍼가 어색하게 웃으며 말을 붙였다. 미셸과 단짝이었던 때로 돌아가고 싶었다.

"나중에 우리 집에 올래? 오늘 엄마가 새로운 사진을 찍을 거야. 구경하러 와도 돼."

"아니. 난 소니아의 집에 갈 거야. 차라리 생쥐를 부르지 그래?"

미셸이 히죽히죽 웃고 있는 소니아의 팔짱을 끼면서 말했다. 그러더니 앞으로 획 지나갔다. 제니퍼는 멈춰 서서 앞서 가는 둘의 뒷모습을 한동안 노려보았다. 목구멍에서 치밀어오르는 뜨거운 덩어리를 삼키려 애썼다.

루시가 멀리 나무에 기대서서 보고 있었다. 제니퍼는 루시 근처에는 얼씬도 하기 싫었다. 초라한 외투에 헝클어진 머리카락을 두 번 다시 보고 싶지 않았다.

제니퍼는 방향을 바꾸어 도로 쪽 인도를 따라 걸었다. 그대로 가면 안 된다는 건 알고 있었다. 선생님이 돌아올 때까지 기다려야 한다는 것도 알았다. 하지만 갑자기 버윅 워터스가 지긋지긋했다. 제니퍼는 있는 힘껏 달리기 시작했다.

워터 가에 접어들어 주머니에서 열쇠고리를 꺼내자 울음이 터졌다. 열쇠고리에 달린 작은 스케이트보드와 분홍색 하트가 달랑거렸다.

"나 왔어!"

제니퍼는 갈라진 목소리로 엄마를 부르며 집 안으로 뛰어들어갔다. 계단 기둥에 걸린 엄마의 갈색 롱코트와 팽개쳐진 구두가 보였다.

"엄마?"

제니퍼는 계단에 대고 소리쳤다. 대답이 없었다. 식탁과 바닥에 찢어진 종이들이 흩어져 있었다. 바닥에 떨어진 종이 몇 장을 집어 맞추었다.

'글래머 여성 소개소. 여러 나라 출신 아름다운 모델들.'

엄마는 일자리를 얻지 못한 것이 분명했다. 올라가서 엄마를 봐야 할지, 차를 갖다줘야 할지 제니퍼는 잠시 망설였다. 그러나 이내 조용히 거실 구석에 웅크리고 앉았다. 이럴 땐 차라리 혼자 내버려두는 게 나았다.

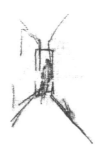

13

전학 온 첫날 제니퍼는 네틀스 교장 선생님과 딱 한 번 이야기를 했다. 교장 선생님은 작고 통통한 체격이었고 회색 곱슬머리가 귀에 착 달라붙어 있었다. 목소리는 강당이 쩌렁쩌렁 울릴 만큼 컸고, 웃음이 떠나지 않는 명랑한 얼굴이었다. 얇은 원피스 위에 재킷을 망토처럼 걸치고 복도를 돌아다녔다.

버윅 워터스로 야외학습을 다녀온 다음 날 아침, 교장 선생님의 얼굴에는 웃음기가 사라졌다.

"제니퍼, 도대체 무슨 생각을 한 거니? 학교 야외학습에서 허락도 없이 멋대로 집에 가버리다니? 도대체 왜 그랬지?"

제니퍼는 수업이 시작되자마자 교장실로 불려갔다. 놀랄 일도 아니었다. 어제 오후 4시, 포츠 선생님이 집으로 찾아왔다.

"엄마 계시니?"

제니퍼는 엄마가 일하러 갔다고 둘러댔다.

"왜 네 멋대로 집에 왔지?"

제니퍼는 이유를 말하는 대신 어깨를 으쓱했다. 선생님은 몹시 화를 내며 돌아갔다.

교장 선생님이 자리에서 일어나 갈색 서류철을 꺼냈다. 제니퍼는 여전히 교장실 한가운데에 어색하게 서 있었다. 높은 기둥 꼭대기에서 균형을 잡는 것처럼 양발을 딱 붙인 채 움직이지 않았다.

교장 선생님은 혀를 차며 서류를 한 장 한 장 넘겼다. 제니퍼는 창밖으로 눈을 돌렸다. 반 아이들이 운동장을 지나 놀이터로 가고 있었다. 소니아와 나란히 걷고 있는 미셸을 보자 제니퍼는 가슴이 꽉 죄는 것 같았다.

"제니퍼, 학적부를 보니 네가 정상적인 교육을 받지 못한 것이 분명하구나."

'정상적인 교육'이 무슨 뜻인지 몰랐지만 일단 고개를 끄덕였다.

"그동안 학교를 무척 많이 빼먹었더구나. 한동안 할머니랑 살았고. 입양 가정에서도 지냈고……. 지금은 다시 엄마와 함께 사는구나. 엄마는 괜찮으시니? 새 집도 괜찮고? 집에 별일 없는 거니?"

제니퍼는 다시 고개를 끄덕였다. 가능하면 빨리 교장실을 벗어나 교실로 돌아가고 싶었다.

"그렇게 멋대로 가버리면 곤란해. 혹시 누가 가자고 했니?"

"아니에요, 선생님."

"무슨 일이 있었는지 모르겠구나. 제니퍼, 학교 밖에 있을 때는 반드시 선생님들과 함께 있어야 한다. 절대, 절대로 혼자 가면 안 돼. 너한테 무슨 일이 생길 수도 있고. 그건 곧 학교에 책임이 돌아온다는 뜻이야. 알겠니?"

제니퍼는 교장실 구석에 있는 작은 책상에 앉아서 한 페이지 가득 '현장학습 행동방식'을 옮겨 적었다. 가끔 리빙스턴 부인을 쳐다보았다. 그녀는 컴퓨터에 무엇인가를 입력하고 편지들을 봉투에 담았다. 홍차를 타서 교장 선생님에게 갖다주기도 했다. 제니퍼를 향해 슬쩍 미소를 짓기도 했다.

베껴 쓰기를 끝내고 제니퍼는 창밖을 보았다. 반 아이들이 교실로 돌아오고 있었다. 다들 빨갛게 상기된 얼굴로 웃고 떠들었다. 아이들 행렬 마지막에 팔짱을 낀 미셸과 소니아가 있었다. 제니퍼는 입술이 바짝바짝 타들어가는 것 같았다.

그날 아침 집을 나설 때까지도 엄마는 자리에서 일어나지 않았다. 엄마의 모델 일이 어긋날 때마다 벌어지는 상황이었다. 장을 볼 5파운드나 10파운드가 없었고, 심지어 점심값 1파운드마저 없었다. 사탕을 사 먹을 잔돈은 꿈도 꿀 수 없었다. 자잘한 사고들이 반복되다 일이 커지면, 사회복지사들이 집에 들이닥쳤고 엄마는 하염없이 눈물을 흘렸다. 어떤 때는 엄마도 없이 제니퍼 혼자 사회복지사 사무실에 앉아 있기도 했다. 딱딱한 의자에 앉아 제니퍼는 비서에게 미소를 지어야 했다. 비서는 리빙스턴 부인처럼 컴퓨터 자판을 두드리고 편지를 봉투에 넣었다.

다시는 그때로 돌아가고 싶지 않았다. 엄마와 집이 있고, 학교에 다닐 수 있는 지금이 좋았다. 처음으로 진짜 친구 미셸을 만났다.

그런데 어제 이후, 도무지 알 수 없는 이유 때문에 모든 것이 변했다. 제니퍼는 주머니에서 열쇠고리를 꺼냈다. 스케이트보드를 문지른 다음 푹신한 하트를 만졌다. 작은 핸드백 같았다. 전에 메이시도 이런 핸드백을 갖고 있었다. 하지만 메이시는 지금 낡은 옷들과 함께 종이 상자에 들어 있다. 미셸은 상자에 들어 있는 메이시를 보고는 죽어서 관에 들어간 채 땅에 묻히기를 기다리는 것 같다고 말했다. 문득 메이시가 진짜 죽은 것처럼 슬펐다.

눈앞이 흐려져 마른침을 몇 번 삼켰다. 옆에서 서류를 정리하는 리빙스턴 부인을 피해 고개를 돌렸다.

'어디서부터 잘못된 걸까? 내가 루시와 같이 가자고 해서 미셸이 화가 난 걸까?'

제니퍼는 열쇠고리에 달린 푹신한 하트를 뺨에 대고 문질렀다.

쉬는 시간이 끝나고 돌아가도 좋다는 허락이 떨어졌다. 제니퍼는 조심스럽게 교장실 문을 닫고 나왔다. 이미 시작된 수업에 더 늦고 싶지 않아 조금 빨리 걸었다.

식당에서 그릇 부딪히는 소리가 요란하게 들려왔다. 음식 냄새가 복도에 가득했다. 제니퍼는 교실 문을 조금 열어 비집고 들어갔다. 음악 수업 중이었다. 아무도 눈치채지 못한 것 같았다. 마음이 놓였다.

책상마다 키보드가 놓여 있었다. 헤드폰을 쓴 아이들이 악보를 보면서 건반을 눌렀다. 남학생 몇 명은 구석에서 드럼을 쳤다. 선생님은 클래식 기타를 든 여자애들 옆에 앉아 있었다. 아무도 제니퍼에게 신경을 쓰지 않았다. 보조 선생님들이 교실을 돌아다녔다. 유리창 쪽에 대여섯 명의 아이들이 리코더를 들고 서 있었다. 미셸은 거기 있었다. 제니퍼는 의자에 가방을 내려놓고 악기함에서 리코더를 꺼냈다. 그리고 미셸 옆에 섰다.

"안녕."

"음."

미셸은 리코더를 입에 문 채 중얼댔다. 소니아가 제니퍼를 계속 쏘아보았다.

"교장실에 다녀왔어."

제니퍼가 낮게 속삭였다. 미셸은 여전히 벽에 걸린 악보에서 눈을 떼지 않았다.

"점심시간에 매점에 갈까? 돈이 좀 있는데."

제니퍼가 어렵게 말을 걸었지만 미셸은 대답하지 않았다. 미셸이 리코더를 불기 시작했다. 리코더를 짚는 손에 따라 음이 높아졌다 낮아졌다. 제니퍼는 알 수 없는 불안에 휩싸였다. 리코더를 입에 댄 채 악보로 고개를 돌렸다. 무슨 말을 더 해야 좋을지 알 수 없었다. 손가락으로 구멍을 막고 리코더를 불기 시작했다. 안 그래도 묵직한 머리가 빙빙 돌았다.

"아무래도 쟤는 생쥐랑 매점에 가겠지?"

리코더 소리를 뚫고 소니아의 목소리가 들렸다. 제니퍼는 미셸이 고개를 끄덕여 새 친구에게 맞장구치고 있다는 것을 직감으로 알아차렸다. 있는 힘껏 리코더를 불었다. 날카로운 소리가 귀청을 찢을 듯했다. 제니퍼는 입에서 리코더를 뗐다. 두 아이의 웃음소리가 들렸다. 웃느라 온몸을 흔드는 미셸의 진동이 제니퍼의 몸에 고스란히 전해졌다. 제니퍼는 미셸을 쳐다보지 않았다. 미셸 옆으로 오는 게 아니었다.

'호수에서 보낸 하루를 잊으려면 미셸을 피해야 했는데…….'

뒤늦은 후회가 밀려들었다. 소니아의 말소리가 다시 이어졌다.

"가엾은 생쥐. 미친 엄마랑 살아야 하다니!"

제니퍼는 소니아를 가리키며 미셸 얼굴에 대고 소리쳤다.

"쟤가 저런 말을 못 하게 해!"

"네가 무슨 상관인데?"

소니아가 따지듯 미셸 앞으로 나와 버티고 섰다.

"그건 나쁜 짓이야……."

제니퍼는 소니아 쪽으로 어깨를 내밀었다. 손에 쥔 리코더에 단단히 힘이 들어갔다.

"흥분하다 오줌 싸겠네!"

소니아가 앵앵거리는 목소리로 대꾸했다. 소니아가 싫었다. 바보 같은 얼굴을 더 이상 봐줄 수가 없었다. 제니퍼는 리코더를 들어 소니아의 정수리를 힘껏 내리쳤다. 순식간에 벌어진 일이었다. 플라스틱 리코더에서 "탁!" 소리가 났다. 몇 초간 손이 떨렸다. 몸은 동상이 된 것처럼 움직이지 않았다. 소니아의 얼굴이 빨개지더니 괴물처럼 일그러졌다. 입에서 길고 큰 울음이 터졌다. 제니퍼는 무기를 든 손을 조용히 내리고 물러섰다.

소니아가 맞은 자리를 손으로 가렸다. 비틀거리는 소니아를 미셸이 붙잡아주었다. 제니퍼는 미셸과 잠시 눈이 마주쳤다. 미셸은 충격을 받은 듯했지만 눈빛은 오히려 더욱 빛났다. 하지만 눈빛을 읽을 수 없었다.

보조 선생님들이 달려와서 제니퍼를 떼어내고, 등을 잡아끌어 구석으로 밀었다. 제니퍼는 윽박지르는 그들의 목소리를 알아들을 수 없었다. 갑자기 피곤이 몰려왔다. 제니퍼는 눈을 감았다. 누군가 손에서 리코더를 빼앗았다. 빈손이 되자 어깨와 팔이 부르르 떨렸다. 눈을 뜨고 소니아와 미셸을 보았다. 포츠 선생님이 소니아를 잡고 있었다. 보조 선생님이 뒤를 따랐다. 흥분한 아이들의 목소리가 교실에 가득 찼다. 벽에 붙여놓은 악보의 한 귀퉁이가 떨어져 펄럭이고 있었다. 리코더 몇 개가 바닥에 뒹굴었다. 그중 한 개는 소니아의 것이었다.

제니퍼 혼자 남겨졌다. 네틀스 교장 선생님이 요란한 발소리를 내며 다가왔다. 제니퍼는 교실 안을 둘러보았다. 미셸과 눈이 마주쳤다. 묘하게 반짝거리는 미셸의 눈빛이 제니퍼의 가슴을 파고들었다.

설핏 미소를 본 듯도 했다. 무언가 짜릿해하는 표정이기도 했다.

엄마는 결국 교장 선생님과 면담을 했다. 제니퍼는 리빙스턴 부인의 사무실에서 엄마를 기다렸다. 리빙스턴 부인은 미소는커녕 눈길도 주지 않았다. 한참 뒤 엄마가 교장실에서 나왔다.

"가자."

엄마는 낡은 운동복 차림이었다. 계단 기둥에 아무렇게나 걸쳐둔 그 옷이었다. 묶지 않은 머리는 헝클어져 눈을 덮을 지경이었고, 지친 표정을 강조하듯 등마저 잔뜩 구부러져 있었다.

제니퍼는 엄마의 반응이 궁금했다. 엄마는 어떤 일로도 제니퍼를 혼내지 않았다. 이번에도 마찬가지였다.

집에 돌아오자 제니퍼는 거실에 앉아서 텔레비전을 보았다. 4시가 조금 지나자 현관문 두드리는 소리가 났다. 미셸이 제니퍼가 두고 간 가방을 들고 서 있었다. 미셸은 마치 아무 일 없었다는 듯 집 안으로 들어와 재잘대기 시작했다.

"소니아는 괜찮아. 이마에 살짝 멍이 들었을 뿐이야. 교장 선생님이 차에 태우고 병원에 데려갔다니까! 기사가 운전하는 차를 탄 여왕처럼 버티고 앉아 사방을 둘러보는 꼴이라니! 네가 그 꼴을 봤어야 하는데! 이번 일은 모두 소니아 때문이야. 난 처음부터 루시 이야기를 하고 싶지 않았어. 그런데 소니아가 자꾸 꼬드기는 바람에 나도 모르게 말해버린 거라고. 난 그 애가 싫어. 특히 지금은 꼴도 보기 싫어. 모두들 그 애만 동정하거든!"

엄마가 거실로 나왔다.

"미셸 왔구나."

"안녕하세요, 존스 부인."

미셸은 인사를 한 둥 만 둥 하더니 숨 돌릴 새도 없이 제니퍼에게 질문을 퍼부었다.

"넌 어떻게 됐어? 교장이 뭐래? 퇴학시키겠대?"

제니퍼가 고개를 저었다.

"닷새간 정학이야. 소니아와 만나야 하고. 편지도 써야 해……. 너도 알잖아."

"좋게 생각해! 닷새 동안은 학교에 안 가도 되잖아!"

제니퍼는 고개를 끄덕였다. 하긴 좋은 점이 있기는 했다. 미셸과 다시 친구가 되었으니까.

14

부활절 방학이 끝날 무렵 사진작가인 코티스 씨가 처음으로 집에 왔다. 그는 공장에서 금방 나온 것 같은 새 승합차를 타고 왔다. 키가 크고 날씬한 체격에 몸에 딱 붙는 청바지를 입고, 외투 없이 검은 스웨터만 입고 있었다. 밝은 데로 나오면 점점 진해지는 안경이 대머리를 더욱 돋보이게 했다.

미셸이 먼저 코티스 씨에게 다가갔다.

"모델 캐럴 존스를 찾으시나요?"

코티스 씨가 고개를 끄덕였다. 그의 얼굴에 미소가 번졌다.

"저 집에 사세요. 얘가 그분 딸이에요. 제 단짝친구고요."

"정말 고맙구나, 꼬마 아가씨."

코티스 씨가 옛날 방식으로 살짝 절을 하면서 말했다. 미셸이 생글거리며 제니퍼의 팔짱을 꼈다. 둘은 팔짱을 꼭 긴 채 동네를 산책했다. 가게 옆 작은 공원에서 루시의 오빠들을 만났다. 형 스티비는 정글짐에 기대선 채 축구공을 몰고 다니는 조를 보고 있었다. 둘 다 늘 입는 초록색 바지와 야전 점퍼 차림이었다. 추레한 모습의 스티비를 보자 제니퍼는 루시가 생각났다.

루시는 요 몇 주간 통 보이지 않았다. 아프다고 학교도 빠졌고 방학 동안에도 집에만 틀어박혀 지내는 것 같았다. 미셸과 함께 두어 번 집으로 찾아갔지만, 엄마를 간호한다며 나오지 않았다. 제니퍼는 오히려 마음이 놓였다. 덕분에 미셸과 단둘이 지낼 수 있었다.

조는 공중에 던진 공을 발등으로 받기 위해 놀이터를 누비고 다녔다. 그의 팔다리는 시계바늘처럼 공중에서 뻣뻣하게 움직였다. 공에 집중하느라 표정이 점점 일그러졌다. 스티비는 꼼짝 않고 서서, 담배를 든 손만 앞뒤로 움직였다.

"여기서 놀면 안 되는데. 여긴 열두 살 이하만 노는 곳이에요. 안내판을 보라구요."

미셸이 그네 뒤의 빛바랜 안내판을 가리켰다. 스티비는 들은 척도 하지 않았다. 다리를 벌리고 서서, 공중에 도넛 모양의 담배 연기만 내뿜었다. 조가 걷어찬 공이 "탕" 소리를 내며 울타리에 부딪쳤다.

"여기서 담배 피우면 안 돼요!"

미셸이 목소리를 높였다. 스티비가 눈을 돌렸다. 그의 시선이 제니퍼에게 머물렀다. 미셸이 제니퍼의 옆구리를 쿡쿡 찔렀다.

"너도 말해. 법을 어기고 있다고 너도 말하란 말이야!"

제니퍼는 끼어들고 싶지 않아 인상을 썼다. 스티비가 제니퍼를 계속 뚫어져라 쳐다보았다. 눈길이 몹시 불편했다. 제니퍼는 미셸을 보며 말했다.

"가자."

"왜 우리가 가야 하는데? 이 공원은 우리 놀이터야. 저 사람들 것이 아니라!"

미셸이 손가락으로 형제를 가리켰다. 스티비의 얼굴에 미소가 번졌다. 그러더니 제니퍼와 미셸이 있는 쪽으로 담배꽁초를 던졌다. 꽁초는 제니퍼 옆에 떨어졌다.

"저것 봐, 불나겠네!"

"가봐, 꼬마들."

조가 다가오면서 말했다. 그는 양쪽 무릎으로 번갈아가며 축구공을 받았다.

"나 먼저 간다!"

제니퍼는 말싸움이 지겨워 돌아섰다. 그때였다.

"엄마는 잘 계시니?"

스티비가 불쑥 물었다. 조가 떨어뜨린 공이 제니퍼 쪽으로 굴러갔다. 제니퍼는 엉겁결에 공을 잡은 채 스티비를 쳐다보았다.

"뭐라고요?"

조가 공을 빼앗았다.

"엄마는 잘 계시냐고?"

스티비가 다시 물었다. 제니퍼는 그를 빤히 올려다보았다. 순간 스티비가 혀를 내밀더니 쩝쩝 소리를 내며 자기 입술을 핥기 시작했다.

"메스꺼워. 우리 엄마한테 다 말할 거야. 경찰에 신고할 거야. 재판에 넘길 수도 있어. 두고 봐!"

미셸이 악을 썼다. 공이 미셸의 머리 위를 아슬아슬하게 지나 안내판에 맞고 떨어졌다.

"상대할 가치도 없어!"

제니퍼는 미셸의 팔을 잡고 공원 밖으로 나왔다. 집에 도착한 제니퍼는 안에서 나오는 코티스 씨와 다시 만났다. 그는 당황한 표정을 감추며 서둘러 지나갔다. 어깨에 멘 큰 가방과 바퀴 달린 작은 가방을 든 모습이 마치 휴가라도 떠나는 사람 같았다. 제니퍼와 미셸은 그가 큰길로 나갈 때까지 물러서 있었다.

"끝내셨어요?"

미셸이 호기심 가득한 얼굴로 물었다. 코티스 씨는 대답 대신 고개를 끄덕이더니, 헛기침을 하면서 차에 탔다. 둘은 반짝이는 검은 승합차가 급하게 방향을 돌려 집 앞에서 사라지는 광경을 지켜보았다.

"어떤 사진을 찍었는지 정말 궁금하군!"

조금 전에 화를 낸 것도 잊어버린 듯 미셸은 들떠 있었다.

"가서 보자."

제니퍼는 긴장했던 몸이 스르륵 녹는 듯했다. 거실에는 아무도 없었다. 주방도 조용했다.

"엄마가 옷을 갈아입으시나 봐. 넌 여기 있어. 내가 가서 보고 올게."

제니퍼는 계단을 뛰어 올라가 엄마 침실의 문을 활짝 열었다. 어두 컴컴한 방에 불을 켰다. 침대 한쪽에 엄마가 무릎을 끌어안고 비스듬 히 누워 있었다. 눈을 감고 있었지만, 엄마는 깨어 있었다. 제니퍼는 전등을 끄고 창문의 커튼을 걷었다.

"엄마가 있는 줄 몰랐어! 욕실에 있을 거라고 생각했어!"

엄마는 짧은 치마와 흰 블라우스에 타이를 맨 차림이었다. 여학생 같았다. 제니퍼가 신는 짧고 흰 양말도 신고 있었다.

"촬영은 끝난 거야?"

방은 난장판으로 어질러져 있었다. 몽땅 열어둔 서랍이며, 학교에 있는 것과 똑같은 지구본이 놓인 서랍장까지 뒤죽박죽이었다. 침대 위는 마치 숙제를 하다 만 것처럼 책과 종이가 어지럽게 널려 있었 다. 방 한가운데에 주방에서 가져온 의자도 보였다. 제니퍼는 의자를 한쪽으로 밀어냈다. 의자 위에 놓인 돈이 눈에 들어왔다. 50파운드짜 리 세 장이었다.

"돈을 벌써 받았네!"

말을 하는 순간 제니퍼의 목소리에서 바람이 빠져나갔다. 엄마가 힘없이 고개를 끄덕였다.

"사진은 언제 나오는데?"

제니퍼는 무언가 어긋난 듯 불안한 목소리로 물었다. 엄마가 일어 나 긴 다리를 쭉 뻗었다.

"옷은 왜 그렇게 입었어?"

미셸이 불쑥 들어올까봐 제니퍼는 얼른 침실 문을 닫았다.

"모델이 다 그렇지 뭐. 여러 사람들의 옷을 입는 게 일이잖아."

"잡지에 나오는 사진이야?"

"이번에는 아니야. 목욕 좀 해야겠다."

엄마는 제니퍼 앞을 지나 욕실로 들어갔다. 제니퍼는 천천히 계단을 내려왔다. 한 칸씩 내려설 때마다 잠깐씩 멈춰 시간을 끌었다. 미셸에게 사진작가에 대해 어떻게 말해야 할지 난감했다. 제니퍼는 감당할 수 없을 만큼 우울한 기분에 휩싸였다.

"엄마가 두통이 심해서. 촬영할 때 조명이 밝아서 그렇대. 그래서 사진을 찍고 나면 편두통이 생긴대. 이제 너도 집에 가야겠다."

미셸은 화난 얼굴로 열쇠고리를 꺼내서 마구 흔들어댔다.

"내가 나중에 부르러 갈게."

미셸은 대답도 없이 현관문을 쾅 닫고 나갔다. 제니퍼는 계단 옆에 쪼그리고 앉았다. 욕실에서는 아무 소리도 나지 않았다. 서서히 내려오는 어둠이 소리를 모두 삼켜버린 것처럼 깊은 적막이 감돌았다. 집 안이 텅 빈 것처럼 조용했다.

15

　한밤중에 구급차가 왔다. 제니퍼는 요란한 사이렌 소리에 잠을 깼다. 사람들이 웅성거리는 소리가 들렸다. 집집마다 환하게 켜놓은 불빛이 방 안으로 스며들었다. 창문을 열고 밖을 내다보았다. 뒷문이 활짝 열린 구급차가 비스듬히 주차되어 있었다. 자동차 헤드라이트 불빛 때문에 도로가 환했다.

　구급대원 두 명이 휠체어를 조심스럽게 밀고 루시네 마당에 난 길로 내려왔다. 구급대원이 휠체어에 앉은 사람에게 이불을 덮어주었다. 리빙스턴 부인이 가운을 걸치고 서 있었다. 미셸이나 루시는 보이지 않았다. 루시의 두 오빠도 보이지 않았다. 구급대원이 대문 밖으로 나오자 휠체어에 앉은 버셀 부인이 보였다. 담요 위로 그녀의 작은 머리가 보였다.

　제니퍼는 엄마 방으로 갔다. 방문을 살짝 열었다. 가볍게 코 고는 소리가 났다. 제니퍼는 온종일 사진 촬영에 지쳐 깊이 잠든 엄마를 깨우지 않기로 했다. 슬리퍼를 신고 가운을 걸친 채 아래층으로 내려 갔다. 현관문을 열자 싸한 공기가 살갗에 닿았다. 구급차 문이 닫히 고 차가 천천히 움직이기 시작했다. 그때 루시의 손을 잡고 집으로 들어가는 리빙스턴 부인이 보였다. 그녀는 루시에게 느릿느릿 말을 했다. 부드럽게 위로하는 말투였다.

"무슨 일이에요?"

제니퍼는 가까이 다가가 물었다. 리빙스턴 부인이 루시를 데리고 지나가며 퉁명스럽게 대꾸했다.

"넌 자지 않고 왜 나왔니? 제니퍼."

"버셀 부인이 많이 아프세요?"

"그래, 하지만 괜찮을 거야. 엄마도 깨셨니?"

리빙스턴 부인이 가운 주머니에서 열쇠뭉치를 꺼내며 물었다.

"네, 욕실에 계세요."

리빙스턴 부인이 루시를 먼저 안으로 들여보냈다. 제니퍼는 얼핏 루시의 걱정스런 얼굴을 보았다. 리빙스턴 부인이 작은 소리로 속삭 였다.

"엄마에게 가엾은 버셀 부인이 심장발작을 일으켰다고 전해라. 아 들들이 병원에 따라갔단다. 루시는 내가 돌볼 거야. 이제 가서 자거 라. 너까지 잠을 설칠 필요는 없으니까."

미셸 네 집 현관문이 조용히 닫혔다. 제니퍼도 집으로 돌아왔다.

계단을 올라갈 때 엄마의 가벼운 기침 소리가 들렸다. 구급차 소동에도 불구하고 엄마가 깨지 않았다는 걸 리빙스턴 부인에게 말하지 않은 것은 백 번 잘한 일이라고 생각했다. 너무 고단해서 깨지 못했을 뿐인데, 엄마가 배려 없는 사람으로 입에 오르내리는 건 싫었다.

제니퍼는 방에 들어가 다시 밖을 내다보았다. 길은 텅 비어 있었다. 새벽 4시가 조금 지난 시간이었다. 학교에 가기 위해 일어나야 하는 시간까지는 아직 한참 남아 있었다. 다시 침대에 들어갔지만 잠은 오지 않고 머리는 점점 맑아졌다. 눈이 감기지 않았다. 걱정스러운 상황인데 이상하게 기운이 났다. 스탠드를 켜고 침대 위에 책상다리를 하고 앉았다.

'버셀 부인이 아프다! 루시는 괜찮을까?'

다음 날 아침, 날이 밝자마자 미셸이 쫓아왔다.

"그 애가 우리랑 같이 지내야 한대! 그것도 내 방에서. 엄마가 벌써 캠핑용 침대를 펴고, 내 방에서 지낼 수 있게 짐을 다 치웠다니까!"

"루시의 엄마는 괜찮으실까?"

"그럼. 아프긴 하지만 틀림없이 좋아질 거야. 문제는 2주일쯤 요양원에 계셔야 한대. 그래서 내가 생쥐랑 같은 방을 써야 해."

"루시를 그렇게 부르지 마."

"너야 그 애를 참아줄 필요가 없으니까 그렇지. 벌써 내 분홍색 이불까지 차지했다니까. 엄마는 내 옷까지 입어도 된다고 했어. 엄마는 겨우 2주일인데 뭘 그러냐고 하셔. 부모가 돌볼 수 없게 되었으니 우

리가 친절을 베풀어야 한대. 안 그러면 루시가 오빠들하고만 지내야
하니까."

"그건 끔찍한 일이긴 하지."

"하지만 왜 우리 집에서 지내야 하는지 모르겠어! 오빠들은 자기
집에서 지낼 거래. 엄마는 둘이 알아서 잘 지낼 수 있을 거래. 그런
오빠들이 루시는 왜 못 챙긴다는 건지 모르겠어. 루시는 내 동생이
아니라 자기들 동생이잖아!"

미셸은 쉴 새 없이 분통을 터뜨렸다.

"좋은 일이잖아. 2주일만 참으면 될 거야."

"말이야 쉽지. 루시가 네 방에서 계속 얼쩡대는 게 아니니까."

그다음 일주일 내내 미셸은 기분이 나빴다. 루시가 방을 어질러놓
는다는 둥, 자기가 아끼는 머리빗을 쓴다는 둥, 잠꼬대를 한다는 둥
계속 불평을 쏟아냈다.

"더 나쁜 일은, 엄마가 루시의 생일날 같이 소풍을 가자는 거야!"

"좋겠네."

"우리 엄마가 왜 그래야 하는데? 루시는 딸도 아닌데. 그건 그 애
엄마, 아빠가 해야 할 일이라고!"

"루시의 엄마는 편찮으시잖아……."

"그렇지. 게다가 아빠도 떠나고 없고. 정말 못 말린다니까!"

미셸은 제니퍼의 말에 비꼬듯 덧붙였다. 제니퍼는 무슨 말을 해야
좋을지 몰랐다. 불만에 가득 찬 미셸과 사이가 나빠지지 않기 위해

애를 썼다. 게다가 루시는 늘 미셸 곁에 있었다.

"수업 끝나고 너의 집에 가도 될까?"

"모르겠어. 엄마가 일하는 중일지도 몰라. 코티스 씨가 오셨을지도 모르겠어."

"그 사람은 매일 오니?"

"매일은 아니야."

코티스 씨는 일주일에 두 번, 어쩌면 세 번쯤 찾아왔다.

"나중에 부르러 갈게. 같이 공원에 가면 되겠다."

"루시도 데려가야 해."

"그래도 상관없잖아!"

제니퍼가 어깨를 으쓱하며 대답했다.

워터 가에 접어들자, 집 앞에 주차된 코티스 씨의 승합차가 보였다. 미셸은 조금 투덜대기는 했지만 곧 자기 집으로 갔다. 제니퍼는 현관문을 열고 안으로 들어갔다. 코티스 씨의 가방과 바퀴 달린 여행 가방들이 복도를 막고 있어 지나가기도 어려웠다. 주방 문이 조금 열려 있었다. 엄마와 코티스 씨의 말소리가 문밖으로 새어나왔다. 제니퍼는 주방 안으로 들어갔다. 낯선 남자가 제니퍼를 쳐다보았다. 코티스 씨는 식탁에 앉아 뜨거운 차에 비스킷을 적셨다.

"이 분은 스미스 씨야."

엄마가 낯선 남자를 가리키면서 말했다. 제니퍼는 두 사람에게 가볍게 목례를 하고 음료수를 들고 나왔다. 엄마에게 방해가 되지 않으려고 곧장 계단을 올라갔다.

제니퍼는 코티스 씨가 마음에 들지 않았다. 그는 스웨터 위로 어깨뼈가 튀어나올 만큼 바짝 말랐다. 제니퍼는 그가 앉아 있는 것을 본적이 없었다. 늘 사다리처럼 꼿꼿하게 서 있었다. 그가 쓰고 있는 안경조차 마음에 들지 않았다. 선글라스처럼 검은 안경알은 시간이 지나면 투명한 알로 변했다. 그 정체불명의 안경이 맑아지면, 제니퍼를 훑어보는 작고 파란 눈이 보였다. 그가 집에 있는 동안 제니퍼는 잔뜩 긴장했다. 스미스 씨는 처음 보는 얼굴이었다. 뾰족하게 솟은 머리와 한쪽만 뚫은 귀가 유난히 눈에 띄었다. 거기에 십자가 귀고리를 하고 있었다.

제니퍼는 어쩔 수 없이 엄마의 손님들에게 익숙해져야 했다. 엄마는 코티스 씨가 매니저 역할을 한다고 했다. 가끔 다른 곳에서 작업을 할 때도 있었지만, 집에서 촬영하는 날이 많았다. 엄마는 스튜디오 임대료가 비싸다고 했다. 좋아진 기술 덕분에 평범한 배경에서도 좋은 사진을 찍을 수 있다고 했다.

물론 좋은 점도 있었다. 그만큼 수입이 많았다. 엄마는 지폐뭉치를 상자에 담아서 옷장에 보관했다. 엄마는 수입을 세무서에 알리고 싶지 않다면서 은행에 계좌를 열지 않겠다고 했다. 덕분에 새 옷과 소파를 샀고, 제니퍼도 용돈을 넉넉히 받아서 잡지를 사 볼 수도 있었다. 또 배터리로 작동되는 분홍색 녹음기도 샀다. 엄마도 조금씩 여유를 찾았다.

"앞으로 휴가도 갈 수 있고, 차도 살 수 있을 거야."

반면 불편한 점도 많았다. 지난 몇 주간 코티스 씨는 엄마에게 일감을 많이 가져다주었다. 엄마는 촬영 때문에 거의 매일 외출을 했다. 간혹 엄마가 집에 있는 날에는 코티스 씨가 찾아왔다. 그런 날이면 엄마는 몹시 서둘렀다. 말과 행동이 급해졌다. 게다가 자꾸 잊어버리기까지 했다. 먹을 것이 바닥나면 50파운드짜리 지폐를 주면서 사오라고 시켰다. 빨랫감도 쌓였다. 어쩔 수 없이 제니퍼는 빨래방에도 가야 했다. 엄마는 애써 설명했다.

"일이 있을 때 무조건 열심히 해야 해. 제니퍼, 내가 다시 일을 하기까지 얼마나 오래 걸렸는지 너도 알지?"

맞는 말이었다. 인정할 건 인정해야 했다. 엄마가 아무 일도 못 하고 누워서 두통을 앓으며 괴로워할 때보다 훨씬 나았다.

"힘들면 얼마 동안 할머니 댁에 가 있어도 좋아. 할머니도 한동안 널 못 보셨잖아. 그냥 다니러 가는 거야. 이 일이 끝날 때까지만."

"아니, 됐어! 할머니 집에는 가기 싫어."

할머니가 싫은 건 아니었지만 정말 가고 싶지 않았다. 할머니의 생활방식에도 어느 정도 익숙해졌다. 넬슨의 의자를 차지한 새 강아지도, 담배 연기와 덜덜대는 재봉틀 소리도 거슬리지 않았다. 다만 하루이틀 다니러 갔다가 결국 2주일 혹은 그 이상 머물게 되는 게 문제였다. 그랬다. 여기서는 학교도 갈 수 있고 친구와 집이 있었다. 게다가 엄마도 있었다. 자주 보지 못해도, 엄마와 한지붕 아래서 같이 잠을 자고 밥을 먹을 수 있었다.

엄마와 함께라면 코티스 씨도 크게 문제되지 않았다. 그의 가늘고 긴 손가락과 앙상한 관절, 복도를 막은 가방과 바퀴 달린 여행가방도 참아줄 수 있었다. 꿈꾸던 생활은 아니었지만, 할머니와 사는 것보다는 백 번 나았다.

"제니퍼, 놀러 나갈 거니?"

엄마가 계단 입구에 서 있었다. 그 뒤로 코티스 씨와 짐들이 보였다. 계단 맨 위에서 스미스 씨의 귀고리가 빛을 받아 반짝거렸다.

"놀러 나가는 건 애들이나 하는 건데!"

"알아. 미셸과 함께 나가는 건 어때? 피시 앤 칩스(영국에서 식사나 간식으로 먹는 생선튀김과 감자튀김 - 옮긴이)도 먹고."

엄마가 10파운드짜리 지폐를 내밀었다.

"내 방에서 몇 커트 촬영하고 차를 마시면 늦어질 거야. 여기서 어슬렁대면 너도 지루할걸? 한 시간 이상 걸릴 거야."

엄마가 지폐를 흔들었다. 제니퍼는 교복을 벗고 지난 주말에 산 청바지와 셔츠로 갈아입었다. 지폐를 받아 바지 뒷주머니에 넣고 운동복 상의를 들었다. 엄마 방에서 물건 움직이는 소리가 났다. 카메라와 장비를 설치하는 모양이었다. 엄마는 대형 조명등이 영화 촬영장 느낌을 낸다고 말했다.

"나를 아름다운 표지 모델로 만들어주는 게 바로 조명이지."

제니퍼가 부르자 미셸은 도망치듯 현관문을 빠져나왔다.

"엄마 친구가 루시의 머리를 자르고 있어. 그러니까 우리끼리 나갈 수 있어. 음악도 듣고, 매거진도 보자."

얼마 전부터 미셸은 잡지를 '매거진'이라고 했다. 전에 하던 놀이는 모두 '애들 장난'이라고 불렀다. 미셸은 루시와 같이 지낸 후로 더 어른처럼 굴려고 애를 썼다. 욕도 더 많이 하고 가끔 생리나 생리대, 잡지의 독자 질문, 심지어 남자친구 이야기도 꺼냈다. 새 별명을 지어야 한다고 고집을 부리기도 했다. 미셸은 자신을 팝가수 '스파이스걸스'의 멤버인 '진저', 제니퍼는 '제이제이'로 불렀다. 그러나 루시의 별명은 없었다. 루시는 그저 손님일 뿐이었다. 루시는 알 수 없는 둘의 대화에 끼어들 수 없었다.

"녹음기 가지러 집에 갔다 와야겠어."

"얼른 와. 루시가 머리를 다 자르기 전에 빠져나가야 돼. 안 그러면 엄마한테 혼날 거야."

제니퍼는 집으로 뛰어 들어갔다. 가구 옮기는 게 끝났는지, 옆방에서 낮게 중얼대는 소리가 들렸다. 녹음기와 테이프들을 챙겨서 방에서 나오는 순간, 옆방에서 소리가 들렸다. 이상한 신음이었다. 제니퍼는 잔뜩 긴장해서 다시 귀를 기울였다. 비명이 들렸다. 엄마 목소리였다. 제니퍼는 얼른 뛰어가 문을 두드렸다.

"엄마, 괜찮아?"

방 안에서 부산하게 움직이는 소리, 기침 소리, 중얼대는 소리가 났다. 문이 조금 열렸다.

"무슨 일이니? 나간 줄 알았는데?"

"괜찮아? 엄마가 비명을 지른 것 같아서."

"괜찮아."

문이 조금 더 열렸다. 엄마의 머리통과 목덜미가 보였다. 또 교복 블라우스를 입고 넥타이를 매고 있었다. 안에서 거친 목소리가 들렸다. 엄마가 뒤돌아 몇 마디 대답을 했다. 조금 더 열린 문틈으로 방 안이 보였다. 스미스 씨가 엄마와 똑같은 셔츠와 타이 차림으로 침대에 앉아 있었다. 코티스 씨는 서랍장에 기대 서 있었다. 환하게 켜진 조명 아래서 그의 안경알이 까맣게 변해 있었다.

"괜찮아. 설정 컷을 찍고 있는 거야. 오래 걸리지 않을 거야. 얼른 나가봐. 안 그러면 엄마가 곤란해져."

제니퍼는 잠시 서 있다가, 방에 들어가서 물건을 챙겼다. 아무리 생각해도 코티스 씨가 마음에 들지 않았다. 스미스 씨도 마찬가지였다. 교복에 타이를 맨 차림의 촬영 역시 그랬다. 잡지 표지에서 그런 사진을 본 적이 없었다.

제니퍼는 천천히 계단을 내려가면서도 안방에서 나는 소리에 귀를 기울였다. 불안하고 초조한 마음을 지울 수 없었다. 정확히 알 수는 없지만, 엄마가 전에 하던 일과 분명 달랐다. 제니퍼는 녹음기를 꼭 쥐고 망설였다. 나가고 싶지 않았다.

'미셸이 엄마의 일에 대해 시시콜콜 물을 텐데…….'

미셸은 어른이 되면 모델이 되고 싶다고 했다. 밖으로 나오니 미셸 옆에 루시가 서 있었다. 머리를 자르고 모양을 내서 제법 예뻐 보였다. 옷도 단정하게 차려입었다. 리빙스턴 부인이 골라준 옷이었다. 깨끗이 빨아서 다림질한 옷을 입으니 루시도 정상적인 아이로 보였다. 아픈 엄마와 무서운 오빠들이 없으니, 제법 그럴 듯해진 것 같았다. 다른 아이들처럼 느긋하고 행복해 보였다. 그런데 미셸은 기분이 좋지 않았다. 몹시 화가 난 눈치였다.

"얘한테 우리와 같이 못 간다고 말했어."

미셸이 짜증스럽게 내뱉었다. 제니퍼는 둘을 빤히 쳐다보았다. 그런 건 이제 아무 상관없었다. 신경이 쓰이는 건 오로지 엄마의 방에서 일어나는 일뿐이었다. 집을 힐끗 돌아보았다.

'누구에게도 말할 수 없는 일, 마음속 깊은 곳에 숨겨둔 사실……. 우스꽝스러운 귀고리가 달랑대는 교복 차림의 스미스 씨, 카메라 뒤에 다리미판처럼 뻣뻣하게 서 있는 코티스 씨, 해골 같은 얼굴에 번진 미소……. 그 이상한 안경을 벗고 파란 눈으로 냉정하게 카메라 렌즈를 들여다볼 거야. 엄마는 왜 그런 일을 할까?'

다른 엄마들은 직장이 있었다. 리빙스턴 부인은 비서였다.

'엄마는 왜 그런 일을 못 하는 걸까? 할머니는 바느질을 하는데, 엄마는 왜 할머니처럼 일하지 못할까?'

"루시, 넌 너무 어려서 우리랑 못 놀아. 그렇지, 제니퍼?"

미셸이 루시를 옆으로 밀었다. 루시가 제니퍼를 보며 물었다.

"나도 가도 되지, 그렇지?"

"아니."

제니퍼가 단호하게 잘랐다. 목구멍에 철심이 박힌 듯 따끔거렸다.

"왜 안 되는데?"

"넌 같이 못 가! 그럴 시간에 네 엄마한테나 가보지 그래?"

미셸이 불같이 쏘아붙였다. 루시가 입을 벌린 채 멍하니 눈을 깜빡거렸다. 금방이라도 울 것 같은 표정이었다. 루시의 얼굴을 보자 제니퍼는 알 수 없는 부아가 치밀어 올랐다. 밖으로 내뱉을 수 없는 말들이 속에서 맴돌았다.

'루시, 넌 무엇 때문에 자꾸 징징대는 거야? 남들이 알아서 다 챙겨주는데! 엄마도 건강을 되찾고 있잖아?'

"엄마는 다음 주나 되어야 집에 오신대."

루시는 우는 것도 아니고 웃는 것도 아닌 애매한 표정을 지었다.

"아마 그렇겠지. 아닐 수도 있고!"

제니퍼가 못마땅한 투로 뱉었다.

"뭐?"

당황한 듯 입을 오물거리며 루시가 제니퍼를 보았다.

"네 엄마는 퇴원할 수 없을 거야. 넌 이제 다시는 엄마를 못 볼 거야!"

되돌아온 제니퍼의 대답에 루시보다 미셸의 표정이 먼저 일그러졌다.

"거짓말이지, 그렇지? 엄마는 다음 주에 집에 오셔! 그렇지?"

루시가 미셸을 보면서 거듭 확인했다. 눈가에 물기가 어렸다.

"당연히 오실 거야!"

미셸의 말이 제니퍼의 마음을 더욱 들쑤셨다.

'미셸, 왜 저 아이를 동정하는 거야?'

제니퍼는 더 이상 참을 수가 없었다. 목에 박힌 철심 조각이 파편처럼 쏟아져 나왔다.

"그걸 네가 어떻게 알아? 저 애 엄마는 아마 죽었을 거야. 지금 이 순간, 죽었을지도 몰라."

"아냐, 아니야!"

루시가 울음을 터뜨렸다.

"애한테 그렇게 말하지 마. 내가 엄마한테 야단맞는단 말이야."

미셸이 악을 쓰며 제니퍼의 말을 막았다. 하지만 제니퍼는 멈출 수가 없었다. 왜 멈춰야 하는지 이유도 몰랐다.

"저리 가! 가서 네 엄마나 찾아봐!"

제니퍼는 루시를 윽박질렀다.

"너 미쳤구나, 미쳤어! 완전히 돌았어!"

미셸은 세상에서 가장 친한 친구라도 되는 듯 루시의 어깨를 감싸 안은 채 멀어졌다. 제니퍼는 인도에 주저앉았다. 녹음기의 볼륨을 최대한 크게 올린 채 오래도록 거기 앉아 있었다.

현관문이 열리고 코티스 씨와 스미스 씨가 나왔다. 둘은 농담을 주고받으며 큰 소리로 웃었다. 코티스 씨가 손을 흔들었다. 제니퍼는 고개를 돌려버렸다.

16

루시는 곧바로 제니퍼를 용서했다.

"괜찮아. 그럴 수 있어."

게다가 먼저 말을 걸어왔다. 이해할 수 없는 일이었다. 그러나 용서를 받아들이지 않을 이유도 없었다. 다음 날 아침 등굣길에 제니퍼는 루시에게 다가가 어깨동무를 했다.

"정말 미안해. 어제는 기분이 나빠서 그랬어. 네 엄마에 대해 그렇게 말할 생각은 아니었어. 엄마는 다음 주에 반드시 오실 거야. 리빙스턴 부인이 말하는 걸 들었어!"

"알았어."

제니퍼는 루시를 안으며 물었다.

"다시 친구하는 거지? 정말이지?"

"그래, 물론이야."

미셸과 제니퍼는 루시의 양옆에 서서 걸음 속도를 맞추었다. 루시의 걸음이 아주 가벼워 보였다. 꼬리를 흔들며 통통 뛰어가는 강아지 같았다. 미셸은 화가 난 듯 구부정한 자세로 걸었다. 그러다 루시의 눈을 피해 제니퍼 귀에 대고 말했다.

"너 때문에 내가 엄마한테 얼마나 혼났다고!"

제니퍼가 어깨를 으쓱하며 미안한 표정을 지었다. 미셸은 루시가 자기 반으로 뛰어가고 난 뒤에야 다시 쾌활해졌다. 제니퍼가 미셸의 팔짱을 끼면서 말했다.

"야, 진저. 그래도 넌 내 단짝친구지. 그렇지?"

미셸이 눈을 찡긋하며 받아주었다. 제니퍼는 목에 박힌 철심이 모두 빠진 듯 속이 후련했다.

점심시간에 제니퍼와 미셸은 도서관 구석에 앉아 잡지를 봤다.

"이것 봐, 제이제이."

미셸이 큰 소리로 제니퍼를 불렀다. 미셸은 다른 사람들이 두 사람의 별명을 알아주고 함께 불러주길 바랐다. 제니퍼는 미셸을 '진저'라고 부르는 게 우스웠다. 하지만 미셸은 '진저'라고 불리는 것을 좋아했다. '진저'라고 불릴 때마다 곱슬머리를 만지거나 머리카락을 쓸어 넘겼다. 미셸은 잡지를 펼쳐 팝가수를 가리켰다. 열 번도 넘게 본 사진이었고, 제니퍼의 방에도 붙어 있는 사진이었다.

"이것 좀 봐. 난 저 매니큐어를 꼭 살 거야!"

제니퍼는 대답하지 않았다. 잡지를 보는 것도 지겨웠고 점심시간마다 실내에 박혀 있는 것도 따분했다. 운동장을 내다보았다. 아이들이 장난을 치고 있었다. 제니퍼는 아이들과 함께 운동장을 달리면서 신선한 바람을 쐬고 싶었다. 미셸은 운동장에서 뛰노는 아이들을 보며 말했다.

"이제 저런 유치한 놀이엔 끼지 않을 거야."

저학년들 사이에 낀 루시가 보였다.

"너희 집에서 지낸 후로 루시가 학교에서는 우리한테 안 오네."

미셸은 새 잡지에 시선을 고정한 채 건성으로 고개를 끄덕였다.

"집에서 만날 같이 자는데 뭘! 언제까지 나랑 같이 지낼 것도 아니고."

"그야 그렇지."

둘 사이에 잠시 침묵이 흘렀다.

"일요일에 엄마도 소풍에 오시니?"

미셸이 물었다. 돌아오는 일요일에 인공호수로 소풍을 가기로 했다. 루시의 생일이라 리빙스턴 부인은 루시의 오빠들과 제니퍼의 엄마도 초대했다.

"그럴 거야."

엄마가 소풍에 올지 확실하지 않았다.

"이번 주는 무척 바빠. 일요일 아침에도 코티스 씨가 촬영 일정을 잡았는데."

"일요일인데도?"

엄마 곁에는 늘 코티스 씨가 있었다. 코티스 씨는 거의 매일 집에 찾아오거나 밤낮없이 수시로 통화했다. 그것도 아니면 엄마가 그 사람 이야기를 했다.

'코티스 씨가 엄마의 새 남자친구일까?'

제니퍼는 복잡한 생각을 애써 털어냈다.

"아마추어 사진작가들과 작업을 해야 해. 모델료가 짭짤해. 그 일을 거절하고 싶지 않구나, 제니퍼."

"그래도 종일 일하는 건 아니지?"

"그래. 일찍 올 수 있을 거야. 소풍은 몇 시에 가니?"

"3시쯤이래. 비만 안 오면."

"그 시간에 맞춰 돌아오면 되겠구나. 혹시 못 가면 네가 사정을 잘 설명해줄 수 있겠지?"

제니퍼는 고개를 끄덕였다.

"루시에게 근사한 선물을 사주는 건 어때? 돈은 엄마가 줄게."

요즘 집에 돈이 많다는 것을 제니퍼도 알고 있었다. 제니퍼는 가끔 돈 상자를 꺼내어 수북히 쌓인 지폐를 보았다. 돈이 많으면 기분이 좋아져야 할 텐데 그렇지 않았다. 집세를 내고, 장을 보고, 옷을 사고 휴가도 떠날 수 있는데⋯⋯. 마치 훔친 것을 보는 것처럼 돈뭉치가 불편했다. 제니퍼는 상자를 옷장 안에 넣고, 스웨터와 구두로 가렸다. 그러나 찜찜한 기분은 가시지 않았다.

일요일 오후, 비는 오지 않았다. 꽤 많은 사람이 집 뒷길에 모여서 호수로 올라갔다. 리빙스턴 부인이 큰 소리로 안내했다. 앞서 가던 루시가 소리치며 길을 가리켰다.

"이쪽, 이쪽으로!"

리빙스턴 씨는 자신을 '프랭크'라 부르라고 했다. 그는 호수 가장 자리의 평편한 풀밭에 자리를 폈다. 리빙스턴 부인이 먹을 것을 펼쳤다. 샌드위치와 감자칩이 그득했고, 케이크와 초도 있었다. 케이크에는 '생일 축하해, 루시'라고 적혀 있었다.

"제니퍼, 엄마는 나중에 곧장 이리로 오신다고 했지?"

리빙스턴 부인이 물었다. 제니퍼는 고개를 끄덕였다. 코티스 씨는 약속 시간보다 한 시간 이상 늦게 나타났다. 그가 도착하자 엄마는 짜증을 냈다. 작은 소리라 알아들을 수는 없었지만, 주전자 물 끓는 소리처럼 씨근댔다. 제니퍼가 인사를 하려고 방에서 나왔을 때는 이미 문이 닫힌 뒤였다. 제니퍼는 집 안에 혼자 남아 코티스 씨의 승합차가 출발하는 소리를 들었다.

제니퍼는 엄마가 소풍에 올 거라고 처음부터 기대하지 않았다. 엄마는 돗자리에 함께 앉아 리빙스턴 부부와 이야기를 나누지 않을 것이 분명했다. 엄마가 사람들과 함께 샌드위치를 먹고 '생일 축하' 노래를 부르는 것은 상상할 수 없는 일이었다. 엄마는 앞치마를 두르고 케이크를 구워서 '생일 축하해, 루시'라고 쓸 사람이 절대 아니었다.

루시는 새 원피스를 단정하게 입고 있었다. 발그레한 피부는 반들거렸고 숱이 없는 머리는 하나로 묶었다. 루시는 엄마에게 카드를 받았다고 자랑했다. 엄마가 곧 돌아올 거라고도 했다. 제니퍼는 며칠 전 일을 떠올리며 크게 맞장구쳤다.

"잘됐네!"

루시의 오빠들은 평소처럼 청록색 점퍼와 무거운 부츠 차림이었다. 형제는 괜히 따라왔다는 듯 불만에 가득 찬 표정이었다. 루시만 신이 나서 돗자리 주변을 뛰어다녔다. 리빙스턴 부인이 스티비에게 먼저 말을 걸었다.

"뭘 좀 먹겠니?"

그는 퉁명스럽게 고개를 끄덕였다. 조는 그래도 예의를 차렸다.

"괜찮아요, 리빙스턴 부인."

미셸은 전날 입었던 옷을 그대로 입고 있었다. 제니퍼는 미셸이 일부러 그랬다는 걸 알았다. 아무리 차려입는 걸 좋아해도 루시를 위해서까지 그러고 싶지는 않다는 것이 미셸의 마음이었다. 리빙스턴 부인이 초에 불을 붙이자 다 같이 생일 축하 노래를 불렀다. 대충 자리를 정리한 뒤 리빙스턴 씨가 자리에서 일어나며 말했다.

"나랑 같이 산책할 사람?"

"사양할게요, 리빙스턴 씨."

조가 한겨울처럼 군용 잠바의 단추를 목 끝까지 채우며 말했다. 이번에는 리빙스턴 부인이 아이들을 둘러보았다.

"너희 셋, 산책하러 가자!"

루시가 잽싸게 일어나서 부인 쪽으로 갔다. 미셸은 제니퍼를 똑바로 보면서 눈을 부라렸다. 제니퍼는 산책을 하고 싶었지만 친구를 화나게 하고 싶지 않았다.

"이런, 게으름뱅이 한 쌍!"

리빙스턴 부인은 루시를 데리고 걷기 시작했다. 바로 앞에 리빙스턴 씨가 걷고 있었다. 미셸은 굳은 표정으로 엄마, 아빠, 루시를 쏘아보았다. 그들은 한가족처럼 보였다.

돗자리 끝에 앉아 있던 스티비가 벌렁 누웠다. 땅에 머리를 대고, 다리를 하늘로 쳐들었다. 조가 옆에서 실없이 웃었다.

"왜 웃는 거야?"

미셸이 물었지만 대답하지 않았다. 조는 계속 낄낄거리며 누군가의 말에 맞장구라도 치듯이 고개를 끄덕였다. 스티비는 엎드려 턱을 괸 채 미셸과 제니퍼를 쳐다보았다. 동생 조 옆에 있으니 머리가 더 작고 앙상해 보였다. 작은 눈은 단춧구멍 같았다.

"조한테 아무 말도 묻지 마."

"왜? 왜 안 되는데?"

미셸은 고개를 쳐들며 따지듯 물었다. 제니퍼는 리빙스턴 부부를 따라가지 않은 것이 후회스러웠다. 버셀 형제는 정말 싫었다. 제니퍼는 미셸의 팔을 잡아당겼다.

"그러지 마……. 말다툼하지 말자, 미셸."

"말다툼하지 말자……."

스티비가 제니퍼의 말을 흉내 냈다. 그가 제니퍼를 보며 씩 웃었다. 비뚤비뚤한 치아가 드러났다. 제니퍼는 어깨를 축 늘어뜨렸다.

"입 다물어. 안 그러면 내가 입 닥치게 해줄 테니까."

스티비의 입에서 험악한 말이 쏟아졌다.

"우리 엄마한테 이를 거야!"

"우리 엄마한테 이를 거야!"

스티비가 이번엔 미셸의 목소리를 흉내 냈다.

"그만해!"

제니퍼는 자신도 모르게 소리쳤다. 스티비가 고개를 돌렸다. 하지만 화를 내지 않았다. 도리어 먹잇감을 찾은 늑대처럼 묘한 미소를 지으며 눈을 깜빡거렸다.

"엄마는 어때? 잘 지내니?"

스티비가 물었다. 입꼬리가 슬며시 올라갔다.

"엄마는……. 엄마는 괜찮아."

제니퍼는 스티비의 표정이며 다리를 벌리고 누워 있는 것까지 다 싫었다.

"얘네 엄마는 모델이야!"

미셸이 끼어들었다. 제니퍼는 제발 미셸이 입을 다물기 바랐다. 그건 제니퍼 엄마의 일이었다. 제니퍼는 미셸의 엄마가 비서라고 떠벌리고 다니지 않았다.

"모델이라고? 그 일을 그렇게 부르나?"

"모델이라……."

조가 형의 말을 따라 했다.

"무슨 뜻이야? 얘네 엄마 진짜 모델이야. 내가 사진도 봤어. 오랫동안 모델을 하셨어. 그렇지 않니, 제니퍼? 잡지에 나온 걸 봤는데?"

제니퍼는 힘없이 고개를 끄덕였다. 미셸에게 엄마의 앨범을 보여준 적이 있었다. 지난 8년간 찍은 사진들이었다. 처음 몇 년간은 수백 장씩 찍었지만 해가 갈수록 줄었다.

"그래? 잡지에 얼굴만 나온 게 아닐걸."

"얼굴만 나온 게 아닐걸?"

조가 따라하며 으쓱하게 웃어댔다.

"그게 무슨 뜻이야?"

제니퍼가 물었다. 그들의 말을 짐작하고도 남았지만 되물었다.

"어떻게 매일 그렇게 남자들이 찾아오겠어? 그냥 모델이라면?"

제니퍼는 당황스러웠다. 그러나 그대로 있을 수는 없었다.

"코티스 씨 말이야? 그 사람은 엄마의 매니저 일을 해주는 사진작가야. 알겠어?"

"매니저? 그 작자가 자기소개를 그렇게 했나보지?"

제니퍼는 미셸을 돌아보았다. 미셸도 어리둥절해하기는 마찬가지였다. 물론 엄마를 찾아오는 손님들이 여럿 있기는 했다. 그들은 모두 아마추어 사진작가들이었다. 엄마가 모델로 돌아가려면 여러 가지 작업을 해야 한다는 사실 정도는 제니퍼도 알고 있었다. 제니퍼는 할 말을 잃은 채 버셸 형제를 노려보았다. 스티비는 누워서 손을 사타구니에 올려놓았다. 조는 제니퍼와 형을 번갈아 쳐다보더니 전투복 바지의 불룩한 부분을 만지작거렸다.

제니퍼는 자리에서 벌떡 일어났다. 멀리 루시를 사이에 두고 걷는 리빙스턴 부부가 보였다. 반짝이는 호수를 옆에 놓고 나무 사이를 걷는 풍경이 그림 같았다. 리빙스턴 부부의 산책에 따라 나서지 않은 것을 다시 한 번 후회했다. 호수에 떠 있는 배에 탄 것처럼 돗자리에 붙잡혀 꼼짝할 수가 없었다. 미셸이 입을 다물지 않고 계속 지껄였다.

"아름다운 분이니까 결국 잡지 표지에도 나올 거야. 돈도 많이 벌 거고. 맞지, 제니퍼?"

제니퍼는 선뜻 대답이 나오지 않았다. 갑자기 속이 메스꺼웠다. 케이크, 샌드위치, 탄산음료가 뱃속에서 요동쳤다.

"맞아. 돈을 잘 버는 매춘부도 많지."

조가 큰 소리로 웃었다. 스티비는 제니퍼를 힐끔거리며 사타구니를 계속 문질렀다. 제니퍼는 뒷걸음질치다 돌아서서 힘껏 달리기 시작했다. 등 뒤에서 미셸의 목소리가 들렸다.

"제니퍼, 가지 마! 내가 엄마 아빠에게 다 일러줄 거야. 가지 마! 우리 엄마가 걱정하실 거야!"

제니퍼는 멈추지 않았다. 돌아보지도 않았다. 숨이 차도록 달렸다. 호수와 숲을 벗어나서 워터 가로 접어들자 집까지 쉬지 않고 뛰었다.

제니퍼 존스
169

17

제니퍼는 뒷문을 통해 집 안으로 뛰어 들어갔다. 코티스 씨의 가방이 맨 먼저 눈에 띄었다. 바퀴 달린 여행가방이 복도를 차지하고 있었다. 제니퍼는 계단 아래에 서서 위를 올려다보았다. 계단 위는 캄캄했다. 방문은 모두 닫혀 있었다. 희미한 소리가 계단을 타고 내려왔다. 사람들의 말소리, 의자가 바닥에 끌리는 소리, 삐걱거리는 침대 소리……. 엄마는 코티스 씨와 함께 집에 있었다.

제니퍼는 갑자기 맥이 쭉 빠졌다. 계단을 올라갈 힘도 없었다. 안방 문을 열고 큰 조명등과 카메라가 제자리에 있는지, 코티스 씨가 카메라를 보고 있는지 확인할 기운이 없었다.

'엄마는 매춘부가 아니야! 절대로! 엄마는 진짜 모델이야!'

방향을 바꿔 거실로 갔다. 엄마의 앨범을 꺼냈다. 큰 가죽 파일에 사진이 잔뜩 들어 있었다. 바닥에 앨범을 펼쳐놓았다. 맨 앞에는 제니퍼가 태어나기 전에 찍은 사진도 몇 장 있었다. 열여섯 살 소녀 캐럴이 반바지와 티셔츠를 입고 바닷가에 서 있었다. 엄마 뒤에서 파도가 멋지게 부서지고, 머리카락이 부드럽게 휘날렸다. 말끔하게 립스틱을 칠한 입술 사이로 흰 치아가 드러났다. 정말 아름다웠다.

제니퍼가 태어난 뒤로는 모두 전문가들이 찍은 사진이었다. 이브닝드레스를 입고 깃털 달린 줄을 목에 두른 캐럴 존스! 비즈니스 우먼 같은 정장 차림에 진지해 보이는 검은 테 안경을 쓴 사진, 목장 아가씨처럼 청바지에 체크무늬 블라우스를 입은 사진……. 드레스, 캐주얼, 잠옷, 운동복 차림의 카탈로그 사진도 수십 장 있었다.

제니퍼는 분홍색 스키복을 입고 찍은 사진을 넘기려다 손을 멈추었다. 눈 덮인 산에 스키 리프트가 있었다. 그러나 진짜 스키장은 아니었다. 엄마는 스키를 탄 적이 없었다. 제니퍼는 눈을 감고 잠시 멍하니 앉아 있었다. 멀리서 새 한 마리가 날아오듯 기억이 떠올랐다.

'스키복을 입은 메이시! 사랑스러운 나의 메이시, 세계적인 패션모델 메이시가 지금 상자에 갇힌 채 위층에 있다!'

미셸은 그 상자가 관처럼 보인다고 말했다. 제니퍼는 자신이 메이시를 죽인 것 같았다.

제니퍼는 다시 앨범으로 눈을 돌렸다. 최근에 찍은 사진은 보이지 않았다. 제니퍼는 엄마를 믿었다. 엄마는 매춘부가 아니었다. 분명 모델이었다.

갑자기 복도에 있는 여행용 가방이 떠올랐다.

'최근에 찍은 사진을 코티스 씨가 갖고 있을까? 그는 엄마의 매니저니까, 사람들에게 보여줄 사진을 갖고 있을 거야. 그래야 엄마에게 일을 구해줄 수 있을 테니까.'

앨범을 바닥에 펴둔 채 제니퍼는 가방이 있는 복도로 갔다. 둥그스름한 사각 귀퉁이에 지퍼가 달린 가방이었다. 가방 앞에 쪼그리고 앉아서 잠깐 지퍼를 앞뒤로 움직여보다가 쭉 당겼다. 가방이 열렸다. 가방 뚜껑이 앞으로 떨어지자 갈색 봉투들이 바닥에 쏟아졌다. 봉투마다 손으로 적은 단어가 하나씩 있었다.

'50년대, 해군, 학교, 말괄량이…….'

제니퍼는 '학교'라고 적힌 봉투를 집어서 열었다. 사진 몇 장이 바닥에 주르르 쏟아졌다. 복도가 너무 어두워서 제대로 보이지 않았다. 제니퍼는 사진을 들고 거실로 갔다. 그리고 앨범 옆에 늘어놓았다.

줄줄이 펼쳐놓은 사진을 보는 순간, 제니퍼는 가슴이 내려앉았다. 엄마가 목에 교복 넥타이를 맨 채 침대에 누워 있었다. 넥타이 외에 다른 옷은 없었다. 하나도 없었다. 주변에 책과 종이가 흩어져 있었다.

제니퍼는 고개를 돌렸다. 옷을 입지 않은 엄마를 본 적이 있기는 했다. 바짝 마른 몸, 작은 가슴, 어깨의 장미 문신……. 욕실에서 나온 엄마가 전신 거울에 몸을 비추는 것을 본 적이 있었다. 그때도 엄마의 알몸을 고스란히 보았다.

하지만 이런 모습은 처음이었다. 누군가 현관문을 두드렸다. 제니퍼는 화들짝 놀라 사진을 떨어뜨렸다. 얼른 갈색 봉투에 사진들을 담았다. 마치 도둑질이라도 한 것처럼 손이 부들부들 떨렸다. 현관문에 비친 머리와 어깨의 윤곽이 보였다. 제니퍼는 무릎을 꿇고 떨리는 손으로 봉투를 가방에 밀어넣은 다음 지퍼를 잠갔다.

"누구세요?"

위층에서 엄마 목소리가 들렸다. 제니퍼는 가방 옆에 보초병처럼 얼어붙은 자세로 서 있었다. 문을 두드린 사람은 리빙스턴 부인이었다. 선반 꼭대기에 있는 물건을 찾는 것처럼 고개를 쳐들고 있었다. 계단에서 발소리가 났다.

"잠깐만요!"

엄마가 가운을 여미며 계단에 나타나서 제니퍼를 쳐다보았다. 금방 일어난 사람처럼 머리카락이 뒤통수에 착 달라붙어 있었다. 사진 속의 엄마와는 전혀 다른 모습이었다.

"무슨 일이니? 소풍을 간 줄 알았는데."

엄마가 하품을 참으면서 말했다. 현관문을 두드리는 소리가 점점 커졌다. 조급하다 못해 화가 잔뜩 난 소리였다.

"캐럴? 안에 있어요? 캐럴!"

엄마는 발을 질질 끌면서 현관으로 나갔다. 위층에서 욕실 문 여닫는 소리가 들렸다. 제니퍼는 거실로 들어갔다. 끔찍한 사진들이 들어 있는 바퀴 달린 가방이 보이지 않자 마음이 조금 가라앉았다.

"제니퍼는 집에 왔나요? 아이가 말도 없이 뛰어 가버려서……."

리빙스턴 부인의 목소리가 갈라졌다. 울기 직전의 목소리였다.

"제니퍼가 다른 아이들과 풀밭에 있는 걸 보고, 잠깐 산책을 했어요. 그런데 돌아와보니 제니퍼가 사라졌지 뭐예요!"

"놀라지 마세요, 여기 있어요."

제니퍼는 두 사람이 복도를 지나 주방으로 가는 발소리를 들었다. 엄마와 리빙스턴 부인의 목소리가 토막토막 들렸다.

"애가 길을 잃었다고 생각했어요. 미셸이 말다툼을 했다고 하기에…… 버셀 형제들하고 말이죠. 도대체 무슨 일이 있었는지 알 수가 있어야죠."

"그렇게 큰 애들과 말다툼이라니요, 말도 안 돼요. 애가 좀 지루했나봐요. 저번에도 현장학습에서 달아나는 바람에 제가 학교에 불려갔지 뭐예요. 애가 생각이 없다니까요. 제가 잘 이야기해볼게요. 죄송해요."

주방문이 닫혔는지 더 이상 무슨 말인지 알아들을 수가 없었다. 물소리가 나고 컵 달그락대는 소리가 들렸다. 엄마가 리빙스턴 부인에게 차를 대접할 모양이었다. 그때 계단을 내려오는 발소리가 들렸다. 민첩하고 정확한 발소리가 어찌나 가벼운지 아이가 뛰어 내려오는 소리 같았다. 거실 문을 열자, 코티스 씨가 가방에 뭔가를 쑤셔넣고 있었다. 어깨에도 큰 가방을 메고 있었다. 가방이 앞으로 쏟아지면서 팔을 타고 미끄러졌다. 가방 두 개를 동시에 들려다 비틀거렸다.

제니퍼는 그를 빤히 쳐다보았다. 번들번들한 대머리가 아기 머리통처럼 보였다. 안경을 쓰지 않은 그의 눈을 처음으로 보았다. 색유리 같은 눈에 물기가 돌았다. 그는 도둑처럼 소리 없이 현관문을 닫았다. 꼭 집에서 뭔가 귀중한 것을 훔쳐 달아나는 것 같았다.

리빙스턴 부인이 돌아가자, 엄마가 거실로 들어왔다.

"저 여자, 말이 너무 많지 않니?"

엄마가 제니퍼 옆자리에 털썩 앉았다. 제니퍼는 입을 다물어버렸다. 이번에는 엄마가 혼을 낼까 궁금하기도 했다.

"내가 널 혼내야 하는데 말이지……. 이 동네 사람들은 아무래도 애들을 너무 싸고도는 것 같아. 넌 혼자서도 잘할 수 있지? 그래도 혼자서 그렇게 빠져나오는 건 안 돼."

"엄마가 루시의 생일 소풍에 올 줄 알았어."

"그러려고 했는데 일이 늦어졌어. 집에 오니까 두통이 생기더라. 엄마가 어떤지 너도 알잖아!"

제니퍼는 엄마 말에 대꾸하지 않았다. 리모컨을 집어서 텔레비전을 켰다. 저녁쯤에 미셸에게서 전화가 왔다. 할 말이 있으면 언제나 부르러 오곤 했는데, 제니퍼는 의아했다.

"난 당분간 외출 금지야. 엄마가 소풍 때문에 기분이 나빠졌어."

"나 때문이구나. 미안해."

제니퍼는 뻣뻣하게 대꾸했다.

"너 때문이 아니야. 그 못된 형제들 때문이지. 스티비는 진짜 지저분하고 조는 얼간이야! 루시도 동의했어."

제니퍼가 눈을 치켜떴다. 루시가 미셸 옆에 앉아 있는 것을 상상했다. 루시는 미셸의 환심을 사기 위해 무조건 비위를 맞추려들 것이 뻔했다.

"그 인간들에게 복수할 수 있는 방법을 생각해냈어."

"그래?"

제니퍼는 놀란 척 물었다. 그러나 관심은 없었다.

"호수 근처에 형제가 만들었다는 굴 얘기 들었지? 루시가 알고 있대. 그 굴이 어디 있는지."

시큰둥한 제니퍼의 반응에도 불구하고 미셸은 흥분해서 계속 말을 이었다.

"마침 엄마가 휴가라 내일 아침에 형제를 데리고 버셀 부인의 병문안을 갈 거야. 걔들이 병원에 가면, 그때 호수로 올라가면 돼."

"우리끼리 거기 올라가면 안 되는데."

제니퍼는 낮은 소리로 대꾸했다. 사실 제니퍼는 가고 싶으면 언제든 갈 수 있었다. 하지만 미셸은 올라갈 수 없었다. 리빙스턴 부인이 알면 동네가 발칵 뒤집힐 게 분명했다.

"병원에 가면 적어도 몇 시간은 걸릴 거야. 그동안 우리가 걔들의 아지트를 부숴버리자. 우리가 그렇게 만든 걸 모르게 말이야."

"루시가 그러자고 했어?"

"꼭 그런 건 아니야. 루시는 아지트만 알려줄 거야. 우리가 거길 부숴버릴 거란 건 몰라."

제니퍼는 한숨을 쉬었다. 별로 대단한 계획 같지 않았다. 버셀 형제가 마음에 들진 않았지만 그들과 싸울 생각은 없었다.

"제니퍼, 끊을게. 엄마가 올라오셔. 아침에 엄마가 나가시면 내가 루시와 함께 부르러 갈게."

미셸은 서둘러 전화를 끊었다. 제니퍼는 머리가 무거웠다. 한참을 부스럭대다 잠자리에 들려는데 엄마가 쇼핑백을 안고 방으로 들어왔다. 엄마가 제니퍼의 방에 들어오는 일은 거의 없었다.

"제니퍼, 깜짝 놀랄 만한 소식이 있는데."

엄마는 침대 모서리에 걸터앉았다. 할 말을 찾는 듯 잠시 망설이다 말문을 열었다.

"코티스 씨가 우리 모녀의 사진을 찍었으면 해. 우리 가족 앨범을 만드는 거지. 네가 나를 닮았다고 생각하거든."

제니퍼는 이맛살을 찌푸렸다. 코티스 씨의 제안이 마음에 들지 않았다. 그 사람의 입방아에 오르내리는 것이 끔찍하게 싫었다. 엄마를 닮았다는 말도 들어본 적이 없었다.

"그 사람이 우리 사진을 몇 장 찍고 싶대……. 너도 찍고……. 둘이 같이 찍기도 하고……."

"왜?"

엄마가 대답했지만, 말이 너무 빨라서 단어들끼리 뭉개지는 바람에 무슨 말인지 알아들을 수가 없었다.

"가족 사진…… 네 사진 몇 장…… 교복 차림으로…… 그 사람이 작업하는 잡지에 실릴 사진…… 아무것도 안 해도 돼…… 그냥 거기

서서…… 그 사람이 시키는 대로…… 그냥 조금 노는 거야…… 오래 안 걸려……."

제니퍼는 엄마의 말을 제대로 듣지 않았다. 가방에 들어 있던 사진들이 떠올라 속이 메스꺼웠다. 모델, 미소와 웃음, 목에 맨 교복 넥타이, 아무것도 걸치지 않은 엄마의 알몸! 코티스 씨는 엄마 방에서 책이나 자, 지구본 같은 소품을 놓고 사진을 찍었다. 생각만 해도 온몸이 끈적거리고 기분이 나빴다.

엄마는 여전히 계속 말하고 있었다.

"그 사람이 너한테 돈을 좀 줄 거야……. 그리고 너한테 좀 차려 입으라고 부탁할 거야……. 그냥 역할놀이를 하는 것뿐이야……. 하기 싫으면 하지 않아도 돼……. 중요한 것은 이 일을 비밀로 해야 한다는 거야……. 모델을 하기에 넌 너무 어리거든……. 이건 그 누구도 아닌 우리 일이야……."

코티스 씨의 번들거리는 머리와 끔찍한 눈알이 떠올랐다. 그는 다른 사람들의 사진을 갈색 봉투에 담아서 보관했다. 그건 도둑질이었다. 제니퍼는 사진을 도둑맞고 싶지 않았다.

"난 교복도 없는데."

제니퍼가 엄마의 말을 막았다.

"코티스 씨가 한 벌 가져왔어. 이걸 입고 촬영하면 돼."

쇼핑백에서 흰 블라우스와 넥타이가 쏟아졌다. 조끼, 짙은 청색 속바지, 주름치마와 흰 양말. 엄마가 제니퍼의 몸에 그것들을 하나씩 대보았다. 타이는 사선으로 줄무늬가 있는 것이었다. 사진 속 엄마가 맨 것과 같은 것이었다.

"하기 싫은데."

제니퍼는 딱 잘라 말했다. 엄마는 놀란 표정을 지었다.

"네가 이 일을 좋아할 줄 알았는데? 네 첫 번째 모델 일이 될 수도 있어. 넌 나처럼 될 수도 있어. 모델이 되는 거지. 네 얼굴이 잡지 표지에 나올 수도 있고!"

"난 모델이 되고 싶지 않아."

제니퍼는 옷들이 몸에 닿지 않게 밀어냈다. 엄마가 크게 한숨을 쉬었다.

"저기, 제니퍼. 네가 이 일을 해줬으면 해. 코티스 씨는 아주 중요한 사람이야. 내가…… 너와 함께 사진 작업을 하지 않으면 그 사람이 나를 자를 거야……. 그와 작업하고 싶어 하는 모델들이 정말 많거든. 한 시간이면 될 거야. 내가 계속 옆에 있을게."

제니퍼는 엄마를 쳐다보았다. 엄마와 눈을 맞추고 싶었다. 낮에 본 사진에 대해 사실대로 말하고 싶었다. 엄마가 교복을 매만지며 시선을 아래로 떨어뜨렸다.

"내일 12시에 올 거야. 난 네가 이 일을 해주면 좋겠어. 내가 같이 있을게. 12시야. 안 그러면 나는 일자리를 잃게 될 거고. 그게 뭘 뜻하는지는 너도 잘 알 거야."

엄마는 같은 말을 되풀이했다.

"네가 그 일을 하지 않으면, 난 일자리를 잃을 거야. 그러면 돈도 못 벌고, 넌 다시 할머니 집으로 가거나 최악의 경우 보호시설에 가야 할 거야."

제니퍼는 입을 꾹 다물었다.

"12시야. 괜찮을 거야. 한바탕 웃고 나면 끝날 거야. 잘 자라, 아가."

문이 닫히고, 엄마의 발소리가 멀어졌다. 제니퍼는 침대에서 일어나 옷장으로 갔다. 옷장을 열고 상자에서 메이시를 꺼냈다. 메이시는 지저분하고 옷도 너덜너덜했다. 제니퍼가 너무 자주 머리를 빗기는 바람에 머리털이 거의 다 빠졌다. 그래도 상관없었다. 제니퍼는 침대로 들어가서 메이시를 곁에 눕혔다.

18

커튼 사이로 아침 햇살이 들어왔다. 몸을 일으켜 엄마 방으로 갔다. 이불 밑으로 엄마의 한쪽 다리가 나와 있었다. 제니퍼는 이불을 당겼다. 엄마가 머리를 움직이면서 뒤척였다. 그러다 곧 잠잠해졌다.

제니퍼는 방을 나가려다 서랍장에 놓인 지구본을 보았다. 문득 엉뚱한 생각이 들었다.

'코티스 씨는 이걸 어떻게 가져왔을까? 너무 커서 여행용 가방에 들어가지 않았을 텐데……'

제니퍼는 둥근 지구본을 만지다가 슬쩍 돌려보았다. 세계의 여러 나라들이 둥둥 떠다녔다.

"제니퍼?"

엄마가 잠에 취한 목소리로 불렀다.

"홍차 마시고 싶어?"

제니퍼는 침대 옆으로 다가가 물었다. 엄마는 머리카락을 베개에 문지르며 고개를 저었다. 그러더니 지치고 갈라진 목소리로 말했다.

"오늘 촬영 잊지 마라. 목욕을 하렴. 최고로 예쁘게 보이도록!"

제니퍼는 대답하지 않았다. 발이 납덩이처럼 무거웠다.

미셸은 약속대로 제니퍼를 부르러 왔다. 큰길로 나오자 제니퍼는 미셸과 루시를 앞장서게 했다. 불쾌한 날씨였다. 몸을 가눌 수 없을 만큼 바람이 세차게 불었다. 얼굴이 얼얼했다. 바람에 떠밀리다시피 해서 인공호수로 향했다. 하늘에 구름이 지나가면서 이따금 해가 얼굴을 내밀었다. 해가 있는 동안은 뜨거웠다. 미셸은 걷기 시작한 지 5분쯤 지나자 투덜대기 시작했다.

"춥다가, 덥다가……, 죽겠네. 루시, 오늘 넌 내 노예야. 그러니까 내 스웨터는 네가 들고 가."

미셸은 허리에서 스웨터를 풀어 루시의 어깨에 걸쳤다. 루시는 잠이 덜 깬 얼굴로 스웨터의 소매를 목에 느슨하게 맸다. 그리고 이마에 손을 올려 햇빛을 가렸다. 뒤를 돌아보며 미소를 짓기도 했다. 미셸이 다시 변덕을 부렸다.

"나 추워. 노예, 내 스웨터를 다시 줘."

미셸은 제니퍼를 보며 히죽히죽 웃었다. 루시가 스웨터를 풀었다.

"여기 있어."

"여기 있어가 뭐야? 주인님이라고 해야지."

루시가 덧붙였다.

"주인님."

제니퍼는 불쑥 짜증이 솟구쳤다. 미셸의 엉뚱한 짓에 익숙해질 만도 했지만 여전히 견디기 힘들었다.

"우습게 굴지 마."

"괜찮아. 우리가 늘 하던 놀이야. 그렇지 않니, 루시?"

루시가 고개를 끄덕였다. 루시는 소풍 때 입었던 원피스에 지저분한 운동화를 신고 있었다. 허리에 스웨터를 묶기는 했지만, 팔에 소름이 돋은 걸로 보아 추운 듯했다. 미셸은 옷을 잘 차려입고 있었다. 물 빠진 청바지에 '베이비'라고 적힌 티셔츠 차림이었다. 지퍼가 달린 진홍색 스웨터는 새것이었다.

제니퍼는 아침에 옷을 입을 때 별다른 고민을 하지 않았다. 교복이 든 쇼핑백이 구석에 있었다. 그것을 침대에서 최대한 먼 곳에 밀쳐놓았다. 잘 보이지 않는 곳에 처박아 두었어도 그쪽으로 시선이 쏠리는 건 어쩔 수 없었다. 방이 어두울 때도, 엄마가 "잘 자라, 아가"라고 인사할 때도 쭈글쭈글한 쇼핑백이 눈앞에서 아른거렸다.

미셸과 루시를 따라나서기는 했지만 사실 호수에 가고 싶지 않았다. 버셀 형제의 아지트 역시 궁금하지 않았다. 12시에 코티스 씨를 만날 때까지 그저 돌아다닐 계획이었다.

호수가 있는 공원의 정문이 보였다. 루시가 또 들고양이 이야기를 꺼냈다. 미셸은 여전히 그 이야기에 빠져들었다.

"고양이 무리에 너무 가까이 가지 않도록 조심해."

미셸이 큰 소리로 말했다. 루시가 뭐라고 대꾸했지만 제니퍼는 알아듣지 못했다.

"고양이는 사람들을 싫어하거든. 사람들이 호수에 물을 채우는 바람에 물에 빠져 죽게 했다고 말이지. 고양이들을 빤히 쳐다보지 마. 눈을 긁어버릴지도 모르니까."

"그만 좀 해!"

제니퍼는 자신도 모르게 버럭 소리를 질렀다. 뭐든 아는 척하고, 루시를 노예처럼 부리고, 루시의 생일파티 때는 아무렇게나 입었으면서 지금은 새 옷으로 빼입은 미셸이 알미웠다.

"왜? 사실이잖아."

"맞아. 그래서 스티비가 고양이 사냥을 하는 거야."

루시가 눈을 휘둥그레 떴다.

'못 말린다니까. 호랑이도 아니고 고양이 이야기를 하면서 유난스럽기는.'

제니퍼는 씩씩거리면서 아이들을 지나쳐 정문으로 들어갔다. 구불구불한 오솔길을 앞장서서 걸었다. 둘과의 거리가 점점 벌어졌다.

전날 소풍을 왔던 곳 근처까지 왔다. 돗자리에 벌렁 누워 있던 스티비가 떠올랐다. 그는 구역질나게 손으로 사타구니를 주물렀고, 번들거리는 눈으로 제니퍼를 쳐다보고 엄마를 욕했다.

'어떻게 엄마를 '매춘부'라고 부를 수 있어?'

"제이제이, 너무 빨리 가지 마."

미셸이 뒤따라 뛰어오며 소리쳤다. 곧이어 숨이 턱까지 차올라 얼굴이 빨개진 루시가 왔다. 순간 루시의 얼굴에서 오빠들의 표정이 보였다.

"가자, 노예! 잘 따라와!"

셋은 한참을 더 걸었다. 굽은 오솔길을 따라 걷고, 호수의 가장자리를 따라가다가 덤불에 발이 빠지기도 했다. 작은 수풀에 들어갔다가 나오기도 했다. 수풀의 어린 나무들은 껍질이 매끄럽고, 가지는 몹시 가늘었다. 가끔 개를 데리고 지나가는 사람이 보였다. 아무도 세 아이를 이상하게 보지 않았다. 마침 학교도 쉬는 날이었다.

호수에 뜬 작은 배들이 물살을 갈랐다. 돛이 부풀었다가 곧 팽팽해졌다. 해를 받아 반짝이는 물 위로 배들이 스케이트를 타듯 부드럽게 움직였다.

마침내 갈림길이 나왔다. 한쪽은 호숫가로 내려가는 길이었고, 반대편은 오르막길이었다. 몇 걸음 앞에 표지판이 있었다.

숲지대. 공사 중. 통행 금지.

"이쪽이야."

루시가 표지판을 무시하고 방향을 잡았다. 제니퍼는 잠시 걸음을 멈추고 시계를 봤다. 거의 11시가 되어가고 있었다. 집에서 나온 지한 시간이 지났다. 계속 올라가면 코티스 씨가 올 시간에 맞춰 집으로 돌아가는 것은 불가능했다.

"어서 가자."

미셸이 제니퍼의 팔짱을 꼈다. 이렇게 밖에서 돌아다니면, 코티스 씨를 만나 이상한 교복을 입고 사진을 찍지 않아도 될 것 같았다. 제니퍼는 다시 걷기 시작했다. 몸이 한결 가벼워진 느낌이었다.

'왜 그 생각을 못 했을까? 집에 돌아가지 않으면 촬영을 하지 않아도 되는데…….'

셋은 호수를 뒤로 하고, 오솔길을 올라가 숲으로 들어갔다. 호수보다 오래된 나무들이 빼곡한 숲이었다. 오솔길 양쪽으로 늘어뜨린 가지가 서로 맞닿아 하늘을 가렸다. 마치 다른 세상에 들어온 것 같았다.

"이쪽이야."

루시가 나무들 사이로 난 비탈길을 가리켰다. 셋은 나무들이 뒤엉킨 작은 길로 들어갔다. 덤불, 쐐기풀, 마른 잔가지, 가시나무를 피하느라 발을 높이 들어야 했다. 축축한 진흙탕에 발이 쑥쑥 빠졌다.

"아, 안 돼!"

미셸이 진흙투성이가 된 흰 운동화 한 짝을 들고 소리를 질렀다.

"거의 다 왔어."

루시가 먼저 수풀을 벗어나 선반처럼 생긴 바위로 나아갔다. 절벽 아래 검은 물이 잔잔하게 흔들렸다.

"여기가 어디야?"

제니퍼가 물었다. 예상했던 호수의 풍경이 아니었다. 엽서 사진처럼 여기저기 배가 떠 있는 호수는 저 멀리 있었다. 바로 앞에 나타난 물은 달랐다. 푸른 물이 아니라 거의 검은색에 가까웠다. 넓이가 강과 비슷했고, 폭이 좁아 맞은편 둔덕까지는 돌을 던지면 닿을 듯 가까웠다.

"이런 곳은 처음 보는데."

미셸이 발을 굴러 운동화의 흙을 털며 말했다.

"스티비가 발견했어. 여기까지는 아무도 안 와."

"아지트는 어딘데?"

제니퍼가 주변을 둘러보면서 물었다. 아지트는 작은 나무집이나 동굴일 거라고 생각했다.

"여기야."

루시가 바위 위로 올라가면서 손짓했다.

"조심해, 미끄러워. 흔들리는 바위도 있어."

커다란 바위 뒤로 나뭇가지가 쌓여 있었다. 가지에 달린 잎들이 바삭거릴 정도로 말라 있었다. 루시가 나뭇가지를 하나씩 치우기 시작했다.

'그 멍청한 버셀 형제가 지하 아지트를 만든 거야?'

제니퍼는 감탄했다. 루시가 숨을 헐떡이면서 나뭇가지를 집어냈다. 나뭇가지들을 거의 다 치우자 루시는 바닥에 주저앉았다. 잔가지와 나뭇잎 사이로 커다란 깡통 상자가 보였다.

"아지트가 어디 있어?"

"여기야."

루시가 남은 가지들을 끌어내어 등 뒤로 치웠다. 구덩이의 깊이는 60센티미터쯤 되어 보였다. 모서리가 씨그러진 깡통 상자가 구덩이에 박혀 있었다. 폭은 30센티미터쯤으로 넓지 않았다. 제니퍼는 상자 바닥을 보지는 못했지만, 여러 가지 물건을 넣을 수 있을 만큼 제법 깊어 보였다.

"이건 아지트가 아니잖아!"

미셸이 못마땅한 얼굴로 말했다.

"여기에 뭐가 들어 있는지 봐."

루시는 무릎을 꿇고 양손으로 상자의 손잡이를 힘껏 당겼다. 제니퍼가 반대 편에서 다른 손잡이를 잡고 밀었다. 순간 발이 쭉 미끄러졌다. 그 바람에 돌들이 물에 떨어졌다. 미셸이 놀란 듯 소리쳤다.

"이건 그냥 상자야. 아지트가 아니라고! 아지트는 이렇게 어처구니없는 상자가 아니라, 먹고 잘 수 있는 곳이란 말이야."

제니퍼와 루시는 안간힘을 써서 깡통 상자를 꺼냈다. 루시가 숨을 몰아쉬면서 뚜껑을 열었다. 상자 안에는 물을 담는 물통, 구운 콩과 소시지 통조림 몇 개, 밧줄, 둘둘 만 침낭 두 개, 스크루드라이버, 망치, 칼 같은 다양한 공구들과 심지어 야구방망이까지 들어 있었다. 루시와 제니퍼는 물건들을 하나씩 꺼내 옆으로 던졌다. 미셸은 바위에 앉아서 더러워진 운동화를 두들기고 있었다. 상자 맨 밑바닥에는 지퍼 달린 주머니가 있었다.

"총은 어디 있어?"

제니퍼가 루시에게 물었다.

"총은 여기 두지 않아. 워낙 위험한 물건이니까!"

"총이 진짜 있기나 한 거니?"

미셸이 비꼬았다. 제니퍼도 실망한 얼굴로 물러나 앉았다.

"스티비한테 정말 총이 있어!"

제니퍼는 주머니를 집었다. 지퍼를 열고 거꾸로 뒤집어서 안에 든 것들을 울퉁불퉁한 바닥에 쏟았다. 돈이 쏟아졌다. 주로 동전이었다. 라이터도 두 개 있었다. 주머니에 걸려 나오지 않는 것들은 손가락을 넣어서 당겼다.

거꾸로 뒤집힌 사진이 두어 장 나왔다. 어떤 사진인지 알아보는 데 시간이 오래 걸리지 않았다. 사진의 주인공은 제니퍼가 아는 얼굴이었다. 엄마가 소파에 누워 있었다. 뺨에 댄 곰 인형을 빼면 엄마는 알몸이었다. 엄마! 알몸! 아이들 장난감에 살을 문지르는 광경!

제니퍼는 사진을 든 채 그대로 굳어버렸다. 손가락이 떨리고 머릿속이 텅 비었다. 루시가 사진을 보았는지 작은 비명을 내뱉었다.

"네 오빠는 이걸 어디서 구했대?"

제니퍼가 속삭이듯 루시에게 물었다.

"난 몰라."

루시의 목소리가 안으로 기어들었다. 루시의 묘한 표정이 모든 걸 말해주고 있었다. 루시는 다 알고 있었다! 엄마 사진과 교복과 메스꺼운 코티스 씨까지!

"이것 때문에 네 오빠가 우리 엄마더러 매춘부라고 했던 거야?"

제니퍼가 큰 소리로 물었다. 운동화의 흙을 털어내다 말고 미셸이 고개를 들었다.

"오빠가 왜 그 말을 했는지는 나도 몰라."

루시는 거짓말을 하고 있었다.

"네가 이 사진들을 가져간 거지? 우리 집에서 사진을 훔쳤지?"

"아냐, 아니야."

"네가 훔쳤지! 네가 사진들을 훔쳐서 오빠들에게 준 거지? 그래서 우리 엄마를 매춘부라고 한 거야. 엄마는 매춘부가 아니야. 모델이야. 이 사진들은……."

제니퍼는 말을 잇지 못하고 루시를 쏘아보았다. 루시의 얼굴에서 서서히 두려움이 사라지더니 얄궂은 표정이 그려졌다. 마치 제니퍼와 엄마를 조롱하는 듯했다. 루시의 얼굴에서 또다시 버셀 형제의 비열한 표정이 보였다. 루시의 입가에, 눈가에 오빠들이 있었다. 루시의 얼굴은 수십 번 변하다가 다시 생쥐로 돌아왔다.

"무슨 사진이야?"

미셸이 사진을 낚아챘다.

"맙소사……."

"네가 우리 집에서 사진을 가져간 거야! 그렇지? 빨리 말해!"

루시가 주춤주춤 자리에서 일어났다. 자갈에 미끄러져 비틀거렸다.

"내가 가져온 게 아니야. 난 안 훔쳤어."

루시가 소리를 지르며 한 발자국 물러났다.

"틀림없이 네가 한 짓이야! 그게 아니면 어떻게 네 오빠가 이 사진들을 갖고 있어? 그게 아니면 어떻게?"

"케니 삼촌이 오빠한테 줬어!"

"케니 삼촌? 케니? 케니가 누군데?"

"케니 코티스 씨! 우리 케니 삼촌."

제니퍼는 그 자리에 얼어붙었다. 아주 먼 거리를 달린 것처럼 숨이 찼다.

'루시의 케니 삼촌?'

"그 사진작가가 너희 삼촌이라고?"

미셸이 사진에 시선을 고정한 채 물었다.

"삼촌은 사진작가가 아니야. 사진을 찍기는 하지만 그게 직업은 아냐."

"넌 삼촌이 없잖아. 우리 엄마가 너희는 친척이 없다고 했어. 그래서 네가 우리 집에서 지내는 거라고."

"물론 진짜 삼촌은 아니야. 엄마의 친구인데, 내가 그 사람을…… 삼촌이라고 불렀어……."

루시가 바위 끝으로 물러섰다.

"코티스 씨가…… 네 엄마 친구라고?"

제니퍼는 믿을 수가 없었다. 코티스 씨는 사진작가가 분명했다. 카메라와 조명 같은 장비도 있었다. 그는 엄마의 매니저이기도 했다. 그는 제니퍼의 사진도 찍을 예정이었다. 그것도 바로 오늘, 12시에! 촬영용 의상도 받았는데, 물론 제니퍼가 할 일은 그 의상을 입는 것뿐이었다.

"삼촌 좋아하시네! 그 작자는 더러운 영감탱이야. 옷 벗은 사람들의 사진이나 찍어대고. 그건 메스껍고 더러운 짓이야."

미셸이 소리를 질러댔다. 제니퍼는 천천히 루시에게 다가갔다. 루시의 얼굴을 똑바로 쳐다보았다. 코티스 씨가 루시네 집에 가서 스티비와 조에게 엄마의 사진을 모두 보여주었다. 이제 제니퍼의 사진도 찍을 거라고 허풍을 떨었을 것이다.

"난 사진을 훔치지 않았어, 정말이야!"

루시가 옆으로 비켜섰다. 다시 형제의 모습이 떠올랐다. 스티비가 침을 흘리고 눈을 희번덕거리며 바지를 문질러댈 때의 얼굴! 앞에 있는 루시가 야비한 스티비로 보였다. 더러운 조로 보였다. 제니퍼는 스티비와 조를 힘껏 밀었다. 눈앞에서 형제를 없애버리고 싶었다. 루시가 허우적거리며 뒷걸음질쳤다. 바위 끝에서 잠시 휘청거리더니 그대로 떨어져 물에 빠졌다.

"아, 안 돼!"

미셸이 소리쳤다. 제니퍼는 바위 끝에 서서 루시가 물 위로 떠오르는 광경을 뚫어지게 쳐다보았다. 떠오르던 루시가 다시 물속으로 사라졌다. 제니퍼는 얼굴이, 온몸이 콘크리트처럼 굳어버렸다.

"무, 무슨 짓을 한 거야!"

미셸이 제니퍼의 팔을 거칠게 움켜잡았다. 제니퍼는 텅 빈 눈으로 단짝친구를 쳐다보았다. 미셸의 눈이 반짝거렸다.

19

루시의 양팔이 물 밖으로 뻗어 올라왔다. 잠시 허우적대는가 싶더니 다시 물속으로 사라졌다.

"옷이 너무 무거워. 옷이 밑으로 잡아당기는 거야."

미셸이 말했다. 루시가 다시 수면 위로 떠올라 텀벙거렸다. 입을 벌리고 눈을 동그랗게 뜨고 있었다. 물은 잔잔해 보였다. 제니퍼는 미셸을 돌아보았다. 그녀는 팔짱을 낀 채 눈을 빛내며 서 있었다. 미셸은 미동도 하지 않고 제니퍼를 지켜보았다.

제니퍼는 바위 위에 흩어진 물건들을 훑어보았다. 어지러웠다. 제니퍼는 현기증을 누르며 상자 옆에 있던 밧줄 뭉치를 집었다. 밧줄을 풀어 손에 헐렁하게 감았다.

"이거 받아!"

제니퍼의 날카로운 목소리가 밧줄과 함께 미셸 쪽으로 날아갔다.

미셸은 어깨를 으쓱했다. 그러더니 마지못해 밧줄 끝을 잡았다. 제니퍼는 바위 끝으로 가서 소리쳤다. 악에 받친 목소리가 여러 갈래로 갈라졌다.

"루시, 밧줄을 잡아. 루시! 밧줄을 잡아. 꼭 잡아."

제니퍼는 버둥대는 루시를 향해 밧줄을 던졌다. 루시가 미친 듯이 팔을 휘저었다. 그러나 밧줄이 손에 닿지 않았다. 제니퍼는 밧줄을 당겨 다시 던졌다. 밧줄이 루시 옆을 지나 물 위에 떨어졌다. 루시는 밧줄을 보지 못한 것 같았다. 루시의 움직임이 점점 느려졌다. 턱까지 물에 잠겼다. 눈도 초점을 잃은 것 같았다.

"뒤에 있어. 밧줄이 네 뒤에 있다고!"

"루시! 뒤를 봐!"

미셸이 목소리를 더했다. 둘이 동시에 소리를 질렀다. 허우적대던 루시의 한쪽 손에 간신히 밧줄이 닿았다. 그리고 마침내 양손으로 밧줄을 움켜잡는 데 성공했다. 제니퍼는 다시 머리가 어지러웠다.

"밧줄을 잡았어."

둘은 줄다리기라도 하듯 함께 밧줄을 당겼다. 밧줄 끝에 작은 아이가 매달려 있었다. 그러나 늘어진 루시의 몸에, 물을 흠뻑 먹은 옷까지 더해져 엄청나게 무거웠다. 루시는 겁먹은 표정으로 밧줄을 움켜잡고 있었다. 루시의 머리가 점점 뒤로 젖혀졌다.

"정말 무거워."

"미셸, 뒤로 가. 뒤로! 빨리!"

제니퍼가 소리쳤다. 미셸은 밧줄을 당기면서 뒤로 물러났다. 제니퍼도 똑같이 물러났다.

"한 번 더! 다시 한 번 더 해봐!"

루시가 땅에 점점 가까워졌다.

"내가 가서 루시를 끌어올릴게."

제니퍼가 밧줄을 놓고 바위더미 끝으로 갔다. 그리고 루시의 양팔을 붙잡았다. 몸을 숙여 축 처진 루시를 끌어당겼다.

"밧줄을 놓고 이쪽으로 와. 이리 와서 도와."

제니퍼가 미셸을 향해 소리 질렀다. 밧줄이 느슨해지더니 미셸이 옆으로 왔다. 미셸이 무릎을 꿇고 제니퍼를 도왔다. 루시가 천천히 땅 위로 끌려 올라왔다. 마지막 힘을 쏟은 뒤 제니퍼와 미셸은 바위 위에 벌렁 나동그라졌다. 제니퍼의 다리 위에 엎어진 채 덜덜 몸을 떨던 루시가 계속 구역질을 했다. 미셸이 폴짝폴짝 뛰면서 튀긴 물을 털어냈다.

"옷이 다 젖었네. 루시도 흠뻑 젖었고. 이제 엄마한테 죽었다!"

미셸이 호들갑을 떨었다. 잠시 뒤 루시가 버둥대며 간신히 일어났다. 새 원피스에서 물이 뚝뚝 떨어졌다.

"집에 가고 싶어!"

루시가 딸꾹질하듯 흐느꼈다.

"안 돼! 엄마가 화낼 거야! 먼저 몸부터 말려야 해!"

"집에서 말리면 돼."

제니퍼가 말했다. 우리 집에 가서 말리면 된다고 덧붙이고 싶었지만 사진을 찍으려고 집에 와 있는 코티스 씨가 떠올라 말을 삼켰다.

"넌 빠져. 루시는 내가 보살피면 돼!"

미셸이 루시의 팔을 잡아당기면서 말했다.

"다 필요 없어!"

루시가 잔뜩 잠긴 목소리로 쏘아붙였다.

"그렇게 잡아당기지 마. 물속에서 다쳤을지도 몰라!"

"네 일이나 신경 써. 네가 성질만 부리지 않았어도 루시가 물에 빠지지 않았을 거고. 내가 엄마에게 혼날까봐 골치를 썩는 일도 없었을 거야."

미셸이 목소리를 높였다.

"언니 엄마한테 다 말해버릴 거야."

루시가 미셸의 팔을 뿌리쳤다.

"안 돼, 그러지 마. 말했다간 넌 네 집으로 돌아가야 할 거야!"

루시가 미셸을 쏘아보았다. 얼굴이 밀랍처럼 하얗게 변했다.

"걔한테 그렇게 말하지 마!"

제니퍼가 끼어들었다.

"왜 안 되는데? 너랑 무슨 상관인데? 루시를 '생쥐'라고 부른 건 바로 너야. 루시의 오빠들을 얼간이들이라고 말한 것도 너였고. 네가 오기 전까지 루시는 내 친구였다고!"

제니퍼는 루시를 돌아보았다. 물에 젖은 머리카락이 찰싹 달라붙은 모습이 안쓰러웠다. 루시는 입을 꾹 다문 채 나무들 사이로 사라졌다.

"루시, 기다려!"

제니퍼는 루시를 쫓아가려고 몸을 돌렸다.

"그렇게 착한 척하지 마! 넌 쟤를 떠밀어 물에 빠뜨렸어! 무슨 친구가 그러냐?"

미셸이 마구 손가락질을 해댔다.

"일부러 그런 건 아니야……."

"넌 정신병자야, 정말이야. 리코더로 소니아를 때렸잖아. 이제 루시까지. 너 같은 애는 감옥에 가야 해."

"그렇게 말하지 마!"

제니퍼가 손을 내저었다.

"네 엄마한테 다 말해버릴 거야."

미셸은 등을 꼿꼿이 세웠다.

"우리 엄마한테는 아무 말도 하지 마!"

제니퍼는 애원하듯 손을 뻗었다.

"그 말을 하니까 생각나네. 네 엄마…… 모델이라며? 아무한테나 가슴을 보여준다는 말은 안 했잖아!"

제니퍼는 뒤통수를 맞은 듯 휘청거렸다.

"더러워! 천박해!"

제니퍼는 몰랐다. 코티스 씨의 바퀴 달린 가방을 뒤지기 전까지는 정말 몰랐다.

"그러고보니 스티비 버셀 말이 맞네. 너희 집에 찾아오는 남자도 엄청나게 많잖아. 어제 저녁에 식사하면서 엄마가 아빠에게 말하는 걸 들었어."

"우리 엄마는 진짜 모델이야."

제니퍼가 말했다. 목구멍이 단단하게 조여들었다.

"그래서? 그럼 우리 아빠는 산타클로스다!"

미셸이 휙 돌아서서 루시가 사라진 쪽으로 걸어갔다. 제니퍼는 떠나가는 미셸의 모습을 지켜보았다. 순간 무슨 일이 벌어지는지 깨달았다. 단짝친구인 미셸이 자신을 미워하며 떠나고 있었다.

"잠깐만!"

제니퍼는 미셸을 따라잡기 위해 서둘렀다. 깡통 상자에서 꺼내놓은 잡동사니가 발에 걸렸다. 허우적대며 쓰러지는 바람에 물통이며, 망치, 통조림 같은 잡다한 물건들이 사방으로 흩어졌다. 얼결에 잡은 야구방망이가 미끄러지는 바람에 제니퍼도 덩달아 바위 위에서 주르륵 미끄러졌다. 턱이 바위에 부딪혔다. 머리가 부서질 것 같은 통증이 몰려왔다. 미셸이 걸음을 멈추고 뒤를 돌아보았다. 한숨을 내쉬며 다가와서는 손을 내밀었다. 미셸은 비웃듯 제니퍼를 내려다보았다. 제니퍼는 미셸의 손을 뿌리치고 일어났다.

"마음대로 해! 전에는 루시가 불쌍하다고 생각했는데, 지금 보니 네가 더 불쌍하네."

제니퍼는 넘어지면서 잡은 야구방망이를 지팡이처럼 짚고 일어섰다. 턱은 욱신거렸고, 미끄러지면서 살갗이 벗겨져 손이 쓰라렸다.

"하긴 네 잘못은 아니지. 우리가 부모를 선택할 수 있는 건 아니니까 말이야."

미셸이 턱을 주억거리며 비아냥거렸다. 제니퍼는 야구방망이를 꼭 움켜잡았다.

"날 쫓아오지 마! 이제 너는 친구도 아니야!"

미셸은 돌아보지도 않고 그 자리를 떠났다. 이제 친구는 없다. 엄마와 단 둘뿐이다. 사랑하는 엄마는 코티스 씨에게 제니퍼를 내주었다. 제니퍼는 주변의 모든 것이 일시에 사라진 것 같았다. 소중하게 여기던 것들이 한순간에 날아가버린 것 같았다.

제니퍼는 친구를 따라갔다. 어떻게든 다시 붙잡고 싶었다. 떠나가는 미셸에게 친구가 되어달라고 말하고 싶었다. 실제로 그 말을 했는지도 몰랐다. 야구방망이를 들어 미셸의 뒤통수를 내리친 그 순간에!

순간 모든 것이 멈추었다. 제니퍼는 다시 방망이를 휘둘렀다. 말하고 싶었다. 기다리라고, 혼자 두고 가지 말라고 부탁하고 싶었다. 미셸은 더 이상 가지 않았다. 땅에 떨어진 돌멩이처럼 제니퍼 앞에 고꾸라졌다.

사방이 고요한 적막에 휩싸였다. 제니퍼는 야구방망이를 든 채 엉거주춤 서 있었다. 눈을 깜빡여 나오려는 눈물을 막았다. 수풀과 호수와 바위 들을 둘러보았다. 언제 왔는지 들고양이 한 마리가 제니퍼를 빤히 쳐다보고 있었다. 덤불에서 기어 나와 빈 깡통 상자 옆에 꼬리를 세우고 앉아 있었다. 얇은 가죽에 덮인 머리가 햇볕을 받아 빛났다. 고양이는 한쪽 발을 들어서 혀로 맛있게 핥았다. 고양이는 처음부터 모든 걸 지켜보고 있었다.

part 3

앨리스, 그리고 제니퍼

"내 이름은 제니퍼 존스야.

나는……, 난……,

정말 새롭게 시작할 기회를 얻고 싶었어.

그래서 이름을 바꿨어.

새 삶을 시작하려고."

20

프랭키의 집이 있는 브라이튼까지는 채 한 시간도 걸리지 않았다. 집 앞에 도착해 차를 세울 때까지 차 안은 라디오 소리로 가득 찼다. 두 사람은 시동도 끄지 않은 채 한참을 말없이 앉아 있었다. 마침내 로지가 음악 소리보다도 더 크게 말했다.

"아무 생각하지 말고, 푹 쉬어. 생각을 너무 많이 하는 것도 안 좋아. 우린 잘 해결할 수 있어. 모든 게 다 잘될 거야!"

"알아요."

앨리스는 엄지손가락으로 입술을 지그시 누르며 대답했다. 창밖으로 길 건너편에 있는 프랭키의 집이 보였다. 창문이 튀어나온 빅토리아풍의 큰 집이었다. 앞쪽 지붕에 다락방 천창(지붕에 낸 창-옮긴이)이 나 있었다. 말로만 듣던 프랭키의 방이 틀림없었다. 들을 때마다 앨리스의 마음을 흔들었던 천창이 무덤덤하게 다가왔다.

"들어가야지?"

"솔직히, 들어가고 싶지 않아요."

"왜? 이번 여행을 그렇게 기다렸으면서?"

차 안은 다시 침묵에 휩싸였다. 로지가 먼저 운전석 문을 열고 차에서 내렸다. 구겨진 원피스를 쓸어 내려 주름을 펴고, 구슬 달린 귀고리를 바로잡았다. 그녀는 차를 한 바퀴 돌아 앨리스가 앉은 조수석 문을 열어주었다.

"설마, 내가 널 쫓아낸다고 생각하는 건 아니겠지? 그렇지?"

로지가 장난기 섞인 말투로 쾌활하게 웃었다. 앨리스는 로지가 조금 성가시게 느껴졌다. 로지는 이번 여행을 두고 일주일 전부터 법석을 떨었다. 구제품 가게에서 샀다는 치렁치렁한 오렌지색 꽃무늬 원피스는 걸을 때마다 바닥에 끌렸고, 구슬이 주렁주렁 달린 귀고리가 덩달아 출렁거렸다. 프랭키의 가족이나 이웃이 이 덩치 큰 여자를 본다면 어떻게 생각할지 은근히 걱정스러웠다.

앨리스는 차에서 내리며 낮게 속삭였다.

"제가 도착했다는 걸 동네방네 소문내고 싶지 않아요."

조금 당황한 듯했지만 로지는 내색하지 않고 얼른 뒷좌석에서 앨리스의 짐을 내렸다. 두 사람은 프랭키의 집 쪽으로 건너갔다. 집 앞에 다다랐을 때 현관문이 열리고, 안경을 쓴 소녀가 뛰어나왔다. 또래보다 성숙해 보이는 아이는 키가 앨리스와 비슷했다. 그래도 주근깨투성이의 작은 얼굴에 어린 티가 역력했다.

"안녕하세요! 전 소피예요. 앨리스 언니죠? 프랭키 오빠가 언니 이야기를 해도 안 믿었는데."

앨리스는 잠시 주춤했다. 남자친구의 열 살짜리 여동생에게 어떻게 인사를 해야 할지 몰랐다. 소피는 천진하게 웃었다. 앨리스가 망설이는 사이 로지와 소피가 포옹을 했다.

"프랭키는 동생에 대해 좋은 얘기만 했단다."

"정말요?"

아이의 뺨이 발갛게 물들었다.

"들어오세요! 엄마와 아빠는 정원에 계셔요. 프랭키는 위층에 있어요. 잠깐만요, 오빠가 나오나봐요."

빠른 발소리가 들리더니 프랭키가 계단 위에 서 있었다. 그는 한걸음에 계단을 내려와 앨리스를 끌어안았다. 그리고 어깨 너머로 로지에게 인사했다.

"안녕하세요, 로지."

"나한테도 인사할 기회를 줘야지, 프랭키!"

프랭키의 아버지가 걸어오며 손짓했다. 그 뒤로 프랭키의 엄마가 청바지와 헐렁한 셔츠 차림으로 따라왔다. 가까이 다가와서도 부부는 프랭키의 품에서 앨리스가 풀려날 때까지 기다렸다.

"네가 앨리스구나? 난 프랭키 엄마 젠이란다. 여긴 아빠 피터! 전에 만났었지?"

젠이 앨리스를 가볍게 안았다. 옆에 있던 로지와도 인사를 나누었다.

"정원으로 가시죠. 소피가 차를 준비할 거예요. 그렇지, 우리 막내?"

소피가 수줍은 듯 고개를 끄덕였다. 앨리스와 로지는 부부의 안내를 받으며 테라스로 나갔다.

프랭키가 잔디밭에 담요를 깔고 앨리스를 앉혔다. 로지와 프랭키의 부모는 커다란 파라솔 그늘 밑 등나무 의자에 앉았다. 부부는 오래된 친구를 만난 것처럼 브라이튼까지 오는 길이며 교통체증, 바닷가 인근 지역의 생활에 대해 스스럼없이 이야기했다.

앨리스는 대화에 집중할 수 없었다. 프랭키가 셔츠 속으로 손을 넣어 등을 쓰다듬고 브래지어 끈을 만지작거렸다. 그러면서도 간간이 어른들의 대화에 끼어들었다. 앨리스가 입술을 움직여 그만하라고 말했지만, 프랭키는 듣지 않았다.

한참 뒤 소피가 쟁반을 들고 나타났다. 찻잔과 받침, 케이크가 담긴 2단 접시까지 올려놓은 쟁반은 꽤 무거워 보였다. 소피는 어깨에 잔뜩 힘을 준 채 조심스럽게 테이블로 왔다. 약속이라도 한 듯 아무도 쟁반을 받아주지 않았다. 소피의 엄마 아빠도 가만히 지켜볼 뿐이었다.

"여기 있어요!"

소피가 뿌듯한 얼굴로 테이블 위에 쟁반을 내려놓았다.

"근사해요! 이런 케이크를 정말 먹고 싶었거든요."

로지가 케이크 접시를 끌어당기며 말했다.

"예전에 어머니가 만들어주던 케이크예요. 요즘 빵집에는 이런 케이크가 없어요. 자, 소피 네가 준비한 메뉴에 대해 이야기해줄래?"

소피는 안경을 고쳐 쓰고 진지하게 말을 시작했다.

"네, 스폰지 케이크, 스콘과 크림, 초콜릿칩 머핀이 있어요."

"전부 네가 만든 거야?"

로지가 환한 얼굴로 물었다. 소피가 자랑스러운 듯 고개를 끄덕였다. 그러고는 얼룩진 안경을 벗어 셔츠 자락으로 닦았다. 앨리스는 놀란 얼굴로 프랭키를 돌아보았다. 프랭키 역시 소피를 보고 웃었다.

"무슨 말이 필요하겠어? 최고의 동생인걸! 소피 때문에 내가 오히려 모자라 보인다니까!"

로지가 정원에 앉아 차를 마시는 동안, 젠은 앨리스를 위층으로 데려가 작고 예쁜 방을 보여주었다.

"프랭키에게 좋은 여자친구가 생겨서 얼마나 기쁜지 모른단다."

그녀는 앨리스의 손을 꼭 잡았다. 베개 위에는 포장된 선물 꾸러미가 놓여 있었다.

"풀어보렴."

포장을 풀자 고풍스러운 흰색 면 잠옷이 나왔다. 소매와 목에 진짜 레이스가 달려 있었다. 앨리스는 잠옷을 몸에 대보았다. 치맛단이 발목까지 내려왔다.

"프랭키에게 물어보니, 네 체구가 작다고 하더구나. 그래서 가장 작은 사이즈로 샀단다."

"고맙습니다."

앨리스는 한 걸음 뒤로 물러서서 정중하게 인사했다. 처음 방문하면서도 선물 하나 준비하지 못한 자신이 부끄럽고 한심했다.

"작은 선물이야. 여기 머무는 동안 편안하게 지내면 좋겠어. 그리고 소피는 신경 쓰지 않아도 돼. 그 아이는 오래전부터 널 만나고 싶어 안달을 했으니 한동안 성가시게 굴 거야! 열 살짜리들이 다 그렇지 않겠니?"

기다렸다는 듯이 문이 열리고 소피가 나타났다.

"엄마! 저도 이제 곧 열한 살이란 말이에요!"

소피는 앨리스를 보며 눈을 찡긋했다. 얼마 뒤 로지가 돌아가기 위해 일어서자 소피는 조르르 달려가 작은 종이 한 장을 가지고 왔다. 머핀이 그려진 종이에는 초콜릿칩 머핀의 조리법이 깨끗하게 적혀 있었다. 프랭키 가족의 환대에 지난 며칠간의 긴장이 풀렸는지 로지는 한결 밝고 가벼운 모습이었다.

앨리스는 차에 오르는 로지를 보자 알 수 없는 감정이 북받쳤다. 로지가 시동을 걸고 출발 준비를 하는 동안 앨리스는 차 옆에 서 있었다. 로지의 옆자리에 올라타고 크로이던으로 돌아가고 싶은 생각이 간절했다. 프랭키 가족의 따뜻한 환대를 받으면서도 앨리스는 기분이 묘했다.

"걱정하지 마. 이틀 뒤에 새러 라이트를 만나서 인터뷰 조건을 마무리 지을 생각이야. 다 잘될 거야. 마무리되는 대로 전화할게."

앨리스는 고개를 끄덕였다. 로지는 이제 그녀를 '새러 라이트'라고 불렀다. 이웃으로 살면서 가까워진 사람이 아니라 전혀 모르는 타인처럼 말했다. 로지의 차가 프랭키의 집에서 멀어졌다. 앨리스는 로지의 차가 완전히 사라질 때까지 그대로 서 있었다.

"올라가자. 내 다락방을 보여줄게."

프랭키가 뒤에서 꼭 안으며 속삭였다. 목덜미에 입을 맞추고는 앨리스를 집 쪽으로 돌려 세웠다. 앨리스는 몸을 틀어 프랭키를 안았다. 그리고 발꿈치를 든 채 그의 입술에 오래도록 키스했다.

지은 지 1년이 넘은 다락방에서는 아직도 새 집 냄새가 났다. 샤워실과 붙박이장까지 있어서 작은 아파트 같기도 했다.

"이 천창 앞에 서면 바다가 보여! 아래쪽 작은 창은 열 수도 있어. 봐, 집에 오면 저기서 책을 읽기도 하고, 가끔 담배도 피워. 이건, 미니 바야!"

프랭키는 신이 나서 소형 냉장고를 가리켰다. 마치 능숙한 부동산 중개인이라도 된 것처럼 앨리스에게 다락방 이곳저곳을 보여주었다. 어린아이처럼 들뜬 표정을 보며 앨리스는 소리 내어 웃었다.

"나 혼자 쓰는 아파트 같다니까. 크로이던의 쓰레기장 같은 기숙사보다 훨씬 낫지."

프랭키가 앨리스의 팔을 잡고 침대 쪽으로 당겼다. 앨리스는 침대에 기대 반쯤 누운 자세로 앉았다. 프랭키가 앨리스 옆에 누웠다. 침대에 등을 붙이고 다락방 천장을 바라보았다.

프랭키와의 잠자리. 사실 처음 만난 순간부터 기다려온 일이었다. 커피팟 앞에서 나누었던 첫 키스의 기억을 더듬었다. 프랭키는 몹시 애를 태우며 앨리스의 퇴근을 기다렸다. 가게 앞에서 조급증 환자처럼 오랫동안 서성거렸다. 그러더니 앨리스가 나오자마자 급하게 입술을 훔쳤다.

앨리스는 눈을 감은 채 키스를 기다렸다. 그리고 천천히 자신의 몸 위로 올라올 프랭키를 생각했다. 프랭키의 얼굴이 조심스럽게 다가왔다. 프랭키의 입술이 닿은 순간, 앨리스는 온몸을 휘감고 지나가는 강렬한 기운을 느꼈다. 살갗이 따끔거리고 가슴이 단단해지는 것 같았다.

'프랭키와의 사랑, 내가 이런 감정을 느낄 자격이 있을까?'

섬광처럼 스치는 생각에 소름이 돋았다. 순간 앨리스는 프랭키의 몸에서 멀찍이 떨어졌다. 프랭키는 의아한 표정을 짓더니 이내 그녀를 바싹 끌어당겼다.

앨리스는 가만히 그의 가슴에 얼굴을 묻었다. 프랭키의 심장박동이 느껴졌다. 준비가 된 것 같았다. 묵직한 통증이 아랫도리에서부터 천천히 가슴으로 올라왔다. 프랭키가 손가락으로 그녀의 짧은 머리카락을 쓸어 넘겼다. 앨리스는 그의 셔츠 속으로 손을 넣어 가슴을 문질렀다. 한쪽 다리를 들어 프랭키의 다리 위에 올렸다. 그가 가볍게 앓는 소리를 냈다. 앨리스의 몸이 단단해졌다.

"기다려봐."

프랭키가 호흡을 가다듬으며 앨리스의 어깨를 토닥였다. 앨리스는 천천히 고개를 들었다. 프랭키가 더 긴장된 얼굴로 일어나 앉았다.

"잠깐만. 사실은 네가 처음이라고 말한 이후로 기분이 좀 이상해. 우습기도 하고, 압박감이 생긴 것 같기도 하고……."

"무슨 뜻이야?"

"처음인데, 뭔가 특별해야 할 것 같아서."

"너랑 함께인 것 자체가 특별한 거야."

"아니, 그게 문제야. 몰랐다면 모를까……. 솔직히 걱정도 되고. 이런 적은 처음이거든. 널 아프게 할지도 몰라. 그러면 나는……. 그렇다고 네가 싫다는 것은 절대로 아니야. 다만 서두르면 안 된다고 생각할 뿐이야."

앨리스도 일어나 앉았다. 안도감인지 모욕감인지 알 수 없는 기분 때문에 오히려 차분해졌다.

계단을 뛰어 올라오는 발소리가 들렸다. 연이어 노크 소리가 나자 프랭키가 한숨을 내쉬었다.

"저게 또 다른 문제야. 소피는 앨리스 네가 만나러 온 사람이 내가 아니라 자기라고 생각하거든. 소피가 깨어 있는 동안 우리에게 평화는 없을 거야."

"난 소피가 좋아. 너희 가족 모두 좋아."

앨리스는 솔직하게 말했다. 문이 열리고 소피가 다락방으로 들어왔다. 책과 서류철을 잔뜩 안고 있었다.

"앨리스에게 엘리자베스 1세에 대해 조사한 자료를 보여주고 싶어서 왔어. 언니가 역사 전문가라고 오빠가 말해주었거든."

프랭키가 침대에 벌렁 누우며 중얼거렸다.

"아, 엘리자베스 1세……. 대단한 독신 여왕이었지. 참 흥미롭기도 하고, 훌륭한 여성이지!"

앨리스가 프랭키의 등을 때리며 큰 소리로 웃었다.

"뭐가 우스운데? 맞잖아!"

프랭키가 정말 모르겠다는 표정을 지었다. 앨리스는 소피를 돌아보며 어깨를 으쓱했다.

"네 오빠가 좀 바보 같은 데가 있어."

"그건 나도 알지!"

소피가 바닥에 앉으며 맞장구쳤다. 그 순간 안고 있던 책과 서류철 더미가 와르르 쏟아졌다. 셋은 서로의 얼굴을 쳐다보며 웃었다.

그날 저녁 앨리스는 프랭키의 가족들과 특별한 식사를 했다. 테라스에 근사한 상이 차려졌다. 파라솔을 접고 식탁을 옮겨놓은 뒤 촛불을 밝혔다.

"평소에는 텔레비전 앞에서 식사해."

프랭키가 엄마를 보며 놀리듯 말했다.

"아니, 매일 그렇진 않아!"

젠이 무안한 듯 아들의 팔을 꼬집으며 대꾸했다.

"포장 음식이나 피자를 먹지."

아빠도 거들었다.

"아니야, 포장 음식은 아주 가끔 먹어! 그렇지, 엄마?"

소피가 엄마 편을 들었다. 가족들의 유쾌한 웃음이 젠의 머쓱한 표정을 감싸주었다. 식사는 세 코스로 나왔고, 두 종류의 와인이 곁들여졌다. 프랭키의 부모님은 소피에게도 와인을 허락했다. 와인을 처음 홀짝여본 열 살 소녀는 곧 얼굴을 찌푸렸다. 식사를 마치자 소피가 커피를 준비하겠다고 고집을 부렸다. 곧 원두 가는 소리가 들렸다.

"어디서 저런 아이가 나왔는지 모르겠어요."

"우리 집 하인으로 삼으려고 지체 높은 집안에서 훔쳐왔지."

어이없어 하는 젠의 말에 피터가 농담을 건넸다. 식사가 끝난 뒤, 피터와 젠은 서둘러 식탁을 정리했다. 정리가 끝나자 싫다고 떼를 쓰는 소피를 데리고 집 안으로 들어갔다.

마침내 프랭키와 앨리스 둘만 남았다. 프랭키는 정원용 의자 두 개를 끌어다가 나란히 놓았다. 클래식 음악이 밤공기 속으로 부드럽게 퍼졌다. 둘은 어둠 속에서 빼곡한 나무들과 멀리서 반짝이는 불빛을 바라보았다.

아름다운 밤이었다. 앨리스는 뼈가 우두둑 소리를 낼 때까지 기지개를 켰다. 며칠 전만 해도 상상조차 할 수 없는 밤 풍경이었다. 새러가 로지의 주방에 들어와서 모든 사실을 안다고 말했을 때, 앨리스는 지난 반년간의 노력이 모두 끝났다고 생각했다. 이토록 평화로운 시간을 맞게 될 거라 생각지 못했다.

새러가 다녀간 뒤 로지는 서둘러 질 뉴턴을 만났다. 곧이어 두 사람의 만남에 새러도 끼어들었다. 세 사람은 로지의 주방에 둘러앉아, 앨리스의 미래에 대해 의논했다. 어떻게 보호할지 심각하게 서로의 생각을 나누었다. 앨리스는 파자마 바람으로 아파트 안을 돌아다니면서, 조심스럽게 밖을 살필 뿐 대화에 끼어들지 못했다. 외출은 엄두도 내지 못했다. 변호사들과 신문사 편집자들, 보호관찰국 고위직 공무원들이 패트리샤 코피에게 수시로 확인 전화를 했다. 심각하고 거친 말들이 오갔다. 향기로운 허브와 향신료 냄새로 가득 찼던 로지의 주방은 어느새 협상과 거래의 장소가 되었다.

앨리스와 로지는 새러와 그녀의 신문사를 무시할 수 없었다. 편집장은 특종 기회를 놓치지 않기 위해 안간힘을 썼다. 그들은 다른 매체들이 제니퍼 존스가 네덜란드에 있다는 소문을 믿고 방심하는 사이, 자신들이 알고 있는 진실을 신문 1면에 특종으로 터뜨릴 권리가 있다고 생각했다. '접근 금지 명령'의 위협도 그들에게는 통하지 않았다. 오히려 앨리스 틸리가 인터뷰에 응하지 않으면 스코틀랜드에서 발간하는 자매지에 기사를 터뜨리겠다고 위협했다. 미셸 리빙스턴의 죽음과 몽스그로브에서의 생활, 가석방 뒤의 새로운 생활 이야기를 탐사 형태의 기사로 보도하고 이를 묶어 책으로 출간하겠다는 것이 그들의 계획이었다. 앨리스가 인터뷰에 응해 자신의 이야기를 털어놓으면, 앨리스로 바꾼 이름과 소재지는 폭로하지 않겠다는 협

상안을 제시했다.

"언론이 관심을 쏟는 이유는 현재 제니퍼가 사라졌기 때문이에요. 앨리스와 인터뷰를 하고, 앨리스의 입장에서 모든 걸 쓴다면 궁금증이 풀리겠지요. 그러면 다른 언론사들도 단념할 테고요."

새러 라이트는 로지와 질을 번갈아 보았다. 고개를 숙인 채 듣고 있던 로지가 얼굴을 들었다. 질 뉴턴은 식탁 위에 벗어놓았던 안경을 다시 썼다.

"지금 모든 신문사들이 특종 경쟁을 하고 있어요. 우리가 단독으로 보도하면 다른 경쟁사들은 앨리스의 이야기에 더 이상 매달리지는 않을 겁니다. 이미 지나간 뉴스가 될 테니까요."

새러는 두 사람을 흘끗 쳐다보며 손톱으로 얇은 노트북을 두드렸다. 로지와 질은 몹시 지쳐 보였다. 로지는 계속 귀고리를 만지작거렸다. 질도 눈을 지그시 감은 채 입을 꾹 다물었다. 무거운 침묵이 흘렀다. 새러가 두드리는 자판 소리가 신경을 자극했다. 앨리스는 잠시 망설이다 입을 뗐다.

"인터뷰, 할게요. 대신 딱 한 번이에요. 그다음엔 제발 우리를 잊어주세요. 다시는 찾아오지 마세요."

새러 라이트가 고개를 끄덕였다. 인터뷰 날짜는 앨리스가 프랭키의 집에서 돌아온 다음 주 토요일로 잡혔다. 런던 중심부의 한 호텔에서 새러, 앨리스, 로지 세 사람만 참석하는 것으로 합의를 했다. 기사는 그로부터 일주일 후쯤 실릴 예정이었다.

'그러면 정말 끝날까? 정말 마지막일까?'

누구도 알 수 없는 일이었다.

앨리스가 생각에 잠겨 있을 때였다. 카랑카랑한 목소리가 앨리스를 흔들었다.

"거기, 두 사람! 들어와서 제스처 게임 하자. 여자 대 남자로!"

소피가 한쪽 다리를 테라스 난간에 걸치곤 덜렁덜렁 흔들었다.

"아이고, 정말 못 말려!"

프랭키가 소피를 흘겨보며 중얼거렸다.

"그렇게 말하지 마! 네 가족들 모두 정말 좋아."

먼저 일어난 앨리스가 손을 내밀어 프랭키를 잡아 일으켰다. 둘은 어둠에 잠긴 테라스를 뒤로 하고 환하게 불이 켜진 집 안으로 들어갔다.

21

한바탕 신나게 게임을 한 뒤 앨리스는 침대에 누웠다. 어둠에 잠긴 집은 사방이 고요했다. 낯선 곳이라 그런지 쉽게 잠들지 못했다. 고단한 데다 저녁식사에 곁들인 와인 때문에 약간 어지럽기도 했다. 눈을 감고 있어도 의식은 점점 더 명료해졌다. 지난 일들이 머릿속에서 섬광처럼 지나갔다. 지난 몇 년간 단 한 번도 입에 올리지 않았던 버윅 워터스 사건! 새러와 인터뷰를 하는 동안 되새김질해야 할 그때의 일들이 심장을 짓눌렀다.

고요한 어둠을 타고 다락방 쪽에서 계단을 내려오는 소리가 들렸다. 프랭키가 입술에 손가락을 댄 채 조심스럽게 방으로 들어왔다. 앨리스는 몸을 일으켜 베개를 등에 받치고 앉았다. 프랭키가 침대에 걸터앉아 부드럽게 키스했다. 그리고 앨리스의 어깨를 눌러 침대에 눕혔다.

"난 네가 좀 더 기다릴 거라고 생각했는데!"

프랭키의 손이 잠옷 위에서 앨리스의 몸을 부드럽게 쓸어내리다 가슴 근처에서 멈추었다.

"그냥 잘 자라는 인사를 하려고 내려온 거야."

"그래? 그럼, 얼른 가서 잘 자!"

앨리스가 손을 치우며 쏘아붙였다. 프랭키는 아랑곳하지 않고 그녀의 가슴에 머리를 대고 누웠다.

"우리 가족 모두 널 좋아하고 있어. 척 보면 안다니까."

프랭키의 목소리는 잠에 취한 사람처럼 풀려 있었다.

"이제 막 만났는데 뭘. 가족들은 나를 잘 모르잖아."

앨리스는 가슴 위에 얹은 프랭키의 머리를 부드럽게 쓸어주었다. 어린애처럼 누운 모습이 왠지 가여웠다.

"뭘 더 알아야 하는데?"

앨리스는 갑자기 숨이 가빠졌다.

"자기도 날 모르긴 마찬가지야. 내 인생, 내가 더 어렸을 때, 아이였을 때 어떻게 살았는지……."

"그 이야기는 한 번도 안 했잖아."

"만약에……."

앨리스는 성급하게 올라오는 단어들을 억지로 삼켰다. 어디에 숨어 있었는지 낯선 말들이 스멀스멀 올라왔다.

"만약에…… 내가 어렸을 때 상상할 수 없을 정도로 나쁜 짓을 저

질렀다면 어떻게 할 거야? 지금보다도 훨씬 어렸을 때."

프랭키는 대답이 없었다. 이불 밑에서 손이 움직이고 있었다. 손가락으로 잠옷을 잡아당겼다. 앨리스는 프랭키의 손을 잡아 자신의 얼굴에 갖다댄 뒤 속삭였다.

"프랭키, 만약 과거에 내가 무서운 짓을 저질렀다면. 그래도 넌 여전히 날 원하고 사랑할까?"

목소리가 떨렸다. 프랭키가 고개를 들고 앨리스를 바라보았다. 앨리스의 눈동자는 어둠속에서도 빛이 났다.

"당연한 소리! 난 널 원해. 사랑해, 이 멍청아! 모르겠어?"

프랭키가 거칠게 키스했다. 입술이 닿자 보스스 솜털이 곤두섰다. 앨리스는 온 신경을 집중해 프랭키가 이끄는 대로 따라갔다. 오랜 입맞춤을 끝내자 프랭키가 눈을 비비며 몸을 일으켰다.

"이제 그만 자는 게 좋겠어. 내일 구경 다닐 데가 많거든!"

앨리스는 프랭키가 나간 뒤에야 반듯하게 누웠다. 침대가 텅 빈 것 같았다. 자신도 침대 위에서 흔적 없이 사라질 것 같았다. 눈을 꼭 감고 이불을 머리 위로 끌어당겼다. 그래도 잠은 오지 않았다. 오랫동안 묻어둔 기억들이 기어 나와 어둠을 헤집고 다녔다.

앨리스는 결국 자리에서 일어나 앉았다. 침대 옆에 놓인 작은 램프를 켜고 방을 둘러보았다. 처음 들어왔을 때 아담하고 예뻐 보이던 방이 오히려 화려해 보였다. 벽지, 커튼, 이불보까지 꽃무늬가 넘쳤다. 카펫은 너무 두꺼운 것 같았고, 서랍장도 심하게 번들거렸다. 흰 잠옷은 목과 소매에 레이스가 달려 있을 뿐 단순한 모양이었다. 흰색, 순결을 상징하는 색깔! 그녀는 잠옷을 머리 위로 벗어서 바닥에 던졌다. 알몸으로 누운 채 오랫동안 램프를 바라보다 서서히 잠에 빠져들었다.

들고양이는 오래 머물지 않았다. 야구방망이를 든 채 얼어붙은 소녀와 바위에 얼굴을 묻고 쓰러진 또 다른 소녀를 지켜보던 고양이는 천천히 몸을 돌려 우아한 걸음으로 사라졌다. 어디선가 서늘한 바람이 불어왔다. 제니퍼의 숱 없는 머리카락이 나부꼈다. 이름을 알 수 없는 새가 끽끽 울어대며 찬 공기를 갈랐다.

모든 소리가 잠잠해졌다. 제니퍼는 미셸의 청바지와 분홍색 스웨터, 운동화를 찬찬히 훑어보았다. 진흙 범벅이 된 운동화 한 짝이 묵직해 보였다. 적갈색 머리카락이 사방으로 뻗친 머리 한가운데에 축축하고 진한 얼룩이 보였다. 얼룩은 점점 더 커지면서 붉은 머리털을 적셨다.

"미셸."

제니퍼는 쓰러져 있는 미셸을 불렀다. 그러나 말은 입 안에서만 맴돌았다. 미셸도 대답하지 않았다. 제니퍼는 무릎을 꿇고 주저앉았다.

'내가 무슨 짓을 한 걸까?'

가느다란 울음이 터져 나왔다. 이내 몸속 깊은 곳에서 봇물처럼 울음이 쏟아졌다. 그러나 소리가 쉽게 밖으로 나오지는 않았다. 손에는 여전히 야구방망이가 들려 있었다. 놓치면 안 되는 것처럼 꼭 움켜잡고 있었다. 제니퍼는 천천히 방망이를 살펴보았다. 붉은 얼룩이 끔찍한 모양으로 나뭇결에 스며들어 있었다. 손이 떨렸다.

몸을 돌려 뛰다시피 걸어서 호수로 내려갔다. 풀들이 제니퍼의 키만큼 높이 자라 있었다. 풀숲에 들어가 최대한 멀리 팔을 뻗어서 야구방망이를 내려놓았다. 제니퍼는 그 자리에 서서 잠시 망설였다. 그러다 주춤주춤 뒤로 물러섰다. 금방 물 위로 올라온 사람처럼 다급하게 숨을 몰아쉬었다.

호수의 물 위로 눈부신 햇살이 쏟아졌다. 제니퍼는 손으로 햇살을 가리고 건너편 풀밭을 보았다. 군데군데 사람들이 보였다. 개 몇 마리가 사람들 주위를 어슬렁거렸다. 거리가 멀어서 그들이 누구인지, 아이인지 어른인지, 알아볼 수 없었다.

제니퍼는 뒷걸음질치듯 호숫가를 벗어나 숲으로 들어섰다. 무엇인가 발에 걸렸다. 얼른 나뭇가지를 잡았다. 뒤로 물러서서 발밑을 살폈다. 아무것도 보이지 않았다. 물가에 사는 쥐였거나 그 비슷한 것일 수도 있었다. 제니퍼는 마음을 다잡고 나무와 덤불 사이를 지나 미셸이 쓰러져 있는 곳으로 돌아왔다.

미셸은 뻗친 곱슬머리에 축축하고 끈적이는 적갈색 얼룩을 묻힌 채 바위에 얼굴을 박고 있었다. 얼룩은 마치 물엿 같았다.

"안 돼, 안 돼, 안 돼……."

제니퍼는 주먹을 움켜쥔 채 울부짖었다. 이가 딱딱 소리를 내며 부딪쳤다. 저만치 앞에 깡통 상자를 뽑아낸 구덩이가 보였다. 상자를 꺼내느라 던져놓은 나뭇가지들이 사방에 흩어져 있었다. 제니퍼는 미셸과 구덩이를 번갈아 쳐다보았다. 그러고는 벌떡거리는 가슴을 달래며 미셸을 향해 걸어갔다. 발이 허공을 떠도는 것 같았다.

제니퍼는 미셸의 한쪽 어깨를 당겨서 반듯하게 눕혔다. 부스스한 적갈색 머리에 덮여 있던 창백한 얼굴이 드러났다. 반쯤 감긴 눈이 제니퍼를 노려보는 듯했다. 제니퍼는 미셸의 얼굴을 제대로 쳐다보지도 못하고 뒤로 물러섰다. 심장이 멈춘 것처럼 가슴이 잠잠했다. 제니퍼는 갈비뼈 위에 손바닥을 올리고 가만히 서 있었다. 움직이는 모든 것들이 그 자리에 멈춰버린 것 같았다.

제니퍼는 천천히 미셸에게 다가가 몸을 숙였다. 친구의 얼굴에서 눈을 돌린 채, 양손을 겨드랑이 밑에 넣어 끌어당겼다. 버셸 형제의 아지트 앞까지 몇 번을 반복해서 당겼다. 제니퍼는 미셸의 양팔을 힘껏 당겨 구덩이에 밀어넣었다. 구덩이는 생각보다 깊지 않았다. 사방에 흩어진 나뭇가지를 주워 미셸 위에 가지런히 놓았다.

구덩이 주변에 상자에서 꺼내 던져놓은 물건들이 어지럽게 흩어져 있었다. 침낭과 밧줄, 통조림 같은 잡다한 물건들 틈에서 쌓아놓은 나뭇가지 더미가 도드라져 보였다. 제니퍼는 물건을 전부 모아서 덤불 밑으로 밀어넣었다. 빈 깡통 상자는 물가로 끌고 가서 호수에 던져버렸다. 서서히 물이 차오르던 상자는 금세 물에 가라앉았다.

제니퍼는 친구가 있는 쪽을 차마 돌아볼 수 없었다. 수풀로 들어가

성큼성큼 걷기 시작했다. 하염없이 눈물이 흘렀다. 어깨가 떨리고 가슴이 들썩였다. 오솔길을 따라 호수를 한 바퀴 빙 돌았다. 꽤 오랜 시간을 걸었지만 아무도 마주치지 않았다. 제니퍼는 눈물범벅인 채로 호수를 벗어났다.

숲과 호수를 뒤로 하고 집까지 단숨에 달렸다. 숨이 차올라 가슴이 터질 듯 조였다. 루시가 미셸의 집 마당에서 그네를 타고 있었다. 앞뒤로 천천히 움직이더니 지루한 듯 발을 흔들었다. 제니퍼는 곧장 루시에게 다가가 어깨를 잡았다. 루시의 원피스는 여전히 축축했다. 이를 부딪치며 덜덜 떨고 있었다.

"집에 아무도 없어."

루시가 풀 죽은 목소리로 말했다. 제니퍼는 울타리를 폴짝 뛰어넘어서 집으로 갔다. 문 앞에 서자 비로소 사진 촬영 생각이 났다. 코티스 씨와 카메라와 조명등, 손가방이나 바퀴 달린 가방이 보이지 않았다. 복도는 텅 비었고, 아무것도 없었다. 시계는 3시를 가리키고 있었다.

"엄마?"

계단 위에 대고 소리쳐 불렀지만 대답이 없었다. 제니퍼는 루시를 집으로 데려와 욕실로 들어갔다. 욕조에 뜨거운 물을 받아 루시의 머리를 감기고 몸을 씻겼다. 딸을 씻기며 부산을 떠는 엄마가 된 기분이었다. 제니퍼는 루시에게 맞을 만한 옷을 찾아왔다. 그런 다음 따뜻한 물로 풀물이 밴 손을 씻고 세수를 했다.

"미셸은 어디 있어?"

루시가 욕조에서 나와 큰 수건을 몸에 감다 말고 불쑥 물었다.

"말다툼을 했는데, 그냥 가버렸어."

제니퍼는 옷을 대충 갈아입고 주방으로 내려와 차와 토스트를 준비했다. 루시는 자기 몫의 토스트를 맛있게 먹었다. 제니퍼는 앞에 놓인 자기 접시에 손도 대지 못했다. 루시는 토스트를 먹으면서 엄마와 오빠들에 대해 끊임없이 재잘댔다. 제니퍼의 관심 따위는 상관하지 않았다. 제니퍼가 루시의 말을 끊었다.

"있지, 오늘 있었던 일은 아무에게도 말하지 않는 게 좋겠어. 네가 호수에 빠진 것 말이야……."

루시는 빵을 입에 문 채 생쥐 같은 얼굴로 제니퍼를 빤히 쳐다보았다.

"나와 미셸은 너를 돌볼 책임이 있기 때문에, 네가 호수에 빠졌다는 것이 알려지면 우리 둘 다 곤란해질 거야. 너희 엄마가 다시는 우리랑 못 놀게 할지도 몰라."

루시는 고개를 갸웃거리다 이내 끄덕였다.

"그리고…… 우리가 호수에 올라갔다는 말은 아예 하지 않는 것이 좋겠어. 리빙스턴 부인이 호수에 미셸 혼자 못 가게 하는 건 너도 알지? 부인은 틀림없이 내 탓을 할 거야. 혹시 너한테도 그러실지 몰라. 그건 너도 싫지?"

루시가 의아한 얼굴로 제니퍼를 쳐다보았다.

"그러니까 우리는 공원에 갔다고 말하는 거야. 너는 넘어져서 원피스를 더럽힌 거라고 해. 미셸은 화가 나서 가버린 거고. 내가 너를 데려와서 옷을 갈아입힌 거야. 그렇게만 말하면 돼."

제니퍼는 루시와 함께 텔레비전을 보았다. 긴장한 어깨가 조금 풀리는 것 같았다. 텔레비전 화면에 시선을 고정했다. 텔레비전에서 흘러나오는 소리에, 가사에, 멜로디에 집중했다. 제니퍼는 그림처럼 떠오르는 생각들을 밀어내기 위해 애를 썼다.

초인종이 울렸다. 루시는 텔레비전에 빠져 고개도 들지 않았다. 제니퍼는 창문으로 다가가 밖을 내다보았다. 현관에 서 있는 리빙스턴 부인을 보자 가슴이 덜컥 내려앉았다. 그녀의 붉은 곱슬머리가 바람에 흩날렸다. 부인은 초인종을 누른 후, 문에 뚫린 우편함으로 소리를 질렀다.

"제니퍼! 미셸!"

제니퍼는 휘청거리는 다리로 간신히 걸어가 현관문을 열었다.

"이제 돌아왔단다. 스티비와 조는 병원에 두고 왔어. 거기서 밤을 보내고 내일 전철을 타고 돌아올 거야. 루시와 미셸은 안에 있니?"

제니퍼는 문을 꽉 잡았다. 그리고 시무룩한 표정으로 말했다.

"루시는 있는데, 미셸은 여기 없어요. 공원에서 저랑 싸우고 가버렸어요."

"저런! 그래도 곧 화해할 수 있을 거야. 곧 집으로 돌아오겠지. 가자, 루시! 가서 간식을 만들자."

루시는 리빙스턴 부인의 뒤를 터벅터벅 따라갔다. 리빙스턴 부인이 원피스에 대해 묻는 소리가 들렸다. 제니퍼는 문을 닫고 들어와 한동안 벽에 이마를 댄 채 서 있었다. 부인이 다시 돌아와 사실을 밝히라고 다그칠 것 같았다. 제니퍼는 2층 방으로 뛰어 올라갔다. 침대에 앉아서 옷상자를 옆에 놓고, 메이시를 무릎에 올렸다.

6시가 다 되어갈 무렵 엄마가 돌아왔다. 현관문이 "쾅!" 하며 닫혔다. 제니퍼는 자신도 모르게 몸을 떨었다. 엄마가 부르는 소리가 점점 가까워졌다. 두 번, 세 번……. 방문들이 열렸다 닫히는 소리가 났다. 마침내 엄마가 고개를 디밀었다.

"제니퍼, 여기 있었구나! 리빙스턴 부인이 너와 잠시 이야기를 하고 싶다는구나. 미셸이 아직도 돌아오지 않았대."

제니퍼는 엄마의 얼굴을 뚫어지게 쳐다보았다. 밖에서 좋은 일이 있었는지 웃는 얼굴이었다. 저렇게 웃고 있는 엄마라면 무슨 일이 있었는지 말해도 될 것 같았다. 사고라고, 일종의 사고였다고 말할 수도 있을 것 같았다. 그렇게 할 의도는 정말 없었다고. 엄마니까 다 이해할 수 있을 테고, 다른 사람들에게도 잘 설명해줄 수 있을 것 같았다. 제니퍼가 입을 떼려는 순간, 엄마가 교복이 든 쇼핑백을 가리켰다.

"아무튼 엄마는 오늘 너한테 화가 났어. 코티스 씨가 한 시간 넘게 기다렸어. 얼마나 화가 났는지 아니? 미셸과 노느라 약속은 까맣게 잊고!"

제니퍼는 온몸에서 바람이 빠져나가는 것 같았다. 손가락이 제대로 움직이지 않았다. 엄마에게 아무 말도 할 수 없을 것 같았다.

"미셸이 어디 있는지는 나도 몰라."

제니퍼는 메이시를 내려다보며 엄마의 시선을 피했다.

"리빙스턴 부인은 오늘 아침부터 미셸을 못 봤다던데. 경찰서에 신고를 했대. 네가 같이 가주었으면 하던데."

경찰서! 제니퍼는 갑자기 사방이 팽글팽글 도는 것 같았다. 바닥을 딛고 선 다리가 힘을 잃고 사정없이 후들거렸다.

앨리스는 잠결에 누군가 어깨를 잡는 손길을 느꼈다. 소피가 침대 옆에 서 있었다. 방 안에는 이미 환한 햇살이 들어왔다. 소피는 파자마 위에 분홍색 가운을 걸치고 허리띠를 찬 차림이었다.

"차를 가져왔는데."

소피는 침대 옆 탁자에 놓인 찻잔을 가리켰다. 그리고 바닥에 떨어진 흰 잠옷을 집어들었다. 앨리스는 황급히 소피의 손에 든 잠옷을 당겼다.

"밤에 정말 더웠거든. 잠결에 잠옷을 벗어버렸나 봐."

소피는 손가락으로 안경을 올리면서 말했다.

"엄마가 나한테도 그런 걸 사줬거든요. 나도 별로 마음에 들지 않았어요. 말하지 않을 테니까 걱정 말아요."

소피는 침대 모서리에 앉아서, 앨리스가 차를 마시는 것을 지켜보았다.

22

　다음 날 프랭키와 앨리스는 근처 구릉지로 산책을 나섰다. 프랭키
는 배낭에 음식과 음료수를 담고 자외선 차단제까지 챙겼다. 젠이 둘
을 브라이튼 외곽의 작은 마을까지 태워다주었다. 두 사람은 구릉지
를 한 바퀴 돌아오기로 했다.

　"5시에 다시 데리러 올게."

　차가 출발하려고 하자 조수석에 앉아 있던 소피가 뾰로통한 표정
으로 손을 흔들었다. 소피는 집을 나설 때부터 두 사람을 따라가겠다
고 졸랐다.

　"안 돼!"

　프랭키는 단호하게 말했다. 산책은 프랭키의 제안이었다. 그는 어
떻게든 집에서 나오고 싶어 했다. 앨리스를 사이에 두고 법석을 떠
는 어머니와 동생한테서 벗어나고 싶었다. 앨리스도 제안을 거절하

지 않았다. 소피와 젠을 좋아하긴 했지만, 계속 즐거운 표정을 지으며 쾌활하게 떠들어야 하는 것이 부담스러웠다. 프랭키와 단 둘이 있으면 조용히 침묵에 빠져 긴장이 풀릴 것 같았다.

걷기 시작하자마자 프랭키는 날이 덥다는 둥, 배낭이 무겁다는 둥 연신 투덜댔다. 앨리스의 걸음이 빠르다고 불평을 하기도 했다. 앨리스는 지도를 보면서 적당한 오솔길을 찾아냈다. 산책로에는 갈림길마다 노란 화살표가 붙어 있어 방향을 잡기 쉬웠다. 앨리스가 돌아볼 때마다 프랭키는 점점 더 멀어지고 있었다.

둘은 가파른 비탈길을 올라가 그늘진 숲으로 들어갔다. 두어 시간 뒤, 마침내 코스의 중간 지점에 도달했다. 앨리스는 잔디가 깔린 둔덕에서 앉아 잠시 휴식을 취했다. 뒤늦게 도착한 프랭키가 앨리스 옆에 털썩 주저앉았다.

"대체 왜 그래?"

프랭키는 대답 대신 어깨를 으쓱하더니 배낭에서 물을 꺼냈다.

"나와 함께 있는 게 싫증난 거야? 나, 집에 돌아갈까?"

프랭키가 놀란 표정으로 앨리스를 당겨 안았다. 그리고 앨리스의 가슴에 머리를 묻고 나직하게 말했다.

"아니, 아니야! 앨리스, 사랑해."

"그럼 뭐가 문제야? 왜 하루 종일 툴툴대는 거야?"

"네가 다른 대학에 간다고 생각하면 참을 수가 없어. 너를 잃어버릴 것 같거든."

앨리스는 풀밭에 누워 하늘을 보았다. 가슴 위로 올라온 프랭키의 머리가 묵직했다. 프랭키가 그녀의 다리를 천천히 쓰다듬었다. 앨리스는 그의 어깨를 한 팔로 감쌌다. 긴장했는지 어깨가 딱딱하게 굳어 있었다.

앨리스는 프랭키의 집에서 두어 번 학교 이야기를 했다. 10월이면 프랭키는 크로이던으로 돌아가서 마지막 학년을 다닐 예정이었다. 그때쯤이면 앨리스는 브라이튼 외곽의 서섹스에서 대학을 다니고 있을 터였다. 두 사람 사이의 거리는 70킬로미터에 불과했지만 프랭키는 마치 앨리스가 외국 유학이라도 떠나는 것처럼 불안해했다. 프랭키는 앨리스가 그의 학교에서 함께 공부하기를 바랐다. 심지어 한 아파트에서 같이 살자는 제안까지 했다. 그렇게 하면 절약할 수 있는 비용에 대해서도 말했다. 그러나 진짜 목적은 돈이 아니라는 걸 앨리스는 잘 알고 있었다. 프랭키는 그녀와 가까이 있고 싶고, 그녀가 자기 연인이라는 것을 확인하고 싶어 했다.

앨리스가 집에 온 뒤로 프랭키는 그녀에게 더 집착했다. 가능하면 가까이 앉아 어떤 식으로든 그녀의 몸을 만지려 들었다. 마치 앨리스가 곧 짐을 싸서 영원히 떠날 사람인 것처럼 안달했다. 어딘가 불안해 보이기도 했다. 그의 기숙사나 로지의 집에서 긴장하는 앨리스를 비웃던 프랭키였다. 그런데 이제는 오히려 그가 더 긴장했다. 소피가 계단을 올라오는 소리나 엄마의 작은 기척에도 귀를 기울였다.

지난밤에도 프랭키는 가족 모두 잠든 틈을 타서 앨리스의 방으로 건너왔다. 키스를 한 뒤 한참 동안 그녀의 몸을 더듬었다. 앨리스가 흰 잠옷을 벗고 알몸으로 프랭키 앞에 앉았다. 앨리스는 준비가 되어 있었다. 아니 간절히 그를 원했다. 그러나 프랭키는 이불로 그녀를 감싼 뒤 조심스럽게 눕혔다. 그러더니 앨리스 곁에 누워 깜빡 졸았다. 그러다 정신을 차리고는 깜짝 놀라 그의 방으로 돌아갔다.

"학교를 바꿀 수 있는 시간은 아직 충분해. 그렇게 어려운 일이 아니야. 대학에 전화해서 역사학과에 대해 물어봐. 이미 시험 성적을 갖고 있으니까, 막 졸업한 애들보다 앞서 있는 셈이잖아."

"난 벌써 서섹스에서 입학 허가를 받았어. 너는 1년 후면 학부 과정이 끝나잖아. 그러면 학교를 옮긴다 해도 결국 난 혼자 남는 거지."

"하지만 내가 그 부근에서 취직을 하면 우리는 계속 같이 지낼 수 있어. 네가 대학을 졸업하면 어디든 함께 여행을 가자. 중동이나 인도로. 어디든지 갈 수 있어."

"난 서섹스의 학부 과정이 마음에 들어. 네가 다니는 학교는 잘 몰라."

"그건 지금부터 얼마든지 알아볼 수 있어."

프랭키의 설득에 앨리스는 조금씩 흔들리기 시작했다. 그녀가 대학을 바꾸는 것이 프랭키를 행복하게 해주는 일이라면, 기꺼이 할 수 있었다. 로지가 내키지 않아 한다면 설득도 가능했다. 프랭키가 얼마나 마음을 쓰는지 안다면 로지도 허락할 터였다. 질 뉴턴과 패트리샤 코피한테는 물어봐야겠지만 특별히 문제될 것은 없었다. 가장 걸리는 건 신문사가 과연 그녀의 신분을 덮어줄 것인가, 그것이 문제였다. 모든 것이 신문기사에 달려 있는 셈이었다. 앨리스가 섣불리 결정할 수 있는 문제는 아니었다.

"굳이 지금 대답할 필요는 없어."

프랭키가 등을 돌린 채 말했다. 그녀의 침묵을 싫다는 뜻으로 받아들인 모양이었다. 앨리스는 한숨을 쉬었다. 아이처럼 보채는 프랭키를 어떻게 달래야 좋을지 몰랐다. 프랭키가 샐쭉한 표정으로 말을 이었다.

"나와 떨어져 지내고 싶은 거지? 새로운 사람들 틈에서 신선하게 시작하고 싶은 거야. 그렇지? 나처럼 조르지 않고 잘 기다려줄 수 있는 사람을 만나고 싶을 테고."

"그렇지 않아……."

"그러면 왜 내가 다니는 대학으로 오지 않고 다른 학교로 가는 거냐고! 내가 무리한 요구를 하는 거야?"

앨리스는 할 말을 잃은 채 한동안 프랭키를 쳐다보았다. 사실이었다. 그것은 무리한 요구였다. 앨리스는 오래전부터 여러 가지 계획을 세워 하나씩 실천하는 중이었다. 서섹스의 역사학과에서 학사 과정을 이수하기 위해 이미 1년 전에 준비를 마친 상태였다. 앨리스는 자리에서 일어나 뻣뻣해진 다리를 주물렀다.

"난 계속 걸을래. 같이 갈 거야?"

프랭키는 못 들은 척 먼 곳을 쳐다보았다. 앨리스는 그에게 지도를 던져주고는 다시 걷기 시작했다. 나침반과 화살표가 그려진 지표들을 길잡이 삼아 한 시간 넘게 걸었다. 걸음이 점점 더 빨라졌다.

앨리스는 이번 여행을 위해 처음으로 콘돔을 챙겼다. 지난밤에도 그녀는 침대에서 프랭키를 기다렸다. 그를 받아들일 마음의 준비가 되어 있었다. 프랭키가 그토록 원하던 일을 기쁜 마음으로 함께하고 싶었다. 그러나 피한 쪽은 오히려 프랭키였다.

'자기가 피해놓고선 왜 자꾸 툴툴대는 거야?'

앨리스는 뒤도 돌아보지 않고 앞으로 걸었다. 저 멀리 큰 나무가 보였다. 가지들이 얽혀서 풀밭에 그늘을 만들고 있었다. 앨리스는 서둘러 그늘로 걸음을 옮겼다. 갈증이 나고 배도 고팠다. 하지만 물과 간식이 모두 프랭키에게 있었다.

'어디까지 온 거야?'

앨리스는 걸어온 길 쪽을 슬쩍 돌아보았지만, 프랭키는 보이지 않았다. 앨리스는 풀밭에 누웠다. 한 팔로 머리를 괴고 눈을 감았다. 사람들과 가까워져서 그들을 사랑하기 시작하면 반드시 실망이 뒤따랐다. 다시 미셸 리빙스턴에 대한 기억이 머릿속을 헤집었다.

산들바람에 나뭇잎이 흔들렸다. 앨리스는 눈을 떴다. 큰 가지들 사이로 하늘이 보였다. 미셸의 얼굴이 나뭇가지와 함께 흔들리고 있었다.

제니퍼는 미셸의 집 거실에서 여자 경찰관 두 사람을 만났다. 둘이 공원에서 놀다가 싸웠다고 설명했다. 사람들은 제니퍼에게 제각각 다른 질문을 퍼부었다. 제니퍼는 답답하다는 듯 양손을 앞으로 내밀면서 미셸이 그냥 가버렸다고 거듭 말했다. 제니퍼는 한참 만에 그들 사이에서 벗어날 수 있었다.

제니퍼는 주방에서 엄마와 리빙스턴 부인의 대화를 들었다. 경찰이 집집마다 조사를 했고, 지역 주민들이 수색을 돕고 있다고 했다. 리빙스턴 부인은 다소 불안한 목소리로 어디 차고나 헛간 같은 데 갇혔을지도 모른다고 연신 중얼거렸다. 엄마는 새 친구와 함께 있을지도 모르니 안심하라고 부인을 위로했다. 리빙스턴 씨도 비슷한 말로 엄마의 이야기를 거들었다. 듣고 있던 루시가 속삭였다.

"미셸에게 무슨 일이 있어?"

"나도 몰라."

냄비와 프라이팬이 보기 좋게 매달린 미셸네 주방에 한참 앉아 있었다. 제니퍼는 악몽에서 깨어난 기분이었다. 모른다고 대답했던 일들이 정말 모르는 일처럼 느껴졌다. 미셸이 길을 잃었거나, 새 친구와 노느라 시간을 잊었을 거라는 어른들의 이야기가 사실 같았다. 문을 두드리는 소리가 날 때마다 제니퍼는 미셸이 아닐까 기대하면서 고개를 돌렸다. 붉은색 머리카락의 미셸이 주방으로 불쑥 뛰어 들어와서, 웬 난리냐며 웃을 것만 같았다. 그러나 미셸은 들어오지 않았다.

날이 어두워지면서 분위기가 점점 험악해지기 시작했다. 제니퍼는 엄마와 함께 집으로 돌아왔다.

"네 침대에 가 있으렴."

제니퍼는 낮에 입었던 옷차림 그대로 침대에 누웠다. 아래층에서 계속 시끄러운 소리가 들렸다. 제니퍼는 살그머니 방에서 나와 아래층을 내려다보았다. 엄마가 코티스 씨에게 목소리를 한껏 낮춰 말했다.

"여자애가 실종됐어요."

코티스 씨가 조용히 밖으로 나갔다. 제니퍼는 코티스 씨가 어두운 밤 속으로 들어가는 광경을 떠올렸다. 변화무쌍한 그의 안경알이 어둠에 무사히 적응할 수 있을지 궁금했다.

제니퍼는 다시 침대로 갔다. 이불을 덮고 누워서 눈을 감았다. 차문이 닫히는 소리, 사람들의 말소리가 연달아 들렸다. 소리가 귓가에서 점점 멀어지는 것 같더니 슬그머니 잠에 빠져들었다. 선잠을 비집고 무서운 꿈이 소용돌이쳤다.

바로 앞에 들고양이가 앉아 노려보았다. 침대 끝에 앉은 고양이가 가랑가랑 소리를 내며 털을 골랐다. 제니퍼는 공포에 휩싸여 고양이를 쫓기 위해 팔을 휘저었다. 고양이가 달아나기도 전에 다시 칠흑같이 까만 어둠에 빠져들었다.

눈을 뜨자 차가운 새벽빛이 창문을 넘어오고 있었다. 어둠이 물러난 방이 서서히 밝아졌다. 아침 6시. 새로운 하루가 시작되었다. 특별할 것 없는 맹숭맹숭한 하루가 눈앞에 있었다. 제니퍼는 자리에서 일어났다. 옷을 입고 잔 탓인지 몸이 뻣뻣했다. 계단 앞으로 나가자 엄마의 코 고는 소리가 들렸다. 거실 창밖으로 길에 서 있는 경찰차가 보였다. 그것만 아니면 사방이 고요했다. 아무도 없었다.

텔레비전을 켰다. 리포터가 버윅에서 열 살 소녀가 실종되었다고 보도했다. 밝은색 립스틱에 사탕 모양의 귀고리를 달았지만 리포터의 표정은 심각했다. 리포터는 전단지를 가리켰다. '이 아이를 보셨나요?'라고 적힌 종이가 바람에 펄럭였다.

화면이 바뀌면서 호수가 나타났다. 소녀가 물에 빠졌을지도 모를 일이라 다이버들이 호수를 수색하는 중이라는 보도가 이어졌다. 제니퍼는 화면에 눈을 고정한 채 숨을 가다듬었다. 잔잔하고 검은 호수, 한때는 들판과 주택들이 있었던 곳. 그러나 지금은 모든 것이 물에 잠겨 있었다. 심지어 고양이 시체까지 안고 있었다.

한낮이 되자 상황이 달라지기 시작했다. 누군가 거칠게 현관문을 두드렸다. 제니퍼는 소스라치게 놀랐다. 초인종을 누르지 않고 계속 문을 두들겼다.

"나가요, 나간다구요!"

엄마가 실내화를 끌고 나가면서 소리쳤다.

날카로운 목소리, 추궁하듯 몰아붙이는 말들이 오갔다. 그리고 다급한 발소리가 들렸다. 앨리스는 등 근육이 점점 뻣뻣해지는 것을 느꼈다. 발소리가 점점 가까워졌다. 가슴이 철렁 내려앉았다. 어깨가 잔뜩 움츠러들었다. 거실 문이 활짝 열렸다. 텔레비전 화면에 사람들의 그림자가 어른거렸다.

"제니퍼 존스, 우리와 함께 가야겠다. 지금 당장!"

제니퍼는 마침내 마음을 놓았다. 루시 버셀이 사람들에게 모든 걸 말한 것이 분명했다. 그들은 하나같이 제니퍼에게 화를 냈다. 루시가 호수를 떠난 뒤 무슨 일이 있었는지 물었다. 묻는 말에 대답을 하고 싶었지만, 제니퍼가 입도 떼기도 전에 그녀를 둘러싼 사람들이 다그치듯 또 다른 질문을 퍼부었다.

"왜 거짓말을 했지?"

"거기서 무슨 일이 있었지?"

"미셸은 어디 있지?"

쏟아지는 질문의 폭포 속에서 제니퍼가 할 수 있는 일은 그저 고개를 끄덕이는 것밖에 없었다. 정말 고개만 끄덕였다.

리빙스턴 부인의 얼굴이 눈앞에 다가왔다. 하얗게 질려 있었다. 그녀는 남편의 어깨에 매달렸다. 제니퍼는 말하고 싶었다.

'미셸은 죽었어요. 그 애가 어디 있는지 알아요!'

한 무리의 사람들이 경찰차에 함께 탔다. 제니퍼와 루시, 남녀 경찰관 한 명씩. 미셸의 엄마 아빠가 다른 차를 타고 따라왔다. 엄마가 혼란스러운 표정으로 집 앞에서 서성거렸다. 차가 천천히 도로를 빠져나가기 시작했다. 엄마는 제니퍼와 함께 가지 않았다. 제니퍼는 뒤쪽 창으로 밖을 내다보았다. 엄마가 점점 더 멀어졌다.

옆에 앉은 루시가 끊임없이 조잘댔다. 셋이서 무슨 짓을 했는지, 자기가 왜 물에 빠졌는지, 물에 빠졌을 때 제니퍼가 어떻게 구해주었는지 쉬지 않고 말했다.

"네가 말해봐, 제니퍼. 정말 그런 일이 있었던 거니?"

제니퍼는 점점 멀어지는 엄마를 보다가 여경의 말에 고개를 돌렸다. 그러나 대답을 할 수 없었다. 딱딱하게 굳은 혀가 도무지 움직이질 않았다.

경찰차는 곧 호수 주차장에 도착했다. 리빙스턴 부부도 뒤따라 도착했다. 방수 재킷과 초록색 바지 차림의 공원 관리인이 그들을 기다리고 있었다. 그는 경찰관에게 고개를 끄덕이면서 지프차를 가리켰다.

경관이 차에 타려는 리빙스턴 부부를 말리며 여경과 함께 주차장에서 기다리라고 말했다. 경관과 리빙스턴 부부 사이에 고성이 오갔다. 리빙스턴 부인은 하룻밤새 피부가 누렇게 떴고, 핏기 없는 입술은 새파래졌다. 생기가 도는 곳은 눈뿐이었다. 그녀의 검고 격렬한 눈이 경관과 관리인을 좇다가 마침내 제니퍼에게 꽂혔다. 제니퍼는 피하지 않고 그녀를 빤히 쳐다보았다.

다른 경찰차가 주차장에 들어왔다. 경관들이 구급차와 의료진에게 상황을 설명하고 미셸의 부모를 데려갔다. 제니퍼와 루시, 경찰관, 공원 관리인이 지프에 올랐다. 차는 천천히 도로를 빠져나와 울퉁불퉁한 흙길로 접어들었다. 차는 곧 호수 주변을 지나갔다. 갈림길에서 모두 내려 숲길로 걸어 올라갔다. 공원 관리인이 '통행금지'에 '일반인 접근 금지'라 들어갈 수 없는 곳이라고 계속 투덜댔다. 루시가 앞장서고 사람들이 한 줄로 서서 그 뒤를 따랐다. 공원 관리인도 '구급상자'라고 적힌 작은 통을 들고 따라왔다.

그 순간 제니퍼는 그들이 오해하고 있다는 사실을 깨달았다. 루시가 오빠들의 아지트에 대해 이야기하자 사람들은 오두막이나 텐트, 동굴처럼 적당한 피난처를 연상한 것이 분명했다. 그들은 미셸이 살아 있을 거라고 믿는 것이 틀림없었다. 제니퍼는 다리에 힘이 풀려 걸음을 멈추었다.

"어서 가자, 제니퍼!"

경관이 채찍을 휘두르듯 매몰차게 말했다. 제니퍼는 루시를 따라 다시 걸었다. 숲에 이르자 제니퍼는 걷는 속도를 늦추었다. 다리가 제멋대로 허우적거렸다. 사람들은 루시가 가리키는 대로 방향을 잡았다. 덤불을 헤치고 앞으로 나아갔다. 잔가지와 마른 풀이 밟혔다. 덤불을 벗어나자 갑자기 앞이 탁 트였다. 모두 방향감각을 잃고 물가에 서 있었다.

"여기가 어딥니까?"

"배출구입니다. 호수 수위가 높아질 경우, 여기서 물을 방출하지요."

경관의 질문에 공원 관리인이 대답했다. 제니퍼는 더 이상 그들의 대화가 들리지 않았다. 구덩이를 덮은 나뭇가지들을 빤히 쳐다보았다. 생각했던 것보다 훨씬 엉성하게 덮여 있었다.

"아지트가 어디 있지, 루시?"

"저기, 나뭇가지들이 쌓여 있는 곳이요."

루시가 구덩이 쪽을 가리키자 사람들은 하나같이 실망한 표정이었다. 제니퍼는 사람들이 자신과 똑같은 표정으로 변한 것을 보고 하마터면 웃음을 터뜨릴 뻔했다. 경관이 성큼성큼 나뭇더미 쪽으로 다가갔다. 제니퍼는 숨이 멎을 것 같았다.

"그냥 구덩이인데."

경관이 당황스러운 표정으로 말했다. 미셸을 발견하지 못한 것 같았다. 나뭇가지 밑에 틀림없이 미셸이 있었다.

"오빠들이 거기에 물건을 두었어요. 언니도 봤잖아. 침낭하고 통조림이랑……."

루시는 전날 구덩이에서 꺼낸 물건들을 찬찬히 읊었다. 경관이 루시의 말을 막았다.

"그런데 미셸은 어디 있지?"

"나뭇가지 아래요."

제니퍼가 쇳소리로 대답했다. 모두 놀란 눈으로 제니퍼를 돌아보았다. 경관은 제니퍼의 말을 심각하게 받아들이지 않았다. 잠시 고개를 젓더니, 발로 나뭇가지 두어 개를 밀어냈다. 제니퍼는 구덩이 앞으로 다가가 천천히 나뭇가지들을 들어냈다.

"미셸은 여기 있어요. 여기 있다구요!"

제니퍼가 악을 썼다. 그러나 구덩이는 텅 비어 있었다. 미셸은 거기 없었다. 축축한 흙에서 호수의 물비린내가 났다.

사람들이 구덩이 주변으로 모여들었다. 제니퍼는 울면서 구덩이를 파헤쳤다. 하지만 분명히 구덩이는 비어 있었다. 제니퍼는 들고양이 이야기를 끌어대며 횡설수설했다.

그때였다. 경관 한 사람이 위쪽 덤불 속에서 분홍색 물체를 발견했다. 그는 별다른 말없이 물체를 확인하기 위해 가까이 다가갔다.

"아, 이럴 수가. 맙소사!"

경관은 걸음을 옮기면서 계속 중얼거렸다. 제니퍼는 고개를 들어 경관을 쳐다보았다. 루시는 이미 그를 따라가고 있었다. 제니퍼는 무전기가 지직대는 소리와 함께 경관의 목소리를 들었다. 제니퍼는 경관이 있는 쪽으로 걸어갔다. 미셸의 분홍 스웨터가 보였다.

"빨리 아이들을 내려보내요. 이걸 보지 못하게 해요!"

경관이 다급하게 소리쳤다. 공원 관리인이 반대편으로 두 아이를 몰아냈다. 하지만 관리인도 이미 정신이 나간 상태였다. 제니퍼는 경관 옆에 서서 차갑게 식어버린 친구의 몸을 내려다보았다.

앨리스는 그늘 아래 앉아서 주변을 둘러보았다. 오솔길은 오르막 길로 이어져 있었다. 몇 킬로미터만 가면 출발 지점인 마을로 돌아갈 수 있을 것 같았다. 거기서 젠을 기다릴 작정이었다. 돌아보니 지나온 풍경이 한눈에 들어왔다.

멀리서 움직이는 형체가 나타났다. 프랭키가 틀림없었다. 그는 옥수수 밭을 지나고 있었다. 높게 자란 옥수수에 비해 프랭키는 아이처럼 작아 보였다. 10분이면 도착할 것 같았다. 앨리스는 일어나서 손을 흔들었다. 잠시 멈칫하더니 프랭키도 손을 흔들었다. 앨리스는 다시 주저앉아 나무에 등을 기댔다. 왠지 마음이 편안해졌다.

프랭키는 환하게 웃으며 앨리스가 앉아 있는 나무 그늘에 도착했다. 그는 앨리스를 보자마자 주먹을 쥐고는 자기 머리를 몇 대 쥐어 박았다.

"미안해, 정말 미안. 용서해줄 거지?"

앨리스를 번쩍 안아 올리며 속삭였다.

"물이 필요해. 목말라 죽겠어."

프랭키는 얼른 배낭을 내려 물병과 담요를 꺼냈다. 앨리스는 담요에 앉아서 물을 마셨다. 찬물이 목젖을 시원하게 식혀주었다. 물병을 내려놓기 무섭게 프랭키가 입을 맞추었다. 부드럽게 시작된 키스는 점점 격렬해졌다. 앨리스는 머리가 빙빙 도는 것 같았다.

프랭키는 그녀를 눕히고 그 위에 자신의 몸을 포갰다. 앨리스는 눈을 감고, 얼굴에 닿는 호흡을 느꼈다. 몸을 움직일 때마다 나뭇잎들이 바스락거렸다. 앨리스는 프랭키의 목에 양팔을 감아 꼭 안았다. 프랭키가 등을 활처럼 굽혀 앨리스를 내려다보았다. 앨리스는 고개를 끄덕였다. 더듬거리며 프랭키가 바지를 내렸다. 앨리스도 청바지와 팬티를 허벅지 아래로 내렸다.

프랭키가 다시 몸 위로 올라오자 배와 다리가 따뜻했다. 프랭키는 잠시 머뭇거리다가 앨리스의 얼굴과 목덜미, 어깨와 입술에 입을 맞추었다. 그리고 몸을 끌어당기는가 싶더니 곧 싱겁게 끝나버렸다. 그녀의 몸 위에 엎어진 프랭키는 방금 등산을 끝낸 사람처럼 숨을 거칠게 몰아쉬었다.

"사랑해."

앨리스는 눈을 감았다. 부드러운 바람이 뺨을 스치고 지나갔다. 나뭇잎이 바스락대며 춤을 추었다. 뜨거운 눈물이 뺨을 타고 흘러내려 귓속으로 들어갔다.

23

다음 날 프랭키와 앨리스는 소피를 데리고 유원지 해변에 나갔다. 구릉지 산책에 데려가지 않은 것을 만회하기 위해서였다. 소피는 앨리스에게 이 옷 저 옷을 보여주며 부산을 떨었다. 계단 맨 아래 칸에 앉아 신문을 뒤적이던 프랭키가 몇 번이고 재촉을 한 뒤에야 준비가 끝났다. 소피는 어설픈 화장까지 한 채 나타났다.

"이게 무슨 냄새야? 아, 소피 너 향수를 뿌렸구나!"

프랭키가 코를 킁킁대면서 소피를 놀렸다. 소피는 얼굴을 붉히면서도 생글생글 웃었다.

세 사람은 함께 버스를 탔다. 소피와 앨리스가 나란히 앉고, 프랭키는 혼자 떨어져 앉았다. 해변에 도착할 때까지 소피는 끊임없이 재잘댔다.

소피는 앨리스와 팔짱을 끼고 해변을 걸었다. 눈을 뜰 수 없을 정도로 햇살이 눈부셨다. 앨리스는 손을 올려 햇볕을 가렸다. 프랭키의 뒷모습이 저만치 보였다. 팔을 흔들며 걷는 걸음걸이가 힘차고 당당해 보였다.

해변을 걸으면서도 소피는 끊임없이 수다를 떨었다.

"내 친구 샬로트가 찰리로 이름을 바꾸었어요. 그런데 찰리가 선생님에게 대들었지 뭐예요. 심지어 담배까지 나왔어요."

프랭키가 끼어들었다.

"별로 좋은 아이가 아닌데. 엄마한테 말해서 그 애랑 만나지 못하게 해야겠는걸?"

"아니야, 찰리는 내 단짝친구야!"

소피가 눈을 흘겼다.

"마음에 담아두지 마. 오빠가 대학에서 만나는 친구들을 네가 봐야 하는데!"

앨리스는 툴툴거리는 소피의 팔을 쓸어주며 달랬다. 소피가 앨리스의 귀에 속삭였다.

"난 오빠 말고 언니가 있으면 좋겠어!"

놀이기구를 탄 뒤 셋은 피시 앤 칩스를 먹기로 했다. 소피는 감자튀김만 먹겠다고 고집을 부렸다.

"안 돼! 같이 먹어야지."

프랭키가 윽박질렀다.

"내버려둬. 생선을 먹을지 안 먹을지는 스스로 결정할 문제야!"

앨리스는 계속 티격태격하는 남매를 달래느라 진땀을 뺐다.

세 사람은 방파제에 앉아 식사를 했다. 감자튀김은 짜고 뜨거웠다. 생선튀김도 집자마자 살이 부서졌다. 7시가 다 된 시간이었지만 모래사장에는 몇몇 가족이 모래성을 쌓고 공놀이를 했다. 한 커플은 주변을 의식하지 않고 키스했다. 멀리서 놀이기구를 탄 사람들이 지르는 비명이 시끄러운 음악에 버무려져 메아리쳤다. 얼마 지나지 않아 놀이기구 뒤로 붉은 태양이 바닷속으로 떨어졌다.

휴대전화에서 메시지 들어오는 소리가 났다. 앨리스는 음식을 내려놓고 가방에서 휴대전화를 꺼냈다. 질 뉴턴이 보낸 것이었다.

'혼자 있게 되면 전화해. 질'

앨리스는 자신도 모르게 이맛살을 찌푸렸다. 옆에서 소피가 고개를 디밀며 물었다.

"누군데?"

프랭키가 장단을 맞추느라 쉰 목소리로 '옛날 남자친구'라고 대꾸했다. 앨리스는 휴대전화 화면을 가린 채 자세를 바로잡았다. 그러면서 별일 아닐 거라고 계속 자신을 다독였다.

'인터뷰에 대한 마지막 세부사항 때문이겠지. 정말 중요한 일이라면 로지가 직접 전화했을 거야.'

앨리스는 무심한 듯 휴대전화를 가방에 넣었다. 그러고는 감자튀김 몇 개를 집어서 한꺼번에 입에 넣었다. 그녀는 프랭키의 시선을 피한 채 감자튀김을 우물거리며 말했다.

"로지야. 네가 잘 해주냐고 묻는데?"

프랭키가 눈꼬리를 추켜올렸다.

"좋은 분이야! 난 로지가 좋았어."

소피가 오빠를 툭툭 치며 진지한 표정으로 대꾸했다.

집으로 돌아가는 버스에서는 프랭키와 소피가 자리를 바꿔 앉았다. 혼자 앞자리에 앉은 소피가 돌아앉아 이름 잇기 게임을 하자고 했다.

"앞사람이 말한 여자 이름의 마지막 철자로 시작하는 여자 이름을 말하는 게임이야."

앤Anne, 에밀리Emily, 이본느Yvonne, 에델Ethel, 로레인Lorraine, 엘리자베스Elizabeth, 해리엇Harriet, 티나Tina, 아만다Amanda, 에이미Amy, 이베트Yvette, 엘렌Ellen, 넬Nell, 릴리Lily······.

게임은 버스에서 내릴 때가 돼서야 승부가 났다. 마지막 이름을 대지 못한 소피가 투덜거렸다.

"Y는 너무 어려워! 이름이 딱 두 개뿐이야. 이본느와 이베트밖에 없다니까! 불공평해!"

"포기하는 거야?"

남매는 게임을 하면서도 투닥거렸다. 앨리스는 그들보다 먼저 현관문에 도착했다. 프랭키가 다가와서 그녀의 어깨를 감싸며 물었다.

"괜찮아?"

"좋아. 내가 욕조에 물을 받아서 목욕해도 어머니가 싫어하시지 않겠지? 두통이 조금 있어. 햇볕을 너무 오래 받았나봐!"

앨리스는 서둘러 위층으로 올라갔다. 방에서 수건과 세면도구를 챙겨서 욕실로 들어가 문을 잠갔다. 세면대 위 선반에 놓인 소형 라디오를 켰다. 클래식 음악이 흘러나왔다. 욕조의 마개를 막고 뜨거운 물을 틀었다. 작게 틀어놓은 수도에서 물이 졸졸 흘렀다. 욕실 바닥에 쪼그려 앉아서 질 뉴턴에게 전화를 걸었다. 질은 금방 전화를 받았다.

"앨리스."

"로지는 괜찮아요?"

"그럼, 그럼. 괜찮아! 로지는 별일 없는데……."

물 떨어지는 소리가 생각보다 크게 들렸다.

"앨리스, 정말 유감스럽지만 나쁜 소식이야."

물소리를 타고 피아노 선율이 흘렀다.

"새러 라이트의 사무실에서 정보가 샜어. 새러 가까이 있던 사람이 그녀의 자료를 훔쳐서 타블로이드 신문사에 팔았나봐. 기사를 도둑질한 거지……. 문제는 그 기사가 내일 나온다는 거야!"

"기사가 신문에 나온다는 건가요?"

앨리스는 엄지손톱을 잘근잘근 씹었다.

"오후 내내 중지명령을 받으려고 애썼지만, 판사가 동의하지 않았어. 어찌 됐든 우리가 한 신문사와 거래할 생각을 했다는 건 사생활에 대한 권리를 포기했다는 뜻도 되거든. 적어도 판사의 말은 그래.

지금은 다른 판사에게 항소한 상태야. 혹시나 잘 되면 기사를 중단시킬 수 있을지도 몰라. 그래도 지금은 네 사연과 사진이 내일 아침 신문에 실릴 확률이 더 크다고 말할 수밖에 없겠구나.”

시계를 보았다. 거의 9시였다. 그러니까 아홉 시간 뒤면 사람들이 그녀가 누구인지 알게 된다는 뜻이었다. 앨리스가 누군지 모르던 사람들까지도 모두 알게 된다는 뜻이었다. 앨리스는 다리를 펴고 바닥에 주저앉았다. 눌려 있던 다리에 피가 돌면서 심하게 저렸다.

“당장 짐을 싸는 게 좋겠어. 로지가 데리러 갈 거야. 10시나 10시 30분이면 거기 도착할 거야. 지금 너에게 가장 안전한 곳은 집이야. 내일 아침에 내가 그쪽으로 갈게. 기사가 어떻게 실리는지 일단 두고 보자고. 기사를 보고 난 후에 어떻게 할 것인지 전략을 짜는 것이 좋겠어.”

앨리스는 서둘러 전화를 끊었다. ‘전략’이라는 질의 말이 귓가에서 떠나지 않았다. 앨리스는 휴대전화를 내려놓고, 팔짱을 껴서 가슴에 꼭 붙였다. 꽉 조이는 옷을 입은 것처럼 숨이 막혔다. 마침내 그 ‘때’가 왔다. 아무 일 없이 지나갈 수 있을 거라고 믿었지만 결국 아니었다. 이제 사람들은 그녀와 그녀가 저지른 일을 속속들이 알게 될 것이다. 그 ‘사람들’ 속에 프랭키도 있었다. 목젖이 뻐근하게 아파왔다.

앨리스는 옷을 벗고 욕조로 들어갔다. 온몸이 빨개질 만큼 물이 뜨거웠다. 엄숙한 예식을 치르는 것처럼 머리부터 발끝까지 공들여 씻었다. 씻다 말고 눈을 감고 누워 머리카락을 물속에 넣고 흔들었다.

라디오에서는 여전히 피아노 연주가 흘러나왔다.

누군가 욕실 문을 두드렸다. 갑자기 일어나 앉느라 물이 사방으로 요동을 쳤다. 손바닥으로 머리의 물을 쓸어내리며 간신히 눈을 떴다.

"네?"

놀란 목소리는 오히려 힘이 있었다.

"앨리스, 나 포기하지 않았어!"

문밖에서 소피의 크고 쾌활한 목소리가 들렸다.

"하나 생각해냈어. 욜란다Yolanda! 그거 여자 이름이야, 맞지? 오빠는 아니라고 했지만 여자 이름이 맞아, 그렇지? 욕실에서 나오면 언니가 오빠한테 내가 이겼다고 말해줘!"

"그럴게."

소피가 새 이름을 찾아냈다. 앨리스는 기분이 묘했다. 사실 프랭키에게 해야 할 이야기는 소피가 찾아낸 새 이름뿐이 아니었다. 그보다 더 중요한 이야기가 있었다. 앨리스는 그보다 더욱 중요한 새 이름을 생각하며 호흡을 가다듬었다.

24

앨리스는 욕실에서 나오자마자 부지런히 가방을 챙겼다. 로지가 도착하기 전에 떠날 준비를 마칠 생각이었다. 가벼운 노크 소리가 나더니 프랭키가 침실 문을 열었다.

"괜찮아?"

그는 앨리스의 가방을 보며 목소리를 높였다.

"무슨 일이야?"

"가봐야 해. 일이 생겼어……."

"왜? 무슨 일인데? 문제가 뭐야?"

앨리스는 어렵게 입을 열었다. 긴장 때문에 말들이 토막토막 끊어졌다.

"그래, 아니……, 우리는 아무 문제없어……. 다만……."

"그 일 때문에 그래? 후회하는 거야? 우리가……."

"아니야. 정말 아니야."

침대 옆에 선 프랭키는 금방이라도 울 것 같았다. 앨리스는 양팔을 감아 그의 넓은 등을 끌어안았다. 얼굴을 가슴에 묻고 싶었다. 그러나 그녀에 비해 너무 큰 프랭키는 앨리스의 품 안에 들어오지 않았다. 앨리스는 그에게서 한 발짝 물러서며 말했다.

"좀 앉아봐."

앨리스는 가방을 바닥에 내려놓았다. 프랭키가 침대 위에 털썩 주저앉았다. 그는 모든 것을 체념한 것처럼 보였다. 앨리스는 그의 어깨에 손을 올렸다.

"기억해? 지난번에 나에 대한 감정이 달라질 수도 있지 않겠냐고 물었던 거. 내가 만일 상상할 수도 없을 만큼 엄청난 짓을 저질렀다는 것을 알게 되면……."

앨리스는 대수롭지 않은 말투로 이야기를 꺼냈다.

"앨리스, 나와 헤어지고 싶으면 그렇게 해."

프랭키도 담담하게 대꾸했다.

"내 말 잘 들어. 난 널 버릴 수 없어. 난 널 사랑해!"

앨리스는 처음으로 사랑한다고 말했다. 프랭키는 앨리스의 고백에도 별다른 반응을 보이지 않았다. 오로지 이별을 확신한 듯 고개를 떨구고 아무 말도 하지 않았다.

"사실 나는 앨리스 털리가 아니야."

앨리스는 최대한 강단 있고 담담하게 시작했다. 프랭키가 놀란 표정으로 고개를 들었다.

"무슨 뜻이야?"

"앨리스 털리는 원래 내 이름이 아니야. 그 이름으로 불린 건 7~8개월밖에 되지 않았어. 나는 그 기간만 로지와 함께 살았어."

프랭키는 자세를 바꿔 앉았다. 헤어지자는 말이 아니라는 것에 안도하는 모습이었다.

"이런 이야기를 하는 게 쉽지는 않아. 내 이름은 제니퍼 존스야. 7개월 전에 가석방된. 나는……, 난……, 정말 새롭게 시작할 기회를 얻고 싶었어. 그래서 이름을 바꿨어. 새 삶을 시작하려고."

프랭키는 그녀의 이름을 듣고서도 상황을 파악하지 못했다.

"프랭키, 6년 전 내가 저지른 그 사건, 그 사건은……."

"네가 제니퍼 존스라고?"

프랭키는 머릿속에서 연막탄이 터진 것처럼 입을 다물지 못했다.

"나는 6년 전에 내 단짝친구를 죽였어."

침묵이 흘렀다. 시간이 멈춘 듯 두 사람은 꼼짝도 하지 않았다. 앨리스는 숨을 깊이 들이마시고는 프랭키를 똑바로 쳐다보았다. 얼굴을 바라보면서 양손으로 그의 손을 감싸 쥐었다.

"내가……, 내가 그랬어. 변명할 여지도 없이 내가 저지른 일이야. 내가 그 아이를 죽였어……."

앨리스의 목소리가 갈라졌다. 애써 눈물을 참느라 얼굴이 빨갛게 변했다.

"난 그때 겨우 열 살이었어. 우린 그날 동네 호수로 놀러가서 종일 쏘다녔어. 어쩌다 내가 그 아이를 방망이로 쳤어. 미쳤다는 말밖에 할 수 없어."

"네가! 네가 정말 제니퍼 존스라고?"

마침내 앨리스의 이야기를 이해했는지 프랭키가 경악한 얼굴로 소리쳤다. 연이어 헛웃음을 터뜨렸다.

"그래, 맞아. 내가 제니퍼 존스야."

"그럴 리가 없어. 그 신문기사를 나도 읽은 적이 있어. 최근에 석방되어 외국에 살고 있다던데."

"그래, 그게 나야. 육 개월 전에 석방되었어. 몇 사람만 알고 있어. 얼마 전에 석방되어 네덜란드로 갔다는 그 기사, 그건 언론이 나를 쫓지 못하게 하려고 위장한 기사야. 알잖아, 난 언론이 아주 좋아하는 기삿감인걸."

앨리스의 얼굴은 어느새 눈물로 범벅이 되었다. 손으로 입을 막았지만 눈물은 멈추지 않았다.

"네가 친구를 죽였다고?"

"그랬어. 정확히 왜 그랬는지는 설명할 수 없어. 내가 아는 것은 그런 일이 벌어졌다는 것뿐이야. 그땐 내가 아니었어. 나는 내가 무슨 짓을 했는지 정말 몰랐어."

앨리스는 잠시 말을 끊었다.

'책임을 부인하다니! 변명에 매달리지 말아야 해.'

프랭키는 커다란 몽둥이로 머리를 맞은 듯 멍하니 앉아 있었다.

"아니야. 아니, 난 알았어. 내가 무슨 짓을 했는지 알고 있었어. 그래도 이유는 설명할 수 없어. 그 애를 죽인 사람은 나였지만, 동시에 전혀 다른 사람이기도 했어."

"하지만, 어떻게……."

프랭키는 말을 하려다 말고 앨리스에게 잡힌 손을 빼냈다. 그는 자리에서 일어나서 방 안을 서성이며 앞머리를 쓸어 넘겼다.

"나도 그 사건은 기사로 읽었어. 불과 몇 주 전에도. 사건이 일어났을 때도 들었어. 제니퍼 존스! 숲 어딘가에서 사건이 났지."

"호수였어. 버윅 워터스."

앨리스의 목소리가 담담했다. 사실대로 말하는 것은 차라리 쉬웠다.

"그때 열 살이었어. 그 애도, 나도. 다른 여자애가 또 한 명 있었지만, 사건과는 관련이 없었어."

"신문에서 읽었어."

"그래, 엄청난 사건이었어. 무서운 일이었고. 어린아이가 다른 아이를 죽였으니까."

앨리스는 남의 일을 이야기하듯 말했다.

"그런데 그게 너였다고?"

프랭키가 다짐을 받듯 다시 물었다. 앨리스는 그의 눈을 바라보며 고개를 끄덕였다. 프랭키는 긴 침묵에 빠졌다. 앨리스는 그의 머릿속이 궁금하기도 했지만, 한편으로는 몰라서 다행이라는 생각도 들었다.

"아이는, 그때 그 여자애는 그 자리에서 죽은 게 아니었어. 산 채로 묻혔다고 했어."

앨리스는 현기증을 느꼈다. 바닥이 물렁한 스펀지처럼 흔들렸다. 한 손으로 벽을 짚고 선 프랭키가 유난히 커 보였다. 앨리스는 마룻장 틈새로 사라져버릴 만큼 자신이 쪼그라드는 것 같았다.

"아냐, 그건 사실이 아니야……. 난 그 애가 살아 있는지 정말 몰랐어. 나도 그때 겨우 열 살이었어. 난 처음부터 그 애가 죽었다고 생각했어. 살아 있는 줄 알았으면 그냥 두고 오지 않았을 거야. 구급차도 불렀을 거야……."

앨리스는 다음 말을 잇지 못했다. 퍼뜩 무서운 생각이 머리를 스쳤다.

'정말 구급차를 불렀을까? 만일 나뭇가지를 몸에 덮는데 미셸이 눈을 번쩍 떴다면, 친구를 구하기 위해 과연 무엇을 했을까?'

프랭키가 방 안을 오가며 횡설수설했다. 그는 "정직" 운운하면서 "생각할 게 있다"고, "시간이 필요하다"고 했다. 앨리스는 상관하지 않았다. 떠오르는 것은 나뭇가지 아래 누운 소녀의 가슴이 오르내리는 광경뿐이었다. 그녀는 그때의 이야기를 할 때마다 순간적으로 제정신이 아니었다고 말했다.

'미셸이 살아 있는 줄 알았다면 정말 그 애를 구했을까?'

앨리스는 자신에게 묻고 또 물었다.

현관에서 벨 소리가 났다. 누군가 다급하게 누르는 소리였다.

"로지가 왔을 거야."

앨리스가 차분하게 말했다.

"이렇게 엄청난 일을 숨기다니 믿을 수가 없어. 넌 거짓말을 했어!"

"그게 나와 보호감독관의 합의사항이었어."

"로지는 알았지?"

"로지는 예외였어. 그녀의 임무니까. 로지는 자신이 무슨 일을 하는지, 어떤 사람을 데리고 사는지 당연히 알아야 해……."

"그럼 난?"

아래층이 소란스러워졌다. 젠이 현관 복도에서 방문객과 이야기를 나누었다.

"난 네가 누구인지 알 권리가 없었다고 생각해? 나도 내가 사귀는 사람이 누구인지 알 권리가 있어!"

"거기까지는 생각하지 못했어……. 로지네 집에 처음 왔을 때만 해도 난 너 같은 사람을 만날 줄 몰랐거든."

아래층에서 젠이 앨리스를 불렀다.

"난 가봐야 해……. 여기서 좀 기다려줄래?"

앨리스가 간절하게 부탁했다. 프랭키는 대답 대신 방에서 꼼짝하지 않았다. 앨리스는 급히 방에서 나와 계단을 내려갔다. 로지는 손에 자동차 열쇠를 든 채 창백한 얼굴로 서 있었다. 옆에 서 있는 젠도 덩달아 불안해 보였다.

"집에 일이 생겼어요. 앨리스를 데려가야 할 것 같아요."

로지가 조심스럽게 말했다. 손에 든 열쇠들이 흔들리며 종소리를 냈다.

"유감이네요."

"앨리스가 집에 돌아가나요?"

언제 왔는지 소피가 풀 죽은 소리로 물었다. 거실에서 텔레비전 소리가 났다.

"그래, 그렇단다."

로지가 대답했다.

"금방 내려올게요."

앨리스는 로지의 뺨에 살짝 입을 맞추고 위층으로 올라갔다. 소피가 뒤따라왔다. 프랭키는 여전히 침대에 앉아 양손에 머리를 묻고 있었다.

"프랭키, 나는……."

앨리스는 팔을 뻗어 프랭키의 목을 껴안았다.

"난 겨우 열 살이었어. 어린애였어. 지금은 달라."

프랭키의 어깨가 딱딱했다. 앨리스는 더 이상 할 말을 찾지 못하고 자리에서 일어나 가방을 들었다. 소피가 들어왔다.

"언니한테 가지 말라고 해."

소피가 앨리스의 팔짱을 끼면서 말했다. 프랭키는 동생과 앨리스를 번갈아 보았다. 얼굴이 몹시 어두웠다.

"비켜!"

프랭키의 목소리에 앨리스는 움찔했다. 앨리스는 지금 당장 프랭키가 자신에게 할 수 있는 말은 그것뿐이라고 생각했다. 하지만 그 말은 훨씬 나쁜 뜻을 의미했다.

"소피, 비켜줘. 가게 내버려둬."

프랭키는 동생의 팔을 당겨 앨리스를 풀어주었다. 앨리스를 안아주던 그의 큰 팔이 소피를 안았다. 소피는 울음을 터뜨릴 것 같은 표정이었다. 프랭키는 앨리스와 최대한 멀리 떨어지려는 듯 뒤로 물러났다. 앨리스는 그의 태도가 무얼 의미하는지 비로소 이해했다. 자기 집에 있는 '어린이 살해범'으로부터 동생 소피를 안전하게 지키겠다는 뜻이었다.

앨리스는 가방을 꽉 움켜쥐고 서둘러 방을 나갔다. 프랭키에게 대드는 소피의 목소리가 들렸다. 다리가 사정없이 휘청거렸다.

로지는 어설픈 웃음을 띤 채 젠과 이야기를 나누고 있었다. 그녀는 계단에서 내려오는 앨리스를 보자 열쇠를 챙겨 나갈 준비를 했다.

"초대해주셔서 고마웠습니다."

"괜찮아! 곧 다시 만나자, 분명히 그렇게 될 거야."

젠이 앨리스의 뺨에 입을 맞추었다. 그녀의 몸에서 향긋한 냄새가 풍겼다. 앨리스는 이것이 그의 가족에게 건네는 마지막 인사일지도 모른다는 생각에 최대한 진심을 담아 입을 맞추었다.

25.

다음 날 앨리스는 평소보다도 일찍 눈을 떴다. 눈을 뜨긴 했지만 여전히 잠에 취해 있었다. 침대 옆에 있는 시계를 보았다. 5시 32분.

'조금 있으면 집집마다 현관에 신문이 떨어지겠지.'

커피팟 매니저, 핍과 줄스, 로지의 어머니 캐시, 로지의 직장동료들과 친구들, 프랭키의 룸메이트들과 부모, 앨리스의 이웃들, 엄마와 엄마의 새 남자친구……. 그녀를 알고 있는 사람이 생각보다 많았다.

어제까지 그녀는 분명 앨리스 털리였다. 지금은 누구일까? 그녀는 침대에 누운 채 7개월 가까이 지낸 방을 둘러보았다.

앨리스는 자기가 쓸 물건을 직접 골라서 방을 꾸몄다. 가구를 배치하고, 의자와 작은 스테레오를 샀다. 쿠션, 거울, 크리스털 술이 달린 독특한 램프도 샀다. 침대 곁에 놓아둔 램프는 사실 벗겨진 서랍장과 빅토리아풍 커튼과는 어울리지 않았다. 처음 램프를 사들고 와서 로지에게 자랑하자, 그녀는 손뼉을 치면서 좋아해주었다. 어울리는 소품이 아니었지만 로지는 기꺼이 앨리스의 편을 들어주었다. 로지! 앨리스의 인생에서 가장 좋은 사람이 그녀였다. 난롯불에 몸을 녹이듯 로지는 앨리스의 삶을 따뜻하게 녹여주었다.

정든 침실마저 왠지 낯설었다. 나흘을 보낸 프랭키 집의 작은 손님방보다 더 낯설게 느껴졌다. 높은 천장 때문에 방이 휑했고, 바닥마저 삐걱거리는 듯했다. 신발을 벗자 한기가 올라왔다. 바닥이 얼음장처럼 차가워 정강이까지 소름이 돋았다. 앨리스는 침대로 들어가서 이불을 뒤집어썼다. 다시 깊은 잠 속으로 빠져들었다.

한참 뒤 노크 소리에 앨리스는 눈을 떴다. 로지가 따뜻한 홍차를 들고 들어왔다. 그녀는 법정에 출두할 때처럼 정장을 입고 있었다. 앨리스는 일어나 앉았다. 시계를 보니 두어 시간쯤 지났다.

"신문은 왔어요?"

로지가 고개를 끄덕였다. 앨리스는 홍차를 마셨다. 밖이 소란스러웠다. 로지가 커튼을 조금 젖히고 밖을 내다보았다.

"이런!"

앨리스는 로지 옆에 서서 밖을 보았다. 커튼 사이로 건너편 도로에 주차된 차가 보였다. 차에서 내린 두 사람이 아직 내리지 않은 두 사람과 이야기를 나누고 있었다. 그중 한 사람이 카메라를 들고 있었다.

"제 주소는 신문에서도 밝히지 않았을 텐데요?"

"신문에는 안 나왔어. 저 기자들은 아마 그 신문사 소속일 거야. 네 사진을 찍고 싶은 거겠지. 다른 사람들보다 먼저."

그때 다른 차 한 대가 와서 멈췄다. 질 뉴턴이 차에서 내려 집 쪽으로 왔다. 로지가 문을 열어주기 위해 나갔다. 앨리스는 창가에 혼자 남았다. 질에게 무심하던 기자들이 그녀가 앨리스가 사는 건물 앞으로 접어들자 황급히 쫓아왔다. 그들은 질에게 뭐라고 소리치면서 플래시를 터뜨렸다. 곧이어 현관문이 열렸다 닫히는 소리가 들렸다. 기자들은 다시 차로 돌아갔다. 길 건너 이웃들이 하나둘 커튼을 열고 창밖을 내다보았다. 갑자기 엉뚱한 생각이 들었다.

'이웃들이 모두 아는 데 시간이 얼마나 걸릴까?'

질 뉴턴은 평소처럼 옅은색 바지와 재킷 차림이었다. 그녀는 앨리스를 가볍게 안아주었다. 질은 차도 사양한 채 깍지 낀 손을 식탁 위에 올려놓으며 앉았다. 몹시 지친 듯 눈은 충혈되어 있었고, 안경은 지저분했다.

"당분간 앨리스가 지낼 곳을 찾았어. 여론이 좀 잠잠해지면 상황을 파악하고 평가도 다시 할 거야."

질은 매니큐어가 벗겨진 손톱으로 식탁을 톡톡 두드리며 말을 이었다.

"오늘 오전에 널 데려가려고 했는데, 지금 당장 떠나야 할 것 같아. 30분 내로."

"다른 일이 또 있나요?"

로지가 걱정스러운 얼굴로 물었다.

"네, 앨리스 엄마가 이쪽으로 오고 있다는 정보를 입수했어요."

"예? 엄마가요? 왜요?"

앨리스는 가슴이 철렁 내려앉았다. 질이 난감한 표정을 지으며 대답했다.

"어떻게 말해야 좋을지 모르겠는데, 네 엄마가 신문사와 거래를 했어. 사실 네 엄마가 이런 짓을 한 것은 이번이 처음은 아니잖아. 현실을 똑바로 보자고."

로지가 의자를 끌고 와서 앨리스 옆에 바싹 붙어 앉았다. 질이 담담하게 설명했다.

"이 기사들은 아무짝에도 쓸모없는 것들이야. 네 이름, 일하는 곳, 주변 지역이 나와 있기는 하지만, 뭘 어쩌겠어? 저들이 원하는 것은 짜릿한 드라마야. 그래서 네 엄마한테 돈을 주고 여기로 불러서 널 만나게 하려는 거지. 아마 공개적인 화해를 기대할 거야. 아니면 아주 불미스러운 장면을 기대하거나. 저들은 뭐가 됐든 신문 판매량에 영향을 줄 수 있는 흥미로운 먹잇감만 찾으면 되니까."

"그걸 어떻게 아셨어요?"

앨리스는 고개를 숙인 채 찻잔을 만지작거리며 물었다.

"다른 신문사에서 일하는 소식통이 있어. 그녀가 내게 정보를 주면 나는 기삿거리를 주지. 협조가 잘 되는 편이야. 난 그녀에게 항상 사실을 말해주었어. 사실 네덜란드 소문도 무시하라고 귀띔해주었지. 오늘 아침에 그녀가 전화를 했어. 난 그녀를 믿어."

"그런데 왜 이렇게 서두르죠? 앨리스의 엄마는 북부에 살 텐데?"

로지가 물었다.

"신문사 측에서 어제 그녀를 데려왔어요. 한 시간 뒤면 여기에 도착할 거예요. 그 전에 여기를 떠나야 해요."

"나는 짐을 좀 챙길게요."

로지는 서둘러 침실로 갔다.

"정말 유감이야, 앨리스. 일이 이렇게 되어서."

질의 말에 앨리스는 대답을 할 수 없었다. 모든 것이 믿기지 않았다.

'엄마가…… 이곳에 오고 있다……. 그것도 신문사에서 돈을 받고.'

이번에는 정말로 신문 1면에 그녀의 사진이 실릴지도 모른다.

'엄마는 어떻게든 내 사진을 세상에 알리고 싶어 했지.'

갑자기 속이 울렁거리며 구역질이 났다.

"옷 좀 갈아입을게요."

앨리스는 질을 남겨두고 방으로 올라갔다. 질의 말대로 엄마가 신문사와 거래를 한 것은 이번이 처음은 아니었다.

제니퍼가 몽스그로브에 있을 때, 엄마는 정기적으로 면회를 왔다. 매달 면회객들 사이에서 기다리다가 순서가 되면 방으로 들어왔다. 면회실에는 가족 수에 따라 의자들이 몇 개씩 놓여 있었다. 제니퍼와 엄마는 보통 창가에 비스듬히 놓인 의자에 앉았다. 둘은 늘 어색한 얼굴로 뺨에 키스를 한 뒤 가벼운 수다를 떨었다. 매번 똑같은 질문이 이어졌다.

"방은 어떠니? 친구들은? 학교 공부는?"

제니퍼도 똑같은 질문을 반복했다.

"어디서 살아? 일은 잘 돼? 할머니는 잘 계셔?"

엄마는 면회를 올 때도 멋지게 금발을 손질하고, 말끔하게 립스틱을 바르고 나타났다. 제니퍼는 그런 엄마를 보는 게 좋았다. 그건 곧 일이 많다는 뜻이었으니까. 가끔 부스스한 차림으로 오기도 했다. 기름 낀 머리에 낡은 셔츠 차림이었다. 그때도 엄마는 여전히 모델 일에 대해 희망적인 이야기를 했다. 다시 에이전시에 소속되어 일하면 작은 집을 살 수 있는 돈을 벌 수 있을 거라고 말했다. 제니퍼가 석방되면 틀림없이 함께 살 수 있을 거라고 했다.

엄마를 만나고 나면 며칠 동안 마음을 잡지 못했다. 왠지 모르게 불안했고, 다른 아이들을 피해 혼자 있었다. 밥을 먹지 못했을 뿐 아니라, 가끔 자해를 하기도 했다. 그럴 때마다 패트리샤 코피는 면회를 잠깐 중단하는 것이 어떠냐고 제안했다. 엄마에 대한 감정을 정리할 시간이 필요한지 거듭 물었다. 그건 아니었다. 엄마를 만나지 않으면 도저히 견딜 수 없을 것 같았다.

여름이 되자 엄마의 면회 횟수는 점점 줄었다. 서너 달 정도 엄마를 만나지 못할 때도 있었다. 한번은 외국에서 일하는 중이라 9월에 돌아갈 거라는 편지로 대신하기도 했다. 그리고 햇볕에 탄 아름다운 모습으로 돌아왔다. 짧은 티셔츠 밖으로 장미 문신이 보였고, 날씬한 배는 벌꿀색이었다. 배꼽에도 금빛 피어싱을 했다. 다른 아이들과 부모들이 경멸에 찬 시선으로 엄마를 쳐다보았다.

그다음에는 잔뜩 우울한 얼굴로 나타났다. 흉부 감염으로 아팠다고 했다. 제니퍼는 처음으로 엄마의 염색하지 않은 머리와 눈 밑의 그늘을 보았다. 일이 없어서 친구와 함께 산다고 했다. 모델 일에 대한 이야기도 자연스럽게 끊겼다. 그후 엄마는 서너 달 동안 면회를 오지 않았다. 엽서 몇 장과 전화를 몇 번 했을 뿐이었다. 다음 해 4월, 엄마는 아무런 설명도 없이 불쑥 찾아왔다. 제니퍼가 몽스그로브에서 지낸 지 2년이 지났을 때였다.

엄마는 멋진 가죽 코트를 입고 있었다. 레몬 빛깔의 머리, 더 없이 선명한 파란 눈까지 예전 모습으로 돌아가 있었다.

"피트니스 클럽의 안내직원으로 취직했어."

모녀는 모처럼 마당 산책을 허락받았다. 잘 자란 풀밭을 지나 수선화 꽃밭까지 갔다. 한참 수다를 떨고 난 뒤 엄마는 핸드백에서 작은 카메라를 꺼냈다.

"네 사진이 하나도 없네. 넌 이렇게 잘 자라고 있는데. 키도 더 크고 얼굴도 동그래졌어."

제니퍼는 엄마와 사진을 찍으며 즐거운 시간을 보냈다. 수선화 꽃밭을 배경으로 벤치에 앉아 사진을 찍었다. 카메라를 보고 생긋 웃었다. 엄마가 자신의 사진을 갖고 싶어 하는 것만으로도 충분히 행복했다. 재판을 받던 때와는 전혀 다른 사진을 찍었다.

놀란 눈으로 카메라를 빤히 쳐다보는 얼굴, 이마를 덮은 긴 머리. 열 살 소녀의 사진은 경찰이 찍은 것이었다. 신문들은 이것을 '살인자의 얼굴'이라고 떠들었다. 엄마의 사진이 넘쳐나는 집에 열 살이 된 제니퍼의 사진은 단 한 장도 없었다. 아기 사진들, 초등학교에 들어갈 무렵의 사진 두어 장외에는 없었다. 사회복지사나 상담사는 그 이유를 알고 싶어 했다. 제니퍼는 이유를 설명할 수 없었다. 하지만 코티스 씨가 사진을 찍어주려 했다는 이야기는 아무에게도 하지 않았다.

면회를 마친 엄마는 제니퍼를 포옹하고 입을 맞추었다.

"곧 다시 만나자."

그로부터 며칠 뒤 제니퍼의 사진이 일간지 신문에 실렸다. 예전과 똑같이 이마를 덮은 긴 머리의 소녀였다. 그러나 이번에는 밝게 웃는 얼굴이었다. 기사에는 '살인자의 미소'라는 제목이 붙어 있었다. 그리고 '제니퍼 없는 내 인생'이라는 캐럴 존스의 단독 인터뷰가 신문 한 면을 가득 채웠다.

패트리샤 코피가 신문을 보여주었다. 제니퍼가 기사를 읽는 동안 코피는 소파의 끄트머리에 말없이 앉아 있었다.

"악명 높은 버윅 워터스의 어린 살인범의 매력적인 어머니 캐럴 존스가 딸 없는 인생에 대해 말한다. 모델이었던 서른 살 미스 존스는 새 아파트의 거실에 앉아서 딸을 생각하며 흐느꼈다. 그녀는 '그

아이는 나쁜 애가 아닙니다'라고 거듭 말했다."

기사는 제니퍼가 엄마에게 들려준 몽스그로브 생활을 상세히 신고 있었다. 아름다운 집, 텔레비전이 있는 방, 운동시설, 교육용 건물, 소규모 수업들, 음악 교습, 매일 먹는 식단까지……

사설은 인터뷰 기사를 토대로 어린 재소자의 삶을 비난했다.

"잔인하게 친구를 살해한 아이가 5성급 호텔 같은 곳에서 국가가 지불하는 돈으로 편안하게 살고 있다. 딸을 잃은 리빙스턴 부부의 심정은 어떻겠는가? 딸의 살해범이 자신들이 낸 세금으로 안락한 생활을 하고 있는 것을 안다면."

사설은 이것이 과연 정의인지 되묻고 있었다. 제니퍼는 기사를 꼼꼼히 읽은 뒤 신문을 내려놓았다. 패트리샤 코피는 꼼짝하지 않았다. 제니퍼는 아무 말도 하지 않았다. 화가 난다는 말조차 할 수 없었다. 입을 열면 토악질을 할 것 같았다. 면회는 중단되었다. 제니퍼 역시 엄마와의 면회를 더 이상 원치 않았다.

앨리스는 묵묵히 옷을 갈아입었다. 로지는 어정쩡하게 서서 소매의 먼지를 털어냈다. 그녀는 머리를 뒤로 넘겨 묶었고, 귀고리도 달지 않았다. 마치 장례식에 온 사람 같았다.

"나는 지금 밖으로 나가서 기자회견을 하겠다고 말할 거예요. 그들이 잠시 나한테 정신이 팔려 있을 때 두 사람은 이 집을 빠져나가 도로 끝으로 가요. 내 남편이 검은색 승용차를 세워놓고 두 사람을 기다리고 있을 거예요. 이것저것 치장을 해서 얼굴을 가리는 드라마틱한 행동은 하지 마세요. 오히려 관심만 끌 뿐이니까. 그냥 검은 선글라스만 끼도록 해요. 서두르면 기자들의 눈을 피할 수 있을 거예요."

앨리스와 로지에게 지시하는 질의 목소리는 건조하고 딱딱했다.

"얼마나 오래 떠나 있어야 할까요?"

앨리스가 가방을 들고 서서 물었다.

"모르지. 그 문제는 나중에 의논하자. 몇 사람과 좀 더 이야기를 나눈 뒤에 밤에 만나러 갈게."

로지는 말없이 귓불을 만지작거리며 서 있었다. 앨리스는 그녀의 표정이 몹시 낯설었다.

"갑시다."

질이 용기를 북돋아주듯 미소를 지었다. 세 사람은 차례로 계단을 내려갔다. 질이 먼저 현관문을 열어둔 채 아파트를 나섰다. 그녀는 곧장 차로 향했다. 기자들이 그녀를 쫓아서 도로에 주차된 차로 몰려갔다. 질은 모여든 기자들을 향해 말하기 시작했다. 로지와 앨리스는 조용히 아파트에서 빠져나와서 반대 방향으로 걸어갔다. 아무도 그들의 움직임을 눈치 채지 못한 것 같았다. 길모퉁이에 도착하자, 질의 말대로 검은색 승용차가 시동을 켠 채 기다리고 있었다. 두 사람은 서둘러 차에 올라탔다. 질의 남편이 간단한 목례로 인사를 건넸다. 그리고 천천히 차를 후진해 도로로 나갔다.

앨리스는 가쁜 숨을 몰아쉬며 초조하게 차창 밖을 내다보았다. 금방이라도 기자들이 모퉁이를 돌아서 차를 쫓아올 것 같았다. 다행히 아무도 따라오지 않았다. 사거리에서 방향 지시등을 켜고 신호가 바뀌기를 기다렸다. 건너편에서 차 한 대가 다가왔다. 천천히 다가오는가 싶더니 로지의 집이 있는 도로로 방향을 잡았다. 차가 옆을 지나가는 순간, 앨리스는 뒷좌석에서 담배를 피우는 여자를 보았다. 그녀는 창문에 팔을 걸치고 도로에 담뱃재를 털었다. 여자가 앨리스 쪽으로 얼굴을 돌렸다. 엄마였다.

짧게 친 머리는 뻣뻣해 보였고, 얼굴은 전보다 약간 둥그스름해졌다. 반쯤 눈을 감은 채 검붉은 입술에 담배를 물고 쭉 빨았다. 엄마가 언제부터 담배를 피웠는지 생각이 나지 않았다. 커다란 펜치로 몸을 조이는 것처럼 갈비뼈가 욱신거렸다. 앨리스는 유리창에 머리를 기댔다. 선글라스를 벗고 엄마의 눈을 쳐다보았다. 아주 짧은 순간이었다. 엄마는 건너편 차에 탄 앨리스를 알아보지 못한 채 옆에 앉은 사람과 계속 이야기를 나누었다.

신호가 바뀌었다. 차가 서서히 움직이기 시작했다. 차는 아무도 눈치 채지 못하게 달리기 시작했다.

26

질이 말한 안전가옥은 햄프셔에 있었다. 처음 보는 보호감독관의 집이었다. 앨리스는 거기서 하룻밤 지내기로 했다. 집 주인인 마거릿은 질과 오랜 친구였다. 그녀는 잠든 아기를 안은 채 그들을 맞이했다.

앨리스는 쭈뼛거리며 거실로 들어섰다. 거실은 발 디딜 틈도 없이 어질러져 있었다. 아기를 안는 띠를 비롯해 육아용품과 장난감이 사방에 흩어져 있었다.

로지는 마거릿과도 금세 친해졌다. 둘은 어느새 아기에 대해 이야기를 나누고 있었다. 아기의 습관, 수유, 체중까지 두 사람의 이야기는 쉽게 끝나지 않았다. 앨리스는 가방을 옆에 놓고 조용히 의자에 앉았다. 낯선 세계에 홀로 떨어진 기분을 지울 수가 없었다. 마거릿이 앨리스에게 아기 얼굴을 보여주었다.

"이 녀석은 에이미야."

마거릿은 아기를 안고 차를 준비했다. 작은 식탁에 둘러앉아 함께 차를 마셨다. 세 사람은 앨리스의 대학생활에 대해 이야기했다. 어떤 전공을 택할지, 어느 학교에 갈지, 기숙사에 살지, 아파트를 임대할지 소소한 것들에 대해 이야기를 나누었다. 대화는 부담 없이 즐거웠다. 덕분에 시간도 잘 갔다.

마거릿이 찻잔을 씻기 위해 일어났다. 물소리가 나고 그릇 부딪히는 소리가 났다. 순간 앨리스는 울음이 터졌다. 막을 수가 없었다. 턱이 떨리고, 눈앞이 흐려지면서 뜨거운 눈물이 계속 흘러내렸다. 경고도 없이 갑작스레 터진 울음소리는 점점 격해졌다.

차 주전자, 어질러진 식탁, 식기 건조대에 엎어놓은 우유병. 사소하다 못해 자질구레한 일상의 일들이 앨리스에게는 너무 멀리 있었다. 평범한 일상의 풍경이 가슴에 사무쳤다. 마거릿이 행주로 컵을 닦다 말고 앨리스를 바라보았다.

"괜찮니? 앨리스."

앨리스는 로지의 가슴에 얼굴을 묻었다. 로지의 품 역시 평소와는 다른 낯선 느낌이었다. 평소처럼 따뜻하거나 부드럽지 않았다. 뻣뻣한 로지의 정장이 갑옷처럼 느껴졌다. 로지는 앨리스를 소파에 앉히고 진정시키기 위해 애를 썼다. 마거릿이 아기띠를 장바구니처럼 한 팔에 걸고 따라왔다.

"앨리스, 난 너를 잘 모르지만 질은 너를 정말 좋은 사람이라고 했어. 지금 이 어려움도 틀림없이 잘 헤쳐나갈 거야."

패트리샤 코피, 질, 로지, 이제 마거릿까지. 모두 앨리스를 좋은 사람이라고 말해주었다. 어쩌면 그들의 말이 사실일지도 몰랐다. 아니 사실이길 바랐다. 그것도 아주 간절하게.

"텔레비전을 봐도 괜찮아. 그런데 이 일이 뉴스에 나올 거라는 것쯤은 말 안 해도 알겠지?"

앨리스는 고개를 끄덕였다. 어쩌면 최악의 장면을 보게 될지도 몰랐다. 리모컨을 들어 뉴스 채널을 켰다. 15분쯤 지나자 그녀와 관련된 뉴스가 나왔다. 뉴스는 버윅 워터스 사건을 간략히 소개하는 것으로 시작했다. 화면 구석에 열 살짜리 제니퍼 존스의 사진이 있었다. 화면이 바뀌자 로지의 집 앞 도로가 나타났다. 진을 친 기자들 사이에 앨리스의 엄마가 있었다. 담배 대신 시든 꽃처럼 하얀 휴지를 쥐고 있었다. 누군가 그녀에게 딸을 오랫동안 만나지 못한 엄마의 심경을 물었다. 엄마는 힘이 들어 한마디도 할 수 없다는 듯 심호흡을 크게 했다.

앨리스는 텔레비전을 껐다. 엄마의 대답을 듣고 싶지 않았다. 마거릿이 에이미를 아기띠에서 뺐다.

"우유를 준비하는 동안 에이미 좀 안아줄래?"

앨리스가 등을 기대고 앉자, 마거릿이 작은 아기를 무릎에 내려놓았다. 아기는 무게를 전혀 느낄 수 없을 만큼 작고 가벼웠다. 아기는 앨리스의 무릎에 앉아 팔다리를 버둥거렸다. 눈을 반쯤 감은 채 침이 고인 입을 자꾸만 앨리스의 가슴 쪽으로 돌렸다. 옆에 앉은 로지가 아기와 눈을 맞추며 함께 얼러주었다. 그때 전화벨이 울렸다.

"로지! 질이에요."

마거릿이 큰 소리로 로지를 불렀다. 마거릿이 곧 우유병을 들고 들어왔다. 그녀는 에이미를 안고, 옆에 있는 의자에 앉았다. 아기는 꿀꺽꿀꺽 소리를 내며 우유병을 빨았다. 작은 손을 펴서 젖병을 주무르던 아기는 만족스러운 표정으로 스르르 잠이 들었다. 앨리스는 열심히 우유를 먹는 에이미를 지켜보면서도 신경은 온통 복도로 나가 있었다. 엄지손톱을 잘근잘근 씹으며 로지의 통화를 들으려고 애썼다.

로지의 말투는 담담했다. 크게 감탄사를 연발하지도 않았고, 반대하는 말도 하지 않았다. 차라리 좋은 징조였다. 때로는 말 사이에 긴 침묵이 흐르기도 했다. 질의 말이 길어지는 것 같았다. 로지는 가끔 정중하게 대답했다.

"그래요. 전화를 끊는 대로 그렇게 할게요."

법정에 선 로지의 당당한 모습이 떠올랐다. 정장을 단정하게 갖춰 입고 확실하고 책임감이 느껴지는 말투로 대답하는 모습이었다. 하지만 집에서 본 로지는 전혀 달랐다. 마음이 약해 조금만 설득하면 금방 부탁을 들어주곤 했다.

통화를 끝낸 로지가 거실로 돌아왔다. 앨리스는 그녀의 얼굴을 찬찬히 살폈다. 로지가 입 끝을 올리고 가볍게 웃었다. 웃음 띤 얼굴에 주름이 지며, 눈썹이 약간 당겨 올라갔다. 마거릿이 아기를 안고 일어났다.

"늘 이런다니까요! 우유를 다 먹기도 전에 잠들어버려요. 위층에 올라가서 낮잠 좀 재울게요. 두 사람은 이야기를 나누세요."

마거릿과 아기가 나가자 갑자기 무거운 침묵이 감돌았다. 두 사람이 함께 있는데도 뭔가 큰 것이 빠져나간 듯했다. 흩어진 아기 물건들이 시선을 사로잡았다.

"앨리스."

"질이 뭐라고 했어요?"

앨리스는 정신을 가다듬으며 물었다. 나쁜 소식이라는 것쯤은 어렵지 않게 짐작할 수 있었다.

"오늘 아침에 아무도 너를 본 사람이 없대. 사진도 찍히지 않았고. 질은 그걸 아주 다행으로 생각해. 그녀의 업무가 훨씬 수월해졌다고."

앨리스는 이제 질의 '업무'가 되어버렸다. 어쩌면 예전부터 그랬는지도 몰랐다. 질은 로지와 처음부터 달랐다.

"질이 새 거처를 마련하는 중이야. 지역을 바꿔야 한다는 뜻이지. 새 이름도 찾고. 하지만 다른 것은 모두 똑같아. 예정대로 대학에 진학하게 될 거야. 정보만 새지 않으면, 언론도 분명히 너를 잊을 거야. 그러면 정말로 평범하게 살 수 있을 거야."

"서섹스로 갈 수 없나요?"

앨리스가 프랭키를 떠올리며 물었다.

"서섹스는 어려워. 다른 대학으로 가야 해. 역사학과는 어디나 있으니까."

"그럼 우리도 이사를 해야겠네요."

로지는 카펫만 내려다볼 뿐 즉시 대답하지 않았다. 그러더니 한참 만에 입을 열었다.

"그런데 앨리스, 이제부터 너 혼자 해야 돼."

다시 무거운 침묵이 흘렀다. 앨리스는 풍선처럼 부풀었던 가슴이 "펑" 소리를 내며 터지는 것 같았다.

"질 말고, 로지는 저와 함께 가줄 거죠?"

로지는 입을 꾹 다문 채 고개를 저었다.

"왜 안 되는데요?"

로지는 대답하지 않았다.

"그래도 되잖아요! 로지는 사회복지사니까 어디서든 일할 수 있고. 우리 둘 다 이름을 바꿀 수도 있고요. 새 집을 사면 안 되나요? 아파트가 너무 좁다고 늘 말했잖아요. 우리가 같이 살 집을 찾아봐요. 네?"

"앨리스, 난 너를 돕기 위해 무슨 일이든 해주고 싶어. 넌 정말 사랑스러운 아이야. 정말 감당하기 힘든 시기를 보낸 것도 사실이야. 하지만……."

"그런데, 왜요?"

"내 집을, 내 직장을, 내 친구들을 두고 떠날 수 없어. 내 어머니를 두고 갈 수가 없어!"

그녀의 어머니. 로지는 어머니를 사랑했다. 앨리스는 세련된 옷을 입고 빳빳하게 머리를 세운 캐시를 떠올렸다. 로지를 보며 그녀의 엄마도 비슷할 거라고 생각했다. 통통한 몸매, 잿빛 머리, 요리 솜씨가 좋고, 늘 자선 가게를 돌아다니면서 옷을 살 거라고 상상했다. 하지만 예상은 완전히 빗나갔다. 캐시는 빨간 머리와, 거기에 잘 어울리는 옷차림을 하고 나타났다. 로지는 세계여행을 하고 싶어 했지만, 캐시는 마요르카 섬에 가자고 주장했다. 앨리스는 딸꾹질을 시작했다. 손이 덜덜 떨렸다.

"아마 캐시는 로지를 위해서라면 어디든지 갈 거예요. 나랑 함께 가줄 거죠?"

"그럴 수가 없어. 앨리스, 내 생활이 여기 있으니까."

로지는 고개를 저었다. 마땅히 다른 답을 찾지 못하는 것 같았다. 그녀는 뻣뻣한 스커트만 자꾸 쓸어 내렸다. 로지의 삶. 앨리스는 그것을 잊고 있었다. 천장에서 심하게 삐걱대는 소리가 들렸다. 마거릿의 발소리였다.

"우린 언제든지 만날 수 있어. 그건 질에게 확인한 사실이야. 네가 다니는 대학으로 널 만나러 갈 수도 있어. 지금처럼 친구로 지낼 수 있어."

그러나 앨리스는 그것이 로지의 말처럼 쉬운 일이 아니라는 걸 잘 알고 있었다. 로지를 만나는 한 기자들의 눈을 피하지 못할 것이다. 아무튼 두 사람 사이에 급작스럽게 이별이 닥친 것은 분명했다.

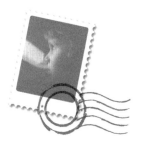

part 4
케이트 릭만

앨리스도 처음에는 낯설었다.

그러다 시간이 흐르면서 진짜 앨리스가 되었다.

그녀는 제니퍼를 과거에 두고 떠나왔다.

시간 속에 얼어붙은 사진 속 인물로.

나이를 먹지 않는 아이로……

이제 그녀는 앨리스마저 두고 떠나왔다.

……앨리스 틸리는 이제 존재하지 않는다.

제니퍼 존스가 그랬던 것처럼 앨리스 틸리도 사라졌다.

27

케이트는 마지막 상자를 방으로 옮겼다. 계단을 올라오느라 숨이 찼다. 땀에 젖어 꼴이 말이 아니었다. 구석에 있는 1인용 침대 위에 상자를 내려놓고, 창밖의 캠퍼스를 내려다보았다. 넓고 푸른 잔디밭과 늘어선 가로수들이 멀리까지 뻗어 있었다.

나무들 사이사이로 기숙사 건물들이 보였다. 벽돌 건물은 세 동의 4층짜리였고, 건물 주변에는 학부형들이 몰고 온 차들이 늘어서 있었다. 그들은 자녀들의 방으로 짐을 옮기느라 분주했다. 왼쪽으로 난 구불구불한 길을 따라 1킬로미터쯤 가면 강의동이 나왔다. 1학년들은 셔틀버스를 타고 강의실과 기숙사를 오갔다. 케이트는 셔틀버스에 대한 안내문을 읽은 기억이 났다. 2학년이 되면 기숙사에서 나가 친구들과 함께 엑시터의 아파트나 주택을 얻어 사는 학생들이 많았다.

롭과 샐리가 케이트를 불렀다. 롭은 케이트의 스테레오 시스템을, 샐리는 크리스털 램프를 들고 있었다. 깨지기 쉬운 램프는 다른 물건과 함께 상자에 담을 수 없어 따로 신고 온 것이다.

롭은 스테레오를 바닥에 내려놓으며 손목에 찬 스포츠시계를 보았다. 얼마나 빨리 계단을 올라왔는지 시간을 잰 모양이었다. 케이트는 운동복 바지에 흰 운동화를 신은 롭을 바라보았다. 그는 일주일 내내 매일 다른 운동화로 갈아 신을 만큼 신발이 많았다.

"여기 놓을게."

샐리가 램프를 책상에 내려놓으며 말했다. 더운 날씨에도 샐리는 재킷의 단추를 목까지 잠그고 있었다. 브리스톨에서 엑시터까지 오는 차 안에서도 샐리는 줄곧 재킷을 입고 있었다. 하루에 열 번은 춥다고 말했다. 더운 날씨 덕분에 케이트는 오히려 기분 전환이 되었다. 샐리는 램프를 싼 발포 비닐을 풀기 시작했다. 몇 주 전 크로이던에서 포장한 상태 그대로였다.

"샐리, 그건 그냥 두실래요? 짐을 다 정리하고 나서 풀게요."

샐리가 램프를 내려놓았다.

"우리가 다닐 때보다 건물들이 많이 좋아졌네."

롭이 샐리의 옆구리를 찌르면서 말했다.

"옛날 건물들은 허무는 게 낫지. 그때 기숙사는 돌아버릴 만큼 시설이 나빴는데!"

샐리는 머리칼을 귀 뒤로 넘겼다. 그녀는 '돌아버릴 만큼'이나 '끔찍하게' 같은 말을 자주 썼다. 그 이상의 심한 욕설은 전혀 모르는 사람 같았다. 롭도 마찬가지였다. 그들의 집에서 머문 3주일 동안, 케이트는 한 마디의 욕설도 듣지 않았다. 그렇다고 두 사람이 말이 없는 편도 아니었다. 그들은 온종일 케이트에게 말을 걸었다. 뉴스, 텔레비전, 대학 강의, 그녀가 보는 잡지……. 시시콜콜한 모든 것이 화제로 등장했다. 그들이 대화를 하지 않고 침묵으로 흘려보내는 시간은 하루에 단 1분도 되지 않는 것 같았다. 좋은 사람들이었다. 케이트를 특별히 바쁘게 해달라는 주문을 받은 것이 확실했다. 질 뉴턴은 틀림없이 "케이트를 부탁해. 최근에 속상한 일이 있어서 기운을 차려야 하거든!"이라고 말했을 것이다.

케이트는 세면대 위의 거울에 비친 자신의 모습을 보았다. 짧은 금발에 손가락을 넣어 슬렁슬렁 빗었다. 요즘은 자꾸 머리를 만지작거렸다. 탈색을 한 뒤 머리카락의 촉감이 많이 달라졌다. 머릿결도 훨씬 거칠어졌다. 안경도 새로 썼다. 안경을 쓰자 인상이 달라졌다. 단순한 검은 안경테에, 살짝 색깔을 넣은 알을 끼웠다. 안경을 쓴 순간 케이트는 진지한 학생처럼 보였다.

"차로 캠퍼스 주변을 돌아보는 건 어때?"

롭이 물었다. 그의 눈가에 주름이 잡혔다.

"괜찮아요."

롭은 다음 할 말을 찾는 듯 고개를 저었다. 샐리가 가볍게 기침을 했다. 어색한 순간이 지나갔다.

"저 혼자 시간을 좀 보내고 싶어요. 짐을 풀어서 제자리에 넣는 게 어떤 일인지 잘 아시잖아요."

케이트의 말에 부부는 고개를 끄덕였다. 부부는 내심 안도하는 기색이었다. 롭은 장거리 달리기라도 한 것처럼 다리를 풀기 시작했다. 샐리는 케이트에게 가볍게 입을 맞추었다. 케이트는 롭의 손을 잡고 친절하게 인사했다.

"모두 감사드려요. 두 분은 제 생명의 은인이세요."

"주말에 쉬고 싶으면 언제든 와. 대환영이야."

"그럴게요. 잊지 않을게요."

진심이었다. 그들과 함께 계단을 내려갔다. 롭이 샐리에게 차 문을 열어주는 모습을 지켜보았다. 갚을 수 없는 큰 빚을 졌다는 생각이 들었다. 시동을 걸자 차가 몹시 흔들렸다. 샐리가 창밖으로 손을 흔들었다. 부부의 차는 이내 시야에서 사라졌다. 샐리와 롭의 집은 케이트에게 좋은 쉼터가 되어주었다. 그들의 사소한 일상에 숨어 20여 일을 지냈다.

엄마와 신문사 기자들을 피해 도망친 이후 케이트는 한동안 공황 상태였다. 신문들은 '제니퍼 존스, 어머니를 피해 달아나다', '제이제이, 언론의 주목에서 빠져나갔다', '제니퍼 존스, 다시 숨다!' 등 자극적인 제목의 기사들을 쏟아냈다. 텔레비전 토크쇼도 마찬가지였다. '제이제이를 그대로 내버려둬야 하는가?', '사람은 정말 변할 수 있는가?' 같은 주제로 토론을 하기도 했다. 한번은 엄마가 방송에 나와서 폭력적인 자식의 부모가 당하는 어려움에 대해 말하기도 했다. 엄마 캐럴은 제니퍼로 인해 많은 것을 참아야 했다고 고백했다.

케이트는 롭과 샐리의 거실 의자에 앉아 프로그램을 모두 지켜보았다. 자동차 사고에서 목숨을 구한 생존자가 도로 옆에 앉아서 망가진 자기 차를 보고 있는 기분이었다. 롭과 샐리는 그녀가 누구인지 정확히 알면서도 단 한 마디도 하지 않았다. 그들은 한 치의 망설임도 없이 '케이트'라고 불렀다. 그들은 오직 '케이트'의 장래에 대해서만 말했다.

대학도 서섹스가 아니라 엑시터에 있는 곳으로 바꿨다. 크리스마스 때까지 캠퍼스에 머물고 있으면 질이 다른 거처에 대해 알려줄 예정이었다. 케이트의 입학 준비는 빈틈없이 진행되었다. 질의 오랜 친구인 교무처장이 물심양면으로 도와주었다. 케이트는 진심으로 고마웠다.

케이트는 기숙사로 올라와 다시 짐을 풀기 시작했다. 생각보다 오래 걸리지는 않았다. 옷과 책은 넣을 곳이 정해져 있었고, 전자제품의 전선들은 플러그에 꽂으면 되었다. 침구를 꺼냈다. 시트, 베개, 이불 모두 지난주에 새로 구입한 것이었다. 마지막으로 램프의 포장을 풀었다. 작은 기숙사에 어울리는 것이 아니라 조금 실망했지만 책상 구석에 올려놓았다. 짐정리를 마치기 무섭게 노크 소리가 났다. 케이트가 다가가기도 전에 문이 열렸다.

"안녕, 난 린지야. 옆방을 쓰고 있어. 역사과 맞지?"

동갑내기 여학생이 자연스럽게 인사를 하며 들어왔다. 키가 크고 평범한 얼굴의 학생이었다. 앞머리가 삐죽삐죽해서, 눈을 깜빡일 때마다 머리카락이 속눈썹에 걸렸다.

"여기는 진짜 쓰레기장 같지? 더럼 대학에 A 둘, B 둘을 받은 내 친구가 다니거든? 그 학교 기숙사를 한번 봐야 해. 방마다 욕실과 텔레비전이 있대. 그것도 기본형 기숙사에. 나는 어땠냐고? 겨우 B 하나, C 셋을 받았어. 그 당시 한 선생님이 신경쇠약에 걸렸었거든. 넌 어때? 네 성적은 어땠어?"

케이트는 미소를 지으며 대답했다.

"B 셋, C 하나."

"괜찮네."

린지는 케이트의 침대에 털썩 앉더니 덧붙였다.

"와아, 새 이불이네."

그녀는 이불보를 매만졌다. 포장을 할 때 생긴 자국이 선명했다. 린지가 물었다.

"부모님이 거금을 쓰셨겠네?"

케이트는 고개를 끄덕였다. 자세히 설명할 필요는 없었다.

"이 복도에는 대부분 인문학부 애들이 들어와 있어. 영문학과, 심리학과……."

린지가 재잘대면서 케이트의 방을 둘러보았다. 그녀의 눈이 책상에서 멈췄다.

"어? 노트북 컴퓨터야? 멋지다!"

린지는 책상으로 가더니 망설임 없이 노트북을 열었다. 케이트는 순간 린지를 마음에 안 드는 애라고 단정했다.

"좋은데! 우리 엄마가 나한테 이런 걸 사주고 싶어 했거든? 그런데 엄마 애인이 너무 비싸다고 반대했어. 너한테 빌려 쓰면 되겠다."

케이트는 상냥하게 미소지었다. 노트북은 아무에게도 빌려주지 않을 작정이었다. 로지가 사준 컴퓨터였다.

"몇몇이서 나중에 대학 바에 갈 건데, 가고 싶으면 같이 가자."

"그래, 나중에 봐서."

케이트는 건성으로 대답했다. 린지가 나간 뒤 그녀는 아예 문을 잠갔다. 노트북 컴퓨터의 뚜껑을 가만히 덮었다. 그리고 책상 가장자리에 맞춰 놓았다. 그 아래에 편지가 있었다. 케이트는 잠시 망설이다 안경을 벗어 편지 위에 올려놓았다.

혼자 있으니 좋았다. 침대에 앉아서 빳빳한 베개에 등을 기대고 앉았다. 침대 옆 탁자에 놓인 새 휴대전화가 눈에 들어왔다. 최신형 모델로 사면서 번호도 바꾸었다. 보통의 십대들이라면 환호하며 반겼을 것이다. 전화기를 집어 들었다. 표면이 매끄러웠다. 전화기 안에는 새로운 생활에 필요한 번호들이 저장되어 있었다. 롭, 샐리, 질 뉴턴…… 예전에 쓰던 전화기는 질에게 돌려줘야 했다.

"이 휴대전화에는 새 기능이 많이 있어. 통화뿐만 아니라 이메일을 쓸 수도 있고, 메모리 용량이 커서 저장도 할 수 있어. 게임도 들어 있고."

질이 이야기를 계속하는 사이 그녀는 휴대전화에 집중했다. 손바닥에 쏙 들어왔고, 은색 케이스는 고급스럽고 광택이 났다. 곧 모든 기능을 파악했다. 어느 버튼을 눌러야 하는지, 어떻게 스크롤하는지, 어떻게 문자를 보내는지 금방 익혔다.

케이트는 자신을 세상과 이어주는 휴대전화를 가방 속에 넣었다. 전원도 켜지 않았다. 전화 올 데가 없었다. 그녀는 예전의 이력이 없는 완전히 새로운 사람이었다. 그러니 누군가의 전화번호부에 그녀의 번호가 있을 리 없었다. 따분해서 게임을 하고 싶을 때만 전화기를 꺼냈다. 어느 날 전원을 켜보니 화면에 메시지 아이콘이 떠 있었다. 메시지 버튼을 누르자 로지의 목소리가 들렸다. 케이트는 거실에서 어슬렁거리며 메시지를 반복해서 들었다. 그게 일주일 전의 일이었다.

케이트는 버튼을 두 번 누르고 전화기를 귀에 댔다. 로지의 메시지를 저장했다. 로지의 목소리를 들으면 가슴이 떨렸다.

"케이티 릭만에게 보내는 메시지입니다······."

로지는 침착하게 말했다. 그녀의 새 이름을 쉽게 자연스럽게 불렀다. 정작 케이트 자신은 새 이름에 익숙해지지 않았다. 다른 사람이 부르면 종종 알아차리지 못할 때도 있었다. 샐리와 롭이 반복해서 이름을 불러주는 것도 그 때문이었다.

"케이트, 이것 좀 보렴."

이름이 우습게 들렸다. 영화 속의 등장인물처럼 진짜가 아닌 것 같았다. 앨리스란 이름도 처음에는 낯설었다. 그러다 시간이 흐르면서 진짜 앨리스가 되었다. 그녀는 제니퍼를 과거에 두고 떠나왔다. 시간 속에 얼어붙은 사진 속의 인물로, 나이를 먹지 않는 아이로……. 이제 그녀는 앨리스마저 두고 떠나왔다.

"나 로지야. 질이 네 번호를 알려줬어. 다음 주면 대학 공부를 시작하니까 행운을 빌어줘야겠다고 생각했지……. 여기는 괜찮아. 소란은 다 가라앉은 것 같아. 네가 들으면 좋아할 것 같아서……."

잠시 침묵이 흘렀다. 케이트는 로지가 할 말을 생각하면서 귀고리를 만지작거리는 모습을 떠올렸다.

"네가 노트북을 잘 썼으면 좋겠어. 다들 컴퓨터에 의존하지만, 난 그래도 펜과 종이를 쓸 거야……."

케이트는 전화기를 꽉 쥐었다. 열 번도 넘게 메시지를 들었다. 로지가 바로 곁에 있는 것처럼 느껴졌다. 저쪽에서 수화기를 들고 그녀의 대답을 기다리는 것만 같았다.

"네 편지는 잘 받았어. 중요한 서류들과 같이 보관할 거야. 알지? 케이트……. 난 너를 잊지 못할 거야. 너는 오랫동안 내 삶을 환하게 밝혀주었어……. 그걸 알아둬. 이제 잠잠해지면, 넌 누릴 수 있는 모든 것을 갖게 될 거야."

두어 번 기침 소리와 훌쩍이는 소리가 났다. 케이트는 침을 삼켰다. 이가 딱딱 부딪쳤다. 로지가 말하는 누릴 수 있는 게 무엇인지 생각했다. 아주 평범한 일상들이 그려졌다. 학교, 직장, 친구들, 남자친구……. 모든 것들이 누구나 쉽게 누리는 것들이었다. 하지만 그녀에겐 모두 휴지조각처럼 가벼웠다. "후" 하고 불어버리면 금세 날아가버렸다. 그녀의 것은 아무것도 없었다.

"너는 내게 연락하면 안 돼. 만약…… 너도 알지? 누군가가 다시 너를 추적하려고 할 경우에 대비해서. 너의 대학생활이 안정될 때 쯤 내가 편지를 쓸게. 모르지, 어느 날 내가 불쑥 널 찾아갈지."

전화가 중간에 툭 끊겼다. 로지가 실수로 '종료' 버튼을 누른 것이 분명했다. 로지다운 일이었다. 케이트는 휴대전화를 옆에 내려놓고 잠시 눈을 감았다. 기숙사 건물에서 온갖 소리가 들렸다. 쿵쿵 계단을 내려가는 소리, 복도에 퍼지는 짜증난 목소리, 가구 옮기는 소리, 문 여닫는 소리, 소리를 지르는 여자의 목소리, 남자들이 웅얼대는 소리, 멀고 가깝게 들리는 자동차 경적 소리, 아래층에서 누군가 켜놓은 스테레오에서 음악소리도 들렸다.

케이트는 일어나 앉아서 뻣뻣하고 어색한 머리를 또다시 쓸어 넘겼다. 편지 위에 놓인 안경을 썼다. 글을 읽는 데는 안경이 필요하지 않았지만, 안경을 쓰는 데 익숙해져야 할 것 같았다. 케이트는 침대 모서리에 걸터앉은 채로 편지 두 장을 펼쳤다.

프랭키가 보낸 것들이었다. 첫 번째 편지를 쓴 날짜는 그녀가 브라이튼에 다녀온 지 2주일 뒤였고, 두 번째 편지는 그로부터 다시 일주일이 지난 뒤였다. 질 뉴턴은 편지들을 건네주면서 읽고 없애라고 했다. 두 통 모두 '앨리스에게'로 시작했다.

케이트는 잠깐 동작을 멈추고 '앨리스'라는 이름을 가만히 속삭여 불러보았다.

'앨리스.'

소리가 방 안에 퍼졌다. 과거에서 울리는 메아리였다. 언제나 그녀를 따라다닐 이름이었다.

편지는 두 통 다 내용이 비슷했다. 기어가는 듯한 글씨는 어느 부분에서부터 쓸데없이 커졌다. 글씨는 점점 오른쪽으로 기울어졌다.

'네가 전화해주면 좋겠어. 내가 멍청이처럼 굴었어. 너랑 이야기하고 싶어. 과거에 무슨 일이 있었는지 이야기해보자. 우리는 틀림없이 그 일을 극복할 수 있을 거야. 그냥 전화만 해. 네 목소리를 듣고 싶어.

사랑해. 내가 못되게 굴었어, 그것뿐이야. 이해할 수 있을 것 같아. 사람들은 변할 수 있어. 마음 깊은 곳에 있는 내 감정은 변하지 않았다는 것을 네가 알았으면 좋겠어. 나를 포기하지 마. 우리가 대화만 할 수 있다면…….'

케이트는 안경을 벗고 편지를 다시 접었다.

'가엾은 프랭키.'

그는 앨리스 털리를 위해서라면 무엇이든지 할 수 있다고 했다. 하지만 앨리스 털리는 이제 존재하지 않는다. 제니퍼 존스가 그랬던 것처럼 앨리스 털리도 사라졌다.

글을 옮기고

소설 속으로 들어가면, 나와 전혀 다른 사람을 만나게 된다. 그의 이야기를 알아가면서 같이 울고 웃으며 마음을 나누는데, 때론 바로 옆에 있는 것처럼 그에게 손을 내밀고 싶어지기도 한다. 아무리 고통스럽고 아픈 이야기일지라도 그와 헤어지고 나면 인간과 세상을 새롭게 이해하는 힘을 얻게 된다.

이번에 만난 제니퍼는 이름만 떠올려도 가슴이 먹먹해지는 아이로 아주 오래도록 기억하게 될 특별한 친구다. 제니퍼는 영국의 소도시에 사는 평범한 소녀였다. 아니 조금 특별한 아이였다. 싸구려 모델 일로 근근이 생활을 꾸려가던 엄마는 급기야 성인잡지 모델이 된다. 그런 가운데서도 열 살 소녀 제니퍼는 새 친구를 사귀며 행복을 맛본다. 하지만 그것도 잠시, 제니퍼는 우발적으로 단짝친구를 죽이고 만다.

살인사건이 일어나고 6년간 보호감호소에 갇혔다 가석방된 제니퍼 존스는 그의 뒤를 쫓는 언론을 피해 '앨리스 털리'라는 새로운 이름으로 살아간다. 언제 발각될지 모르는 살얼음판 같은 생활 속에서도 앨리스는 남자친구를 사귀고, 함께 지내는 사회복지사와 깊은 정을 나눈다. 그러나 함정은 언제나 뜻하지 않는 곳에 있는 법. 결국 앨리스의 신원이 밝혀지고, 케이트라는 새 이름과 신분으로 살아야 한다.

　이 십대 소녀의 삶을 따라가는 동안 몇 번이고 가슴을 쓸어내렸고, 가엾은 마음에 자꾸만 호흡을 가다듬었다.

　열 살 소녀는 왜 친구를 죽여야 했을까. 과연 새로운 이름과 신분으로 사회에 뿌리를 내릴 수 있을까. 사회는 어린 살인자를 다시 받아줄 수 있을까. 그 과정에서 법과 도덕은 아이를 심판하지만, 우리는 아이에 대해 끝없는 연민을 갖게 된다.

　'왜 그래야만 했을까?'라는 궁금증을 품고 제니퍼 존스를 만나기 바란다. 어떤 등장인물이 되어도 좋다. 로지, 루시, 미셸, 질 뉴턴⋯⋯. 하지만 누가 되더라도 책을 덮는 순간 가슴속엔 제니퍼의 발자국이 선명하게 남을 것이다.

2013년 6월
공경희

원작 앤 캐시디 Anne Cassidy

1952년 런던에서 태어나 19년간 교사 생활을 한 뒤 전업작가가 되었다. 오랫동안 십대 청소년들을 위한 범죄와 스릴러 소설을 집필했다. 앤은 범죄가 일어나게 된 배경이나, 범죄 사건들이 일반인들에게 미치는 영향에 깊은 관심을 보이는 작가다. 루스 랜델, 수 그라프톤, 존 하비, 로렌스 블록, 스콧 트루로우, 도나 탈트 같은 작가들을 좋아한다. 『Love letters』『Missing judy』『Tough love』 등 십대들을 위한 소설을 선보였고, 『East end murders』 시리즈도 발표했다.

옮긴이 공경희

서울에서 태어나 서울대학교 영어영문학과를 졸업하고 성균관대학교 번역대학원 겸임교수이자 전문번역가로 활동하고 있다. 『시간의 모래밭』『호밀밭의 파수꾼』『모리와 함께한 화요일』『매디슨 카운티의 다리』『인생』『타샤의 정원』『라이프 오브 파이』 등을 우리말로 옮겼다.

그린이 이보름

이화여자대학교 동양화과와 동 대학원을 졸업하고 현재 중앙대학교 디자인학부 강의전담 교수로 재직하고 있다. 그린 책으로 전경린의 『나비』 최인호의 『문장 1·2』 조용헌의 『담화』 등이 있다. 『공작이 왔어요』『말 못하는 내 동생』『우리 아빠를 어떻게 하면 좋을까요?』 등 다수의 그림책도 있다.